U0140718

国家级精品课程配套教材

高 等 院 校 信 息 技 术 规 划 教 材

数据库系统原理与设计
实验教程

吴京慧 刘爱红 廖国琼 刘喜平 编著
万常选 主审

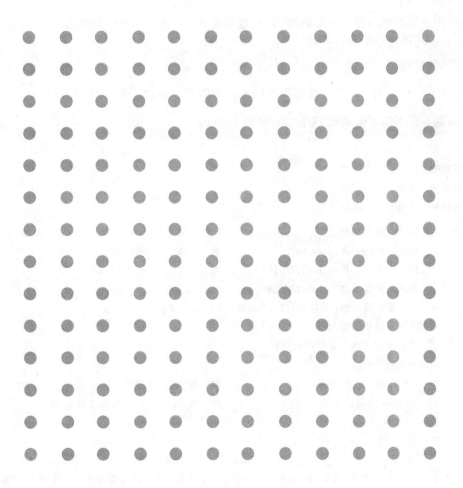

清华大学出版社
北京

内 容 简 介

本书是《数据库系统原理与设计》(万常选等编著,清华大学出版社出版)的配套实验教材,实验内容围绕理论教材的教学内容进行组织,采用 SQL Server 2000 数据库作为实验环境,精心设计了 13 个实验。全书共分 9 章,第 1 章是 SQL Server 2000 概述;第 2 和第 3 章是数据库查询、定义和更新操作,共安排 4 个实验;第 4 章是数据库查询执行计划,安排 1 个实验;第 5 章是数据库安全性与完整性,共安排 2 个实验;第 6 章是数据库编程技术,共安排 2 个实验;第 7 章是数据库事务处理,安排 1 个实验;第 8 章是数据库设计,安排 1 个实验;第 9 章是数据库应用开发,共安排 2 个实验。

本书可作为计算机及其相关专业本科生的数据库系统原理课程的配套实验教材,也可作为数据库爱好者自学和参考用书。

本书封面贴有清华大学出版社防伪标签,无标签者不得销售。

版权所有,侵权必究。侵权举报电话:010-62782989 13701121933

图书在版编目(CIP)数据

数据库系统原理与设计实验教程/吴京慧等编著. —北京:清华大学出版社,2009.10
(高等院校信息技术规划教材)
ISBN 978-7-302-20801-3

Ⅰ. 数… Ⅱ. 吴… Ⅲ. 数据库系统-高等学校-教材 Ⅳ. TP311.13

中国版本图书馆 CIP 数据核字(2009)第 154415 号

责任编辑:焦 虹 李玮琪
责任校对:时翠兰
责任印制:孟凡玉

出版发行:清华大学出版社   地   址:北京清华大学学研大厦 A 座
          http://www.tup.com.cn   邮   编:100084
          社 总 机:010-62770175   邮   购:010-62786544
          投稿与读者服务:010-62776969,c-service@tup.tsinghua.edu.cn
          质 量 反 馈:010-62772015,zhiliang@tup.tsinghua.edu.cn
印 刷 者:北京市清华园胶印厂
装 订 者:北京市密云县京文制本装订厂
经   销:全国新华书店
开   本:185×260   印 张:13.25   字   数:309 千字
版   次:2009 年 10 月第 1 版   印   次:2009 年 10 月第 1 次印刷
印   数:1~3000
定   价:19.50 元

本书如存在文字不清、漏印、缺页、倒页、脱页等印装质量问题,请与清华大学出版社出版部联系调换。联系电话:010-62770177 转 3103   产品编号:033896-01

前言

本书是《数据库系统原理与设计》教材的配套实验教材,是为了配合本科教学中的数据库系统原理课程的实践部分编写的,所以在内容组织上紧贴本科教学的教学内容来组织每一章的实验内容,通过精心设计的 13 个实验,从基础知识入手,深入研究数据库相关技术,理论联系实际,引导读者从基本概念和实践入手,逐步掌握数据库系统原理的基本理论和数据库设计的方法和技巧。

本教材采用目前流行的 SQL Server 2000 数据库作为实验环境,每一个实验都针对数据库相关的理论与技术,每个实验皆有丰富的案例,其案例取材于作者在课题中所采用的技术,具有很强的实践指导作用。学生通过 13 个实验,达到深入领会数据库系统原理中的相关知识,熟练操作 SQL Server 数据库,并能够依据一个实际应用背景,进行相应的数据库设计,并实现代码设计。

在对实例的讲解过程中,兼顾深度与广度,不仅对实际问题的现象、产生原因和相关的原理进行了深入浅出的讲解,还结合实际应用环境,提供解决问题的思路和方法,具有很强的实战性和可操作性,有助于初学者对专业理论知识的理解和实践操作能力的提高,并为今后开发大型数据库系统提供了必要的技术基础和前提。

全书写作结构明晰,实例完善,是一本可操作的、实用的、既能完成任务又能立即开展工作的书籍。读者可以直接从这本书中找到针对数据库管理的极具参考价值的解决方法,并且能从中学到分析和解决此问题的方法;通过具体实例,读者可以掌握大型数据库的开发方法与相应开发技巧。

本书由吴京慧、刘爱红、廖国琼和刘喜平编写,其中,第 1 章、第 2 章、第 4 章由吴京慧执笔,第 3 章、第 5 章、第 6 章由刘爱红执笔,第 7 章、第 8 章由廖国琼执笔,第 9 章由刘喜平执笔。吴京慧对全书的初稿进行了修改、补充和总纂。

本书是国家精品课程《数据库系统及应用》的建设教材,有配套的教学 PPT 和教学网站(http://skynet.jxufe.edu.cn/jpkc/sjk),可作为计算机及其相关专业本科生的数据库系统原理课程的配套实验教材,也可作为数据库爱好者自学和参考用书。

　　本书在编写过程中,参阅了大量的参考书目和文献资料;本书的出版也得到了清华大学出版社的大力支持,副社长卢先和、责任编辑焦虹等为本书付出了辛勤的劳动。在此一并表示衷心的感谢!

　　在整个编写过程中,尽管我们一直保持严谨的态度,但是书中难免有错误,敬请读者批评指正,在此表示感谢! 作者的邮箱是 jhwuin01@126.com。

作　者

2009 年 8 月

目录

contents

第 1 章

SQL Server 2000 概述

目前市场上数据库的主流产品有 IBM DB2，Microsoft SQL Server，Oracle 和 Sybase 等。

IBM 通过 DB2 与 WebSphere，Tivoli 和 Lotus 四大品牌共同提供电子商务基础架构，本身不开发应用软件。目前一些 ERP、CRM 厂商以及电子商务软件厂商都与 IBM 建立了合作关系，将 IBM 公司的数据库作为其应用软件的开发平台。

Oracle 则截然不同，它不仅拥有自己的数据库，还在其数据库平台上为用户开发了电子商务套件，其中包括 ERP、CRM 和 SCM 等企业应用软件。Oracle 公司认为开发企业应用软件可以使用户直接获得一整套解决方案，而不必考虑集成问题。通过一家厂商就可获得全部的服务和支持，避免在集成上的昂贵开销。

Sybase 公司作为客户机/服务器的倡导者，其开发工具 PowerBuilder 拥有众多的开发者，并提供免费的数据库 MYSQL。

SQL Server 2000 是 Microsoft 公司推出的大型关系数据库管理系统，可以很好地支持客户机/服务器网络模式，能够满足各种类型的企事业单位对构建网络数据库的需求，并且在易用性、可扩展性、可靠性以及数据仓库等方面与其他厂商生产的产品相媲美，由于它安装和操作简单，目前是各级各类院校学习大型数据库管理系统的首选数据库。

SQL Server 2000 最初由 Microsoft、Sybase 和 Ashton-Tate 三家公司共同开发，于 1988 年推出第一个 OS/2 版本。在 Windows NT 推出后，Microsoft 与 Sybase 在开发上就分道扬镳了。Microsoft 将 SQL Server 移植到 Windows NT 系统上，专注于开发、推广 SQL Server 的 Windows NT 版本；Sybase 则较专注于 SQL Server 在 UNIX 操作系统上的应用。

SQL Server 2000 可以在 Windows 系列平台上使用，它是基于 Client/Server 模式的数据库系统。

1.1 SQL Server 特点

SQL Server 作为微软在 Windows 系列平台上开发的数据库，一经推出就以其易用性得到了很多用户的青睐。

SQL Server 数据库目前已经发展到 2008 版本，该版本不仅对原有性能进行了改进，还添加了许多新特性,如新添了数据集成功能,改进了分析服务和报告服务,以及与 Office 集成等功能。

区别于 FoxPro、Access 小型数据库,SQL Server 是一个功能完备的数据库管理系统。包括支持开发的引擎、标准的 SQL 语言、扩展的特性(如复制,OLAP,分析)等功能。同时也提供了存储过程、触发器等大型数据库才拥有的特性。

学习 SQL Server 是掌握其他平台及大型数据库(如 Oracle,Sybase,DB/2)的基础。因为这些大型数据库对于设备、平台、人员知识的要求往往较高,如果有了 SQL Server 的基础,学习和使用它们就比较容易。

SQL Server 2000 具有如下特点。

(1) 真正的客户机/服务器体系结构。

(2) 图形化用户界面,使系统管理和数据库管理更加直观、简单。

(3) 丰富的编程接口工具,为用户进行程序设计提供了更大的选择余地。

(4) SQL Server 与 Windows NT 完全集成,利用了 NT 的许多功能,如发送和接收消息,管理登录安全性等。SQL Server 也可以很好地与 Microsoft BackOffice 产品集成。

(5) 具有很好的伸缩性,可跨越从 Windows 95/98 的膝上型电脑到目前任何 Windows 平台的大型多处理器等多种平台使用。

(6) 对 Web 技术的支持,使用户能够很容易地将数据库中的数据发布到 Web 页面上。使用 SQL Server 2000 关系数据库,XML 数据可在关系表中存储,而查询则能以 XML 格式将有关结果返回。可以使用超文本传输协议(Hypertext Transfer Protocol,HTTP)来访问 SQL Server 2000,以实现面向 SQL Server 2000 数据库的安全 Web 连接和无须额外编程的联机分析处理(OLAP)多维数据集。

(7) SQL Server 2000 提供数据仓库功能。SQL Server 2000 增加了 OLAP(联机分析处理)功能,可让很多中小企业用户直接使用数据仓库的一些特性进行分析。OLAP 可以通过多维存储技术对大型、复杂数据集执行快速、高级的分析工作。数据挖掘功能能够揭示出隐藏在大量数据中的倾向及趋势,它允许组织或机构最大限度地从数据中获取价值。通过对现有数据进行有效分析,可对未来的趋势进行预测。

1.2　SQL Server 2000 安装与使用

SQL Server 2000 有多种版本,包括如下版本。

① 企业版 Enterprise Edition:支持所有的 SQL Server 2000 特性,用于构造大型 Web 站点、企业 OLTP 联机事务处理以及数据仓库系统等的数据库服务器。

② 标准版 Standard Edition:用于小型的工作组和部门。

③ 个人版 Personal Edition:用于单机系统或客户机。

④ 开发者版 Developer Edition:用于程序员开发程序,需要 SQL Server 2000 作为数据存储设备。

1.2.1　SQL Server 2000 安装

1. 硬件环境

SQL Server 2000 对硬件的要求不高。

(1) 计算机处理器：Intel 兼容计算机、Pentium 166 MHz 以上。

(2) 内存：企业版需要至少 64MB 内存，专业版需要至少 32MB 内存。

(3) 硬盘空间：完全安装至少需要 180MB 外存空间，典型安装至少需要 120MB 外存空间，最小安装至少需要 65MB 外存空间。只安装管理工具（客户端），需要 95MB 外存空间，其中查询分析器需要 12MB 外存空间，分析服务需要 50MB 外存空间。

2. 软件环境

(1) 操作系统：SQL Server 2000 企业版必须安装在 Windows NT Server Enterprise Edition 4.0 或者 Windows 2000 Advanced Server 以及更高版本的操作系统下。SQL Server 2000 标准版必须安装在 Windows NT Server Enterprise Edition 4.0、Windows NT Server 4.0、Windows 2000 Server 以及更高版本的操作系统下。SQL Server 2000 个人版可安装在 Windows 9x、Windows NT 4.0、Windows XP 或 Windows 2000 的服务器版或工作站版的操作系统下。SQL Server 2000 开发者版可安装在上述除 Windows 9x 以外的所有操作系统下。

(2) 网络软件：如果使用 WINDOWS 系列操作系统，不需要安装任何网络软件，它支持 Windows 系列、UNIX、OS/2、Apple Macintosh 等系统的客户端连接。

3. SQL Server 2000 的安装

SQL Server 2000 的安装过程与其他 Microsoft Windows 系列产品类似。用户可根据向导提示，选择需要的选项一步一步地完成。

(1) 将 SQL Server 2000 的安装盘插入到光驱中，或在 SQL Server 2000 的安装盘中单击 setup.exe 文件，出现如图 1-1 所示的界面。

(2) 单击"安装 SQL Server 2000 组件"图标，出现如图 1-2 所示的界面。

(3) 单击"安装数据库服务器"图标，出现如图 1-3 所示的窗口。

(4) 单击"下一步"按钮，出现如图 1-4 所示的对话框。

(5) 单击"下一步"按钮，出现如图 1-5 所示的对话框。

(6) 单击"下一步"按钮，输入姓名和公司，出现如图 1-6 所示的对话框。

(7) 单击"下一步"按钮，出现如图 1-7 所示的对话框，选择接收许可证协议，单击"是"按钮，出现如图 1-8 所示的对话框，选择"数据库和客户端工具"。

(8) 单击"下一步"按钮，出现如图 1-9 所示的对话框。

(9) 单击"下一步"按钮，出现如图 1-10 所示的对话框，初学者选择"典型"安装，可以设置程序文件和数据文件存放的位置。

(10) 单击"下一步"按钮，出现如图 1-11 所示的对话框。

图 1-1　SQL Server 2000 的选择安装

图 1-2　单击"安装 SQL Server 2000 组件"后的界面

　　（11）单击"下一步"按钮，出现如图 1-12 所示的对话框，选择"混合模式"，同时输入系统管理员 SA 的密码。

　　Windows 身份验证模式只允许使用 Windows 身份验证方式。

　　混合身份验证模式既允许使用 Windows 身份验证方式，又允许使用 SQL Server 身份验证方式。与 Windows 身份验证模式相比，混合身份验证模式提供如下优点：允许非 Windows 客户、Internet 客户等连接到 SQL Server 系统中；对用户的身份采用双层身份验证方式。

图 1-3　单击"安装数据库服务器"后的窗口

图 1-4　"计算机名"对话框

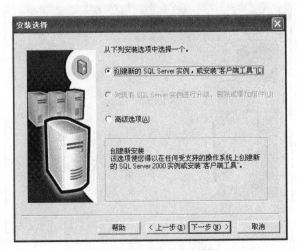

图 1-5　"安装选择"对话框

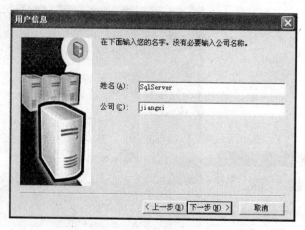

图 1-6 "用户信息"对话框

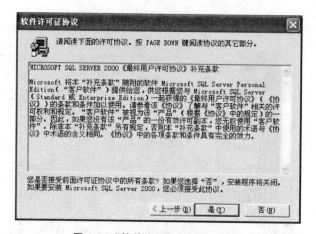

图 1-7 "软件许可证协议"对话框

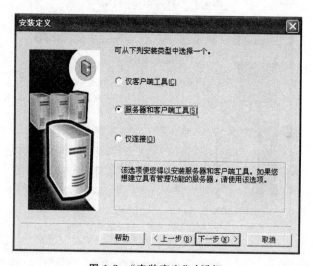

图 1-8 "安装定义"对话框

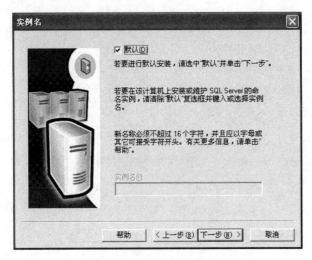

图 1-9　"实例名"对话框

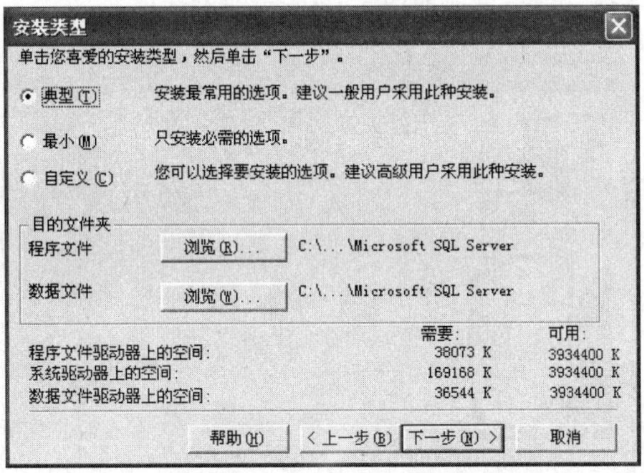

图 1-10　"安装类型"对话框

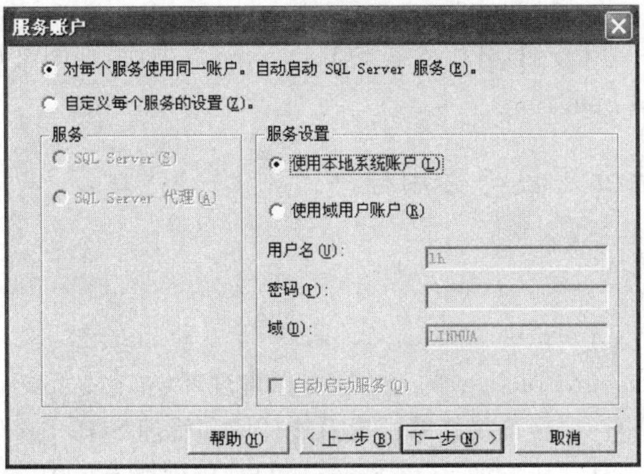

图 1-11　"服务账户"对话框

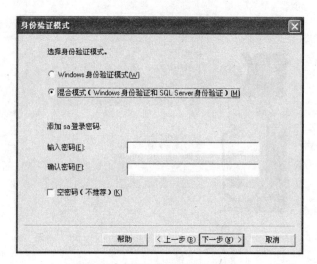

图 1-12　"身份验证模式"对话框

（12）单击"下一步"按钮，出现如图 1-13 所示的对话框。

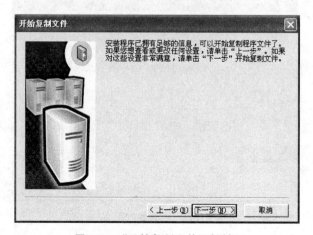

图 1-13　"开始复制文件"对话框

（13）单击"下一步"按钮，开始安装 SQL Server 数据库，期间会出现一系列提示，直到"完成"，如图 1-14 所示。

1.2.2　SQL Server 工具与实用程序

1. 企业管理器

企业管理器（Enterprise Manager）是基于一种新的被称为微软管理控制台（Microsoft Management Console）的公共服务器管理环境，它是 SQL Server 中最重要的一个管理工具。企业管理器不仅能够配置系统环境和管理 SQL Server，而且由于它能够以层叠列表的形式来显示所有的 SQL Server 对象，因而所有 SQL Server 对象的建立与管理都可以通过它来完成。

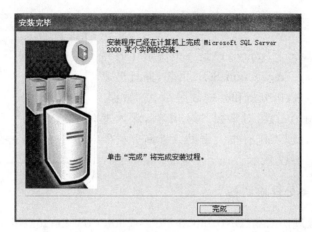

图 1-14　安装完成

利用企业管理器可以完成的操作有：管理 SQL Server 服务器；建立与管理数据库；建立与管理表、视图、存储过程、触发程序、角色、规则、默认值等数据库对象，以及用户定义的数据类型；备份数据库和事务日志、恢复数据库；复制数据库；设置任务调度；设置警报；提供跨服务器的拖放控制操作；管理用户账户；建立 Transact-SQL 命令语句以及管理和控制 SQL Mail。

企业管理器图形界面如图 1-15 所示。

图 1-15　企业管理器

2. 服务管理器

SQL Server 服务管理器是在服务器端实际工作时最有用的实用程序，其界面如图 1-16 所示。服务管理器用来启动、暂停、继续和停止数据库服务器的实时服务，其提供的服务包括：SQL Server、SQL Server Agent、微软分布式事务协调器（Microsoft Distributed Transaction Coordinator，MSDTC）。

服务管理器图形界面如图 1-16 所示。

3. 查询分析器

查询分析器(Query Analyzer)是一个图形化的界面,用于输入和执行 Transaction-SQL 语句,并且迅速查看这些语句的结果,以分析和处理数据库中的数据。这是一个非常实用的工具,对掌握 SQL 语言,深入理解 SQL Server 的管理工作有很大帮助。查询分析器图形化的界面如图 1-17 所示。

图 1-16 服务管理器

4. 分布式事务处理协调器

分布式事务处理协调器(Distributed Transaction Coordinator)用于提供和管理不同服务器之间的分布式事务处理,这些服务器必须是基于 Windows 9x 以上系列操作系统的服务器。

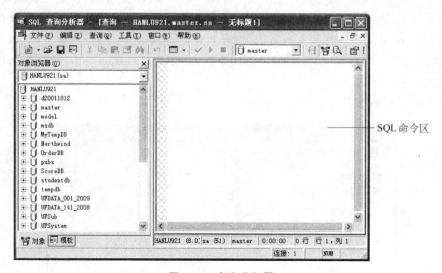

图 1-17 查询分析器

5. 性能监视器

性能监视器(Performance Monitor)将 Windows NT 操作系统的性能监视器和 SQL Server 集成起来,使用它可以查看和统计 SQL Server 系统的运行情况,查找影响系统性能的主要因素,从而为改进和优化系统、提高系统性能提供依据。

6. 导入和导出数据

导入和导出数据(Imput and Export Data)采用 DTC(Data Transformation Services)导入/导出向导来完成。此向导包含了所有的 DTC,提供了在 OLE DB 数据源之间复制数据的最简捷的方法。

7. SQL Server 分析器

SQL Server 分析器（Profiler）是一个图形化的管理工具，用于监督、记录和检查 SQL Server 数据库的使用情况。对系统管理员来说，它能够连续实时地捕获用户活动的情况。

8. 服务器网络实用工具

服务器网络实用工具（Server Network Utility）用来配置服务器端网络连接和设置相关参数等。

9. 客户端网络实用工具

客户端网络实用工具（Client Network Utility）用来配置客户端的网络连接、管理和测定客户端的网络库等。

10. 联机帮助文档

SQL Server 2000 提供了大量的联机帮助文档（Books Online），它具有索引和全文搜索能力，可根据关键词来快速查找用户所需信息。

1.2.3　SQL Server 主要工具使用

要使用 SQL Server 2000 数据库，首先必须启动 SQL Server 2000 数据库，然后使用 SQL Server 2000 提供的工具对数据库进行相应的操作。

1. 启动服务

在 Windows 的开始菜单中选择"程序"→ `Microsoft SQL Server` → `服务管理器`，出现如图 1-18 所示的窗口。

单击"开始/继续"按钮，启动数据库，出现如图 1-19 所示的窗口，直到出现如图 1-20 所示的窗口，表示数据库服务已经启动，关闭该窗口。

图 1-18　启动"SQL Server 服务管理器"

图 1-19　启动 SQL Server 服务过程

2. 企业管理器

在一个网络系统中,可能有多个 SQL Server 服务器,可以对这些 SQL Server 服务器进行分组管理。SQL Server 分组管理由企业管理器(Enterprise Manager)来进行。首次启动企业管理器时,有一个默认的服务器组(SQL Server 组)自动被创建,但用户可以创建新的 SQL Server 组。

(1)进入企业管理器

图 1-20　SQL Server 服务启动完成

在 Windows 的开始菜单中选择"程序"→ Microsoft SQL Server →企业管理器,出现如图 1-21 所示的窗口。

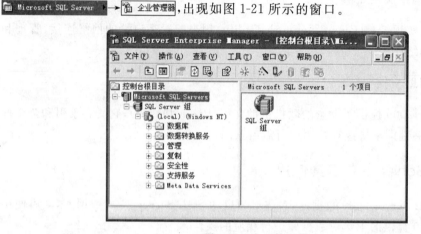

图 1-21　企业管理器

(2)新建 SQL Server 组

① 在企业管理器中,选中"SQL Servers 组",右击打开快捷菜单如图 1-22 所示。

② 单击新建 SQL Server 组,执行"新建 SQL Server 组"命令,如图 1-23 所示。输入组的名称并选择组的级别,单击"确定"按钮即可,此时企业管理器窗口如图 1-24 所示。

图 1-22　新建 SQL Server 组快捷菜单

图 1-23　服务器组对话框

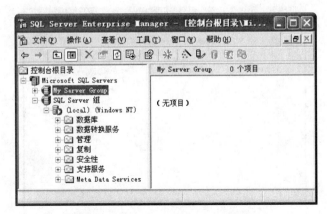

图 1-24 **SQL Server 企业管理器窗口**

（3）服务器注册

服务器注册是指将网络系统中的其他 SQL Server 服务器注册到企业管理器中，以便于管理。

① 选择一个 SQL Servers 组，本例选择 My Server Group 组，右击打开如图 1-25 所示的快捷菜单。

图 1-25 **新建 SQL Server 注册快捷菜单**

② 执行"新建 SQL Server 注册"命令，出现如图 1-26 所示的对话框。

图 1-26 **SQL Server 注册向导**

③ 单击"下一步"按钮，出现如图 1-27 所示的对话框。在该对话框中，会出现网络中的所有数据库实例名称，选择需要进行管理的某个数据库实例名称，本例只有一个数据库实例名称，即 LINHUA，选中它，并将其移到右边，如图 1-28 所示。

④ 单击"下一步"按钮，出现如图 1-29 所示的对话框，一般选择第二项。

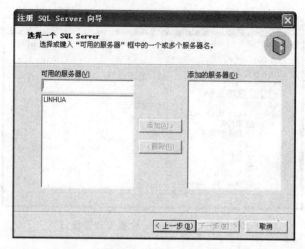

图 1-27　选择"可用的服务器"的服务器名

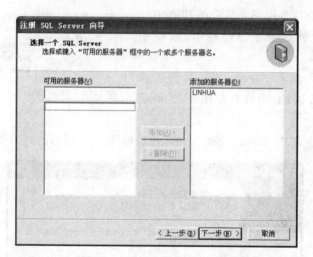

图 1-28　选择一个 SQL Server

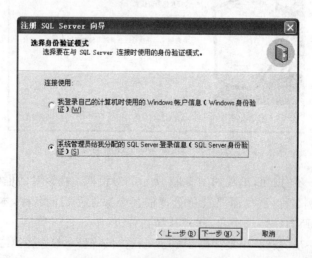

图 1-29　选择身份验证模式

⑤ 单击"下一步"按钮,出现如图 1-30 所示的对话框。在该界面中,输入登录数据库的用户名和密码,本例为 sa 用户。

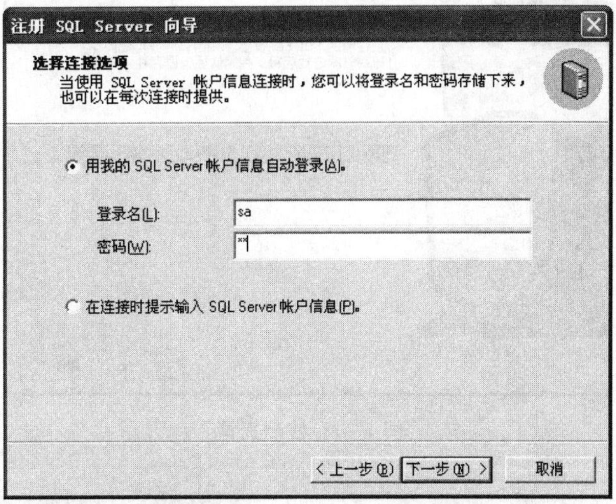

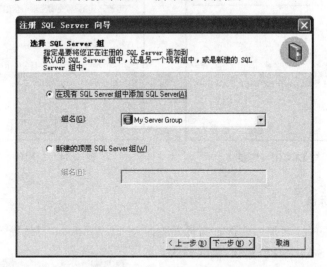

图 1-30　选择连接选项

⑥ 单击"下一步"按钮,出现如图 1-31 所示的对话框。

图 1-31　选择 SQL Server 组

⑦ 单击"下一步"按钮,出现如图 1-32 所示的对话框。

⑧ 单击"完成"按钮,出现如图 1-33、图 1-34 所示的对话框。完成了将网络上某一个数据库实例注册到本机上的工作,用户可以在本机上对该数据库实例进行管理。

（4）企业管理器的使用

可以在企业管理器中,使用图形化的工具完成数据库及其对象的建立、修改和删除;可以建立、修改和删除 SQL Server 账户和用户,并对用户进行权限管理;可以对数据库进行备份和恢复操作等。

图 1-32　注册完成

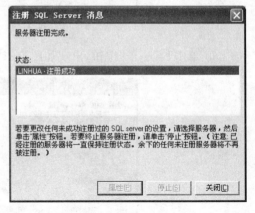

图 1-33　与 LINHUA 连接　　　　　　图 1-34　LINHUA 注册成功

3. 查询分析器

　　登录 SQL Server 数据库实例有两种方法，一是以 Windows 身份登录，不需要输入密码，二是以 SQL Server 身份登录，需要输入登录账号和密码，建议使用该方式。

　　在 Windows 的开始菜单中选择"程序"→ [Microsoft SQL Server] → [查询分析器]，出现如图 1-35 所示的对话框，在该对话框中，选择需要访问的数据库实例，其中的"·"表示本地数据库实例。选择 SQL Server 身份登录，输入登录账号和密码，单击"确定"按钮，出现如图 1-36所示的窗口。

　　在查询分析器中，通过使用命令方式，可以实现所有对数据库的操作，例如在 pubs 数据库

图 1-35　连接查询分析器

图 1-36　查询分析器

中查询 employee 表的信息,过程如下。

(1) 选择数据库,有两种方法。

方法一:从下拉列表框中选择 pubs 数据库,如图 1-37 所示。

方法二:在 SQL 命令区输入:use pubs,然后单击"运行"按钮 ▶。

(2) 在 SQL 命令区输入:select * from employee,然后单击"运行"按钮 ▶。

结果如图 1-38 所示。

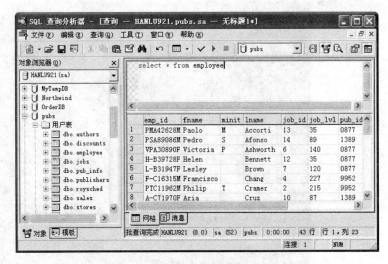

图 1-37　选择数据库　　　　　　　　　　图 1-38　运行结果

4. 命令方式 isql

SQL Server 2000 数据库支持命令工作方式,其语法是

isql-Username-Password-Servername

其中，

username：登录的用户名称。

password：用户登录密码。

servername：需要登录的 SQL Server 服务器名。

如以 sa 身份，密码为 sa 登录到 hanlu921 SQL Server 服务器中，方法为：

(1) 打开 DOS 命令窗口。

(2) 输入命令 isql -Usa -Psa -Shanlu921 进入字符方式操作。

运行界面如图 1-39 所示。

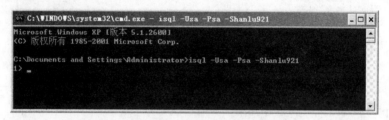

图 1-39　isql 运行方式

可以在该界面中输入 SQL 命令，如查询 Pubs 数据库中的 Jobs 表的内容，首先进入 Pubs 数据库，使用命令 use pubs，然后使用 go 命令（go 命令是运行的含义），进入 Pubs 数据库后，再使用 SQL 查询命令：select * from jobs，具体操作过程如图 1-40 所示。

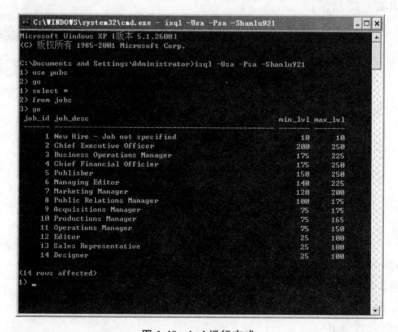

图 1-40　isql 运行方式

1.3　SQL Server 2000 体系结构

1.3.1　SQL Server 2000 数据库服务

1. 关系引擎和存储引擎

SQL Server 2000 数据库服务器主要包括两个部分：关系引擎和存储引擎。两个引擎独立工作，它们通过本地数据访问组件（如 OLE DB）进行交互。关系引擎提供访问存储引擎的接口，而存储引擎由与基本数据库存储组件和功能进行交互的服务构成。

存储引擎的主要任务包括：

(1) 提供改善管理存储组件易用性的功能。

(2) 管理数据缓冲和对物理文件的所有 I/O 操作。

(3) 控制并发、管理事务、锁定和日志记录。

(4) 管理用于存储数据的文件和物理页。

(5) 恢复系统故障。

SQL Server 2000 数据库采用优化的预读 I/O 操作，对于扫描所涉及的每个文件，SQL Server 2000 都会同时发出多个连续的、预读取操作。为提高性能，查询优化器在扫描表和索引时使用连续的预读 I/O 操作。

SQL Server 2000 数据库采用密码保护备份，这样可防止未授权的用户恢复备份并访问数据库。

在 SQL Server 2000 中，无论是通过用户界面还是自动执行的任务，数据交换都从查询开始。数据请求先被传递到关系引擎，然后关系引擎与存储引擎进行交互以获取数据，并将其传递给用户。

数据通过一系列事务在服务器和用户之间传递。应用程序在用户启动任务后，数据库将其传递给查询处理器进行处理，然后返回最终结果。查询处理器通过接收、解释和执行 SQL 语句来完成任务。

例如，当用户会话发出 SELECT 语句时，将会执行以下步骤。

① 关系引擎将语句进行编译和优化后，将其纳入执行计划（获取数据所需的一系列步骤），然后，关系引擎运行执行计划。执行步骤包括通过存储引擎访问表和索引。

② 关系引擎解释执行计划，调用存储引擎以收集所需的信息。

③ 关系引擎将存储引擎返回的所有数据组合到最终的结果集中，然后将结果集返回给用户。

为提高此过程的性能，关系引擎将查询谓词的工作交由存储引擎完成，这样可使这些谓词能尽早得到处理，因而提高了存储和关系引擎之间数据交换的效率。

SQL Server 2000 提供 Top n 功能，它是存储引擎处理从结果集中选择前 n 个记录的方式。如：

```
SELECT top 5 * from orders order by date_ordered desc
```

其最佳操作路径是：如果必须搜索整个表，则引擎会分析数据并只跟踪高速缓存中的前 n 项数值。这种方式将大幅提高上述 SELECT 语句的性能，因为只有前 n 项值需要排序，而非整个表。

在 SQL Server 2000 企业版中，两个或多个查询可共享正在进行的表扫描。例如，当查询使用无序扫描查询一个很大的表时，高速缓存中的页面将被清空，以便为流入数据腾出空间。如果另一个查询已经开始，对同一表的第二次扫描就会使磁盘 I/O 再次检索这些页面。在频繁进行表扫描的环境中，当两个查询搜索相同的数据页时，这将导致磁盘颠簸。

优化的进程可减少由此类数据访问模式造成的磁盘 I/O 操作。对表的第一个无序扫描将从磁盘中读取数据；后续的对同一表的无序扫描不必再读取硬盘，而只需使用已在内存中的信息。在对同一个表同时进行多个扫描操作时，此同步过程可将性能提高至多八倍。

当查询没有更有效的执行计划时，存储引擎将使用共享扫描功能协助查询。此功能的目的是提高频繁读取大型表的性能。当查询处理器确定最佳执行计划中包含表扫描时，将调用此功能。然而，尽管可以使用查询或索引优化强制进行共享扫描，但强制进行表扫描并不会提高性能。此时使用状态良好的索引完成同样的工作效果不会差，而且可能会更好。

2. 并发控制

为了在多个用户进行数据交互的同时维护事务的一致性，存储引擎会锁定资源以管理行、页、键、键范围、索引、表和数据库的依存性。通过在更改资源时将其锁定，引擎可防止多个用户同时更改同一数据。SQL Server 中的锁可在不同粒度级别上动态应用，以选择事务所需的限制最小的锁。

在 SQL Server 2000 中，用于获取锁的进程将考虑页中的数据是否都已提交。例如，若要对某个表运行 SELECT 语句，而该表中的数据在最近未发生变化（如 pubs 数据库中的表），则该进程不会产生锁，因为最近没有活动事务对表进行过更新。存储引擎是通过将数据页上的日志序列号与当前活动事务相比较来实现上述功能的。如果数据库中的绝大多数数据都早于最早的活动事务，则对于这样的数据库，这一功能将显著减少锁定操作，从而使性能大幅提高。

在使用锁保护事务中数据的同时，另一个进程 latching 控制对物理页的访问。当存储引擎扫描某页时，它先锁住该页，读取行，将行返回给关系引擎，然后再解除对页面的锁定，以使其他进程可以访问同一数据。存储引擎使用 lazy latching 进程优化对数据页的访问，即只在另一个活动进程请求某页时，才释放对该页的锁存。

SQL Server 2000 支持 TB 级的数据存储，其扩展能力可线性增长，且不受限制。数据库管理员的任务是管理数据库生命周期，即所有数据库组件（从代码到磁盘上的数据存储）的设计和优化周期，以确保设计始终满足服务级协议的要求。

3. 索引技术

随着表或索引的增长,SQL Server 以八个为一组分配新的数据页,这些数据页称为扩展。虽然 text,ntext 或 image 类型的列可存储在不同的页中,但一行数据不能超出一页,所以它只能拥有 8KB 数据。拥有聚集索引的表按键的顺序存储在磁盘上。记录按插入的顺序存储。

通过使用索引,可以优化对数据的访问。是否建立索引取决于使用情况,不正确的索引是造成数据库缓慢的最主要原因。

SQL Server 2000 支持联机索引重组,联机索引重组对事务的吞吐量影响非常小,并且可随时停止并重新启动,而不会影响其运行效果。索引重组操作按较小增量进行,并且可完全恢复。

随着在表中插入、删除和更新信息,聚集和非聚集索引页最终将变得零碎,从而降低对数据的范围查询的效率。因此,定期整理索引碎片是非常有益的。可以使用 DBCC SHOWCONTIG 命令分析并报告碎片。

如果确定索引已变为碎片,就可使用 DBCC INDEXDEFRAG 命令对其进行重组。该命令以逻辑键的顺序记录页,同时压缩可用空间,移动已建立的扩展中的行以满足填充因子设置。通过提高页面中内容的密度以减少数据扫描时读取的页数,从而提高读取性能。如果索引经常得到维护并且其分布不是完全散碎的,运行 DBCC INDEXDEFRAG 对联机性能的影响要远远小于重建索引。

4. 日志记录和故障恢复

事务日志是一个记录流,它记录了从数据库创建到当前时点对数据库所做的更改。每个记录的操作都创建一个日志记录。日志记录由事务生成,并在事务提交时写入磁盘。相反,被事务修改的数据页不会立即写入磁盘,而是先保留在 SQL Server 的缓冲区(高速缓存)中,稍后再写入磁盘。推迟将数据写入磁盘可最大限度地提高对数据页进行多路访问的性能,并避免中断扫描。在提交时强制将日志写入磁盘是为了确保在服务器关机时不会丢失已完成的工作。

故障恢复可确保在将数据库变为联机状态之前保持其在事务上的一致性。如果数据库在事务上是一致的,则所有提交的工作都已生效,而任何未提交的工作都变为无效。简而言之,故障恢复就是将数据与事务日志在某一给定时点保持一致的过程。

当 SQL Server 启动时,当数据库被连接时,或在从备份恢复数据库的最后一步时,故障恢复将自动执行。在 SQL Server 启动时执行的故障恢复称为重新启动故障恢复或启动故障恢复。使用备份进行故障恢复通常是由于磁盘发生故障。此类故障恢复称为媒体故障恢复。

每当启动一个 SQL Server 实例时,启动故障恢复会自动运行,它将回退上次关闭实例时尚未完成的所有事务。在使用备份进行故障恢复时,DBA 可以选择恢复到较早的时点。这种故障恢复需要满足一些限制条件。无论何种情况,故障恢复操作都基于此目标时点。

故障恢复分为两个阶段。

① 恢复所有更改,直到达到事务日志中的目标时点。

② 撤销由在恢复停止点仍处于活动状态的事务所执行的所有操作。

SQL Server 使用检查点加速重新启动故障恢复。检查点强制将当前缓冲区高速缓存中所有已修改的数据页保存到磁盘上。由于检查点的开销非常大,所以 SQL Server 自动对检查点进行管理,以保证在尽量缩短重新启动所花时间的同时尽可能提高性能。

SQL Server 2000 数据库提供快照备份。快照备份采用存储技术,可以在几秒钟内备份或恢复整个数据库。可将这些备份与常规事务日志及差异备份相结合,为 OLTP 数据库提供完整的保护。此功能对于中型或大型数据库是非常有益的。

5. 内存管理

SQL Server 2000 协同 Windows 2000 操作系统平衡所有可用 CPU 的工作量。SQL Server 可利用多个处理器上的并行处理能力执行查询、索引建立、DBCC 和其他操作。SQL Server 2000 标准版最多可支持四个处理器和 2GB 物理内存。企业版支持多达 32 个处理器和 64GB 物理内存。

SQL Server 实例的主内存源称为它的内存池。在 SQL Server 实例中几乎所有使用内存的数据结构都是从内存池分配的。从内存池分配的对象示例包括缓冲区高速缓存(其中存储最近读取的数据)和过程高速缓存(其中存储最近的执行计划)。

内存池中的分配是高度动态的。为优化性能,SQL Server 不断调整分配给不同区域的内存池大小。例如,当存储的执行计划的数量很少时,会通过将更多可用内存分配给数据高速缓存来调整内存池,从而优化资源的使用。

SQL Server 2000 尽可能使用内存以减少磁盘 I/O。SQL Server 在物理内存中使用缓冲区高速缓存装载最近引用的数据,这样,这些数据可被重复使用。减少磁盘 I/O 和提供数据库系统速度的潜在方法是增加 SQL Server 可用的物理内存。

通常,内存设置不需要任何调整。然而,在某些情况下可以对它们进行控制。例如,当在同一服务器上运行 SQL Server 的多个实例时,需要特别关注内存。如果在运行 SQL Server 的服务器上运行其他应用程序,也需要监视内存的使用情况。

6. 文件、文件组和磁盘

SQL Server 在磁盘文件中存储数据和日志。在基本安装中,默认情况下,创建的数据和日志文件保存在服务器配置中指定的默认位置。然而,为了获得最优的性能和管理能力,可以应用以下几条基本原则。

(1) 尽可能将数据分布到多个磁盘、信道和控制器中。

通常,磁盘越多(无论其单个容量大小),访问磁盘(控制器和信道)的速度以及存储引擎读写数据的速度也就越快。数据文件与日志文件的分离程度(将它们存储在不同的物理驱动器上)也有利于提高系统性能。还应该将 tempdb 存储在大磁盘集上;例如,与数据文件存放在一起或一组磁盘上。

（2）使用文件组，使企业数据库更易于管理。

每个数据库都以一个默认的文件组开始。由于 SQL Server 2000 可在不附加文件组的情况下高效工作，因此许多系统都无需添加用户定义的文件组。然而，随着系统的增长，使用附加的文件组可提供更高的管理能力。

实施或优化数据库设计时，数据库管理员需要考虑数据库存储组件的配置，尤其是物理和逻辑磁盘的布局、数据库文件在磁盘中的排列。

7. 数据库存储结构

数据库的存储结构分为逻辑存储结构和物理存储结构。

（1）逻辑存储结构

SQL Server 系统中的数据库对象主要包括表、数据类型、视图、索引、约束、存储过程和触发器等，它们的作用如表 1-1 所示。

表 1-1　SQL Server 逻辑存储结构

数据库对象	描　　述
表	由行、列组成的数据的集合，用来进行数据存储的最重要的数据库对象
数据类型	定义列或变量的数据类型，SQL Server 提供了系统数据类型，并允许用户自定义数据类型
视图	由表或其他视图导出的虚拟表
索引	为数据快速检索提供支持虚拟，并可以保证数据唯一性的辅助数据结构
约束	用于为表中的列定义完整性的规则
默认值	为列提供的默认值
存储过程	存放于服务器的预先编译好的一组 T-SQL 语句
触发器	是特殊的存储过程，当用户表中数据改变时，该存储过程被自动执行

（2）物理存储结构

物理存储结构是指用来存储数据库对象的文件和文件组。在 SQL Server 系统中，有数据文件和事务日志文件两种形式。

① 数据文件：有主数据文件和辅数据文件之分。

② 事务日志文件：用于存储数据库事务日志信息的文件，用来记录进行数据库恢复和数据库操作的操作信息。只要对数据库进行插入、更新和删除操作，其相关信息都将记录在事务日志文件中。

（3）文件组

文件组是文件的逻辑集合。为了方便管理和控制操作，可将数个数据库文件集合成一个逻辑文件（文件组）或多个逻辑文件。

（4）数据库文件的空间分配

在 SQL Server 系统中，存储空间的管理是以页（Page）和盘区（Extent）为单位的。

① 页面。SQL Server 中的所有信息都存储在页面上，页面是数据库中使用的最小

数据单元。

每一个页面存储 8KB(8192B)的信息,所有的页面都包括一个 132B 的页面头,这样就留下了 8060B 存储数据。页面头被 SQL Server 用来唯一地标识存储在页面中的数据。SQL Server 使用如下类型的页面。

- 分配页面:用于控制数据库中给表和索引分配的页面。
- 数据和日志页面:用于存储数据库数据和事务日志数据。

数据存储在每个页面的数据行中。每一行大小的最大值为 8060B。SQL Server 不允许记录跨页面存储。

- 索引页面:用于存储数据库的索引数据。
- 分发页面:用于存储数据库中有关索引的信息。
- 文本/图像页面:用于存储大文本或二进制大对象(Blob)数据。

② 盘区(extent)。一个盘区是由 8 个连续的页面(8×8KB = 64KB)组成的数据结构。当创建一个数据库对象(如一个表)时,SQL Server 会自动地以盘区为单位给它分配空间。

每一个盘区只能包含一个数据库对象。盘区是表和索引分配空间的单位。假设在一个新建的数据库中,创建了一个表和两个索引,并且表中只插入了一条记录,那么,总共占用 3×64KB=192KB 空间。

所有的 SQL Server 数据库都包含这些数据结构。简单地讲,只需记住一个数据库是由文件组成的,文件是由盘区组成的,盘区是由页面组成的。

1.3.2　Client/Server 体系结构

客户机/服务器(Client/Server,C/S)体系结构是 20 世纪 90 年代成熟起来的技术,它分为两层结构和多层结构。

两层结构将应用一分为二,服务器(后台)负责数据管理,客户机(前台)完成与用户的交互任务。此结构把存储企业数据的数据库内容放在远程的服务器上,而在每台客户机上安装相应软件。客户机,通常是一个 PC,其用户界面结合了表示层和业务逻辑层,接收用户的请求,并向数据库服务器提出请求;后端是数据库服务器,负责响应客户的请求,并将数据提交给客户端,客户端再将数据进行计算并将结果呈现给用户。两层结构还要提供完善的安全保护及对数据的完整性处理等操作,并允许多个客户同时访问同一个数据库。在这种结构中,服务器的硬件必须具有足够的处理能力,这样才能满足各客户的要求。其体系结构如图 1-41 所示。

SQL Server 2000 完全支持客户/服务器体系结构。

C/S 两层结构在技术上非常成熟,具有强大的数据操作和事务处理能力。模型思想简单,易于人们理解和接受。它的主要特点是交互性强、可以使数据为多个客户共享,具有安全的存取模式、网络通信量低、响应速度快、利于处理大量数据。

1.3.3　SQL Server 2000 系统数据库

SQL Server 有关基本对象的描述信息存放在数据字典中,数据字典称为系统表,通

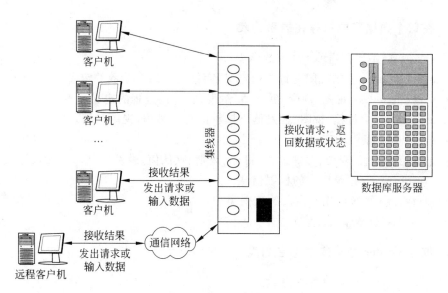

图 1-41 两层 C/S 体系结构图

常是由系统自动维护的,在必要时系统管理员也可以修改系统表。

SQL Server 数据库分为两类:系统数据库和用户数据库,其中系统数据库是系统安装时自动创建的,用户数据库由用户创建,它集中地存放着用户数据。

SQL Server 2000 有 6 个系统数据库。

(1) Master 数据库是 SQL Server 系统最重要的数据库,它记录了 SQL Server 系统的所有系统信息。这些系统信息包括所有的登录信息、系统设置信息、SQL Server 的初始化信息和其他系统数据库及用户数据库的相关信息。

(2) Model 数据库是所有用户数据库和 Tempdb 数据库的模板数据库,它含有 Master 数据库所有系统表的子集,这些系统表是每个用户定义数据库所需要的。

(3) Msdb 数据库是代理服务数据库,为其警报、任务调度和记录操作员的操作提供存储空间。

(4) Tempdb 是一个临时数据库,它为所有的临时表、临时存储过程及其他临时操作提供存储空间。

(5) Pubs 和 Northwind 数据库是两个实例数据库,可作为 SQL Server 的学习工具,用户可通过它来了解、练习 SQL 语句。

这两个数据库破坏了,可重新运行安装目录下的两个脚本重新生成数据库,这两个脚本是:MSSQL\Install\Instpubs.sql 和 MSSQL\Install\Instnwnd.sql。

1.3.4 SQL Server 系统表

系统表是指在 master 数据库中由 SQL Server 系统直接提供的全体表,全部以 sys 开头,这些系统表也称为数据字典,记载了有关数据库中所存的基本信息,在这些表中,一部分在所有的数据库中,一部分仅在 master 数据库中,SQL Server 依靠这些系统表来控制整个 DBS 的运行。下面列出了一些重要的系统表。

1. 在每个数据库中都存在的系统表

- sysuses：用户在当前 DB 中的标识。
- syscolumns：表或视图的每一列定义，存储过程每一参数的定义。
- syscomments：视图、规则、默认值、触发器、存储过程的定义。
- sysdepends：过程、视图、触发器所依赖的每一过程，视图和表。
- sysindex：索引的定义。
- sysobject：表、视图、存储过程、目标、规则、默认值、触发器、恰时表的定义。
- sysprotects：记录用户的权限信息。
- systypes：系统或用户定义的数据类型。
- sysfiles：数据库文件信息。

2. 仅在 master 数据库中存在的表

- sysconfigures：系统配置参数表。
- sysdatabase：DB 信息表。
- sysdevices：设备信息表。
- syslocks：有关锁情况的表。
- syslogins：用户账号表。
- sysmessages：系统错误、警告信息表。
- sysprocesser：server 进程状态表。
- sysremotelogins：远程用户表。
- sysservers：远程 SQL Server。

下面是对一些重要表的介绍。

（1）Sysobjects 表

SQL Server 的系统表 sysobjects 出现在每个数据库中，它对每个数据库对象含有一行记录。

（2）Syscolumns 表

系统表 syscolumns 出现在 master 数据库和每个用户自定义的数据库中，它对基表或者视图的每个列和存储过程中的每个参数含有一行记录。

（3）Sysindexes 表

系统表 sysindexes 出现在 master 数据库和每个用户自定义的数据库中，它对每个索引和没有聚簇索引的每个表含有一行记录，它还对包括文本/图像数据的每个表含有一行记录。

（4）Sysusers 表

系统表 sysusers 出现在 master 数据库和每个用户自定义的数据库中，它对整个数据库中的每个 Windows NT 用户、Windows NT 用户组、SQL Server 用户或者 SQL Server 角色含有一行记录。

（5）Sysdatabases 表

系统表 sysdatabases 对 SQL Server 系统上的每个系统数据库和用户自定义的数据

库含有一行记录,它只出现在 master 数据库中。

(6) Sysdepends 表

系统表 Sysdepends 对表、视图和存储过程之间的每个依赖关系含有一行记录,它出现在 master 数据库和每个用户自定义的数据库中。

(7) Sysconstraints 表

系统表 sysconstraints 对使用 CREATE TABLE 或者 ALTER TABLE 语句为数据库对象定义的每个完整性约束含有一行记录,它出现在 master 数据库和每个用户自定义的数据库中。

1.3.5　SQL Server 系统存储过程

SQL Server 系统存储过程为系统管理员和用户提供访问系统表的捷径,它们通常用来显示和修改系统表,建议用户不要直接使用 SQL 命令操作系统表而是使用系统存储过程,系统存储过程皆以 SP 开头。

1.3.6　SQL Server 用户

在 SQL Server 中共有四类用户控制着 SQL Server 数据库。

1. 系统管理员 sa

在大的企业组织中,sa 往往是一组人,任何知道 sa 口令的人都是 sa。

2. 数据库所有者 dbo

数据库的创建者就是 dbo,创建数据库的权限是由 sa 用 grant 命令授予的,dbo 对自己创建的数据库对象拥有所有的权限。

数据库的目标是指表、视图、索引、触发器、存储过程、规则、默认值等,创建数据库目标的用户就是目标所有者,用户必须具有创建某种目标的权限才可以创建该类目标。

3. 目标所有者

目标所有者对自己创建的目标拥有所有的权限,但是必须将该目标的有关权限授予其他用户,否则其他任何用户皆不能存取该目标。

4. 数据库操作者

操作数据库对象的不属于上述用户的用户。

用户访问数据库中的对象必须首先在 SQL Server 中进行注册,由 sa 使用系统存储过程 sp_addlogin 创建,其语法为:

```
sp_addlogin [@loginame=] 'login'        //登录账号
[, [@passwd=] 'password']               //密码
```

```
[, [@defdb=] 'database']                          //默认的数据库
[, [@deflanguage=] 'language']                    //默认的语言
```

例如,创建 user01 和 user02 账户,其登录密码为 user01 和 user02,其语句分别为:

```
sp_addlogin user01, user01
sp_addlogin user02, user02
```

其次,建立的账户不能访问用户数据库,要访问用户数据库,必须为数据库添加用户,使用系统存储过程 sp_adduser,其语法为

```
sp_adduser [@loginame=] 'login'
  [, [@name_in_db=] 'user']
    [, [@grpname=] 'group']
```

其中,

(1)[@loginame=] *'login*':用户的登录名称。

(2)[@name_in_db=] *'user*':新用户的名称,其默认值为 NULL。如果没有指定 *user*,则用户的名称默认为 *login* 名称。指定 *user* 即为新用户在数据库中给予一个不同于 SQL Server 上的登录 ID 的名称。

(3)[@grpname=] *'group*':组或角色,新用户自动地成为其成员。

例如,将 user01 账户添加为 OrderDB 数据库的用户,其语句为:

```
sp_adduser user01, user01
```

再次,必须由数据库对象的拥有者为该用户授权。

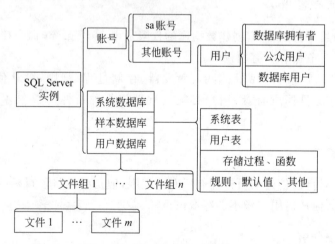

图 1-42　数据库各对象之间的关系

删除用户的命令为:

```
sp_dropuser [@name_in_db=] 'user'
```

删除账户的命令为:

```
sp_droplogin [@loginame=] 'login'
```

数据库各对象之间的关系如图 1-42 所示。

从图 1-42 可以看出，一个数据库由若干个文件组构成，每个文件组由若干个文件组成，通过文件组，将数据库放在若干个物理空间上。

1.4　SQL Server 2000 数据类型

SQL Server 数据库的数据类型分为字符型、数值型、日期时间型、二进制型和其他类型。

1. 字符型

SQL Server 数据库支持 6 种字符数据类型。

（1）char(n)：固定长度的非 Unicode 字符数据，最大长度为 8000 个字符。

（2）varchar(n)：可变长度的非 Unicode 数据，最大长度为 8000 个字符。

（3）text：可变长度的非 Unicode 数据，最大长度为 $2^{31}-1(2147483647)$ 个字符。

（4）nchar(n)：固定长度的 Unicode 数据，最大长度为 4000 个字符，存储大小为 n 字节的两倍。

（5）nvarchar(n)：可变长度 Unicode 数据，最大长度为 4000 字符，存储大小是所输入字符个数的两倍，用于引用数据库对象名。

（6）ntext：可变长度 Unicode 数据，最大长度为 $2^{30}-1$ (1073741823) 个字符，存储大小是所输入字符个数的两倍。

2. 数值型

SQL Server 数据库支持 11 种数值数据类型。

（1）bigint：从 $-2^{63}\sim2^{63}-1$ 的整型数据，存储大小为 8 个字节。

（2）int 或 integer：从 $-2^{31}\sim2^{31}-1$ 的整型数据，存储大小为 4 个字节。

（3）smallint：从 $-2^{15}\sim2^{15}-1$ 的整数数据，存储大小为 2 个字节。

（4）tinyint：从 $0\sim255$ 的整数数据，存储大小为 1 字节。

（5）bit：1,0 或 NULL 的整数数据。

（6）decimal($p[\,,s]$)：从 $-10^{38}+1\sim10^{38}-1$ 的固定精度和小数位的数字数据。其中，

① p（精度）：指定存储的十进制数字的最大个数。精度必须是从 $1\sim38$ 之间的值。

② s（小数位数）：指定小数位。小数位数必须是从 $0\sim p$ 之间的值。默认小数位数是 0。

（7）numeric($p[\,,s]$)：功能上等同于 decimal。

（8）money：货币数据值介于 $-2^{63}\sim2^{63}-1$，精确到货币单位的千分之十，存储大小为 8 个字节。

（9）smallmoney：货币数据值介于－214748.3648～＋214748.3647,精确到货币单位的千分之十,存储大小为 4 个字节。

（10）float(n)：从－1.79E＋308～1.79E＋308 的浮点精度数字,n 为用于存储科学记数法 float 数尾数的位数,同时指示其精度和存储大小。n 必须为从 1～53 的值。

（11）real：从－3.40E＋38～3.40E＋38 的浮点精度数字。

3. 日期时间型

SQL Server 数据库支持 2 种日期时间数据类型。

（1）datetime：从 1753 年 1 月 1 日到 9999 年 12 月 31 日的日期和时间数据,精确到 0.03s(或 3.33ms)。

（2）smalldatetime：从 1900 年 1 月 1 日到 2079 年 6 月 6 日的日期和时间数据,精确到分钟。

有多种方式对日期时间型的数据进行输入,输入格式如下。

① 数字＋分隔符：允许使用－、/、. 作为年、月、日的分隔符。例如,YMD：2009/4/22,2009-4-22,2009.4.22。

② 纯数字：用连续的 4,6,8 位数字来表示日期。例如,20090422 表示 2009 年 4 月 22 日。

③ 时间格式：hh:mm:ss。

可以使用 SET DATEFORMAT 命令来设置系统默认的日期时间型格式。语法为

```
SET DATEFORMAT { format }
```

其中：format 可以是 mdy,dmy,ymd,ydm,myd 和 dym。美国英语默认值是 mdy。

［例 1.1］ 设置日期格式为年月日。

```
SET DATEFORMAT ymd
DECLARE @datevar datetime
SET @datevar='09/05/01 12:20:30'
SELECT @datevar
```

（无列名）
1	2009-05-01 12:20:30.000

图 1-43 例 1.1 的运行结果

运行结果如图 1-43 所示。

4. 二进制型

二进制型数据类型常用于存储图像数据、有格式的文本数据(如 Word、Excel 文件)、程序文件数据等。

（1）binary(n)：固定长度的 n 个字节二进制数据。n 必须从 1～8000。存储空间大小为 $n＋4$ 字节。

（2）varbinary(n)：n 个字节变长二进制数据。n 必须从 1～8000。存储空间大小为实际输入数据长度＋4 个字节,而不是 n 个字节。输入的数据长度可能为 0 字节。

（3）image：可变长度的二进制数据,其最大长度为 $2^{31}－1$ 个字节。

5. 其他数据类型

SQL Server 数据库还支持如下数据类型。

（1）cursor：用于创建游标变量，或定义存储过程的输出参数。

（2）sql_variant：存储 SQL Server 支持的各种数据类型（text、ntext、timestamp 和 sql_variant 除外）值的数据类型。

（3）table：一种特殊的数据类型，存储供以后处理的结果集。

（4）timestamp：时间戳数据类型是一种自动记录时间的数据类型，在数据库范围内是唯一数字，每次更新行时也进行更新，存储大小为 8 字节。

（5）uniqueidentifier：全局唯一标识符（GUID），是 SQL Server 系统根据网络适配器地址和主机 CPU 的唯一标识而生成的。

1.5　SQL Server 2000 函数

SQL Server2000 数据库提供了丰富的函数，包括数学函数、字符串函数、日期和时间函数、聚合函数等。

1. 数学函数

对作为函数参数提供的输入值执行计算，返回一个数字值。数学函数如表 1-2 所示。

表 1-2　数学函数

函 数 名	函 数 定 义
ABS	绝对值函数
ACOS	反余弦函数
ASIN	反正弦函数
ATAN	反正切函数
ATN2	反正切函数
CEILING	返回大于或等于所给数字表达式的最小整数
COS	三角余弦值函数
COT	三角余切值函数
RAND	返回 0～1 之间的随机 float 值
ROUND	返回数字表达式并四舍五入为指定的长度或精度
SIGN	返回给定表达式的正（＋1）、零（0）或负（－1）号
SIN	三角正弦值函数
DEGREES	当给出以弧度为单位的角度时，返回相应的以度数为单位的角度

函 数 名	函 数 定 义
EXP	指数值
FLOOR	返回小于或等于所给数字表达式的最大整数
LOG	自然对数
LOG10	以 10 为底的对数
PI	PI 的常量值
POWER	返回给定表达式乘指定次方的值
RADIANS	返回在数字表达式中输入的度数值返回弧度值
SQUARE	返回给定表达式的平方
SQRT	返回给定表达式的平方根
TAN	正切值函数

2. 字符串函数

对字符串(char 或 varchar)输入值执行操作,返回一个字符串或数字值。字符串函数如表 1-3 所示。

表 1-3　字符串函数

函 数 名	函 数 定 义
ASCII	返回字符表达式最左端字符的 ASCII 代码值
CHAR	将 int ASCII 代码转换为字符的字符串函数
CHARINDEX	返回字符串中指定表达式的起始位置
DIFFERENCE	以整数返回两个字符表达式的 SOUNDEX 值之差
LEFT	返回从字符串左边开始指定个数的字符
LEN	返回给定字符串表达式的字符(而不是字节)个数,其中不包含尾随空格
LOWER	将大写字符数据转换为小写字符数据后返回字符表达式
LTRIM	删除起始空格后返回字符表达式
NCHAR	根据 Unicode 标准所进行的定义,用给定整数代码返回 Unicode 字符
PATINDEX	返回指定表达式中某模式第一次出现的起始位置;如果在全部有效的文本和字符数据类型中没有找到该模式,则返回零
REPLACE	用第三个表达式替换第一个字符串表达式中出现的所有第二个给定字符串表达式
QUOTENAME	返回带有分隔符的 Unicode 字符串,分隔符的加入可使输入的字符串成为有效的 SQL Server 分隔标识符
REPLICATE	以指定的次数重复字符表达式

续表

函 数 名	函 数 定 义
REVERSE	返回字符表达式的反转
RIGHT	返回字符串中从右边开始指定个数的 *integer_expression* 字符
RTRIM	截断所有尾随空格后返回一个字符串
SOUNDEX	返回由四个字符组成的代码（SOUNDEX）以评估两个字符串的相似性
SPACE	返回由重复的空格组成的字符串
STR	由数字数据转换来的字符数据
STUFF	删除指定长度的字符并在指定的起始点插入另一组字符
SUBSTRING	提取子串函数
UNICODE	按照 Unicode 标准的定义，返回输入表达式的第一个字符的整数值
UPPER	返回将小写字符数据转换为大写的字符表达式

3. 日期和时间函数

对日期和时间输入值执行操作，返回一个字符串、数字或日期和时间值，日期和时间函数如表 1-4 所示。

表 1-4　日期和时间函数

函 数 名	函 数 定 义
DATEADD	在指定日期上加一段时间，返回新的 datetime 值
DATEDIFF	返回两个指定日期的日期和时间边界数
DATENAME	返回指定日期的指定日期部分的字符串
DATEPART	返回指定日期的指定日期部分的整数
DAY	返回指定日期天的整数
GETDATE	返回当前系统日期和时间
GETUTCDATE	返回世界时间坐标或格林尼治标准时间的 datetime 值
MONTH	返回指定日期月份的整数
YEAR	返回指定日期年份的整数

4. 系统函数

返回有关 SQL Server 中的值、对象和设置的信息，系统函数如表 1-5 所示。

（1）CONVERT 函数

语法为

```
CONVERT(data_type[(length)], expression[, style])
```

表 1-5   系统函数

函 数 名	函 数 定 义
CONVERT	将某种数据类型的表达式显式转换为另一种数据类型
CURRENT_USER	返回当前的用户。此函数等价于 USER_NAME()
DATALENGTH	返回任何表达式所占用的字节数
@@ERROR	返回最后执行的 SQL 语句的错误代码
ISNULL	使用指定的替换值替换 NULL
@@ROWCOUNT	返回受上一语句影响的行数
SESSION_USER	返回当前会话的用户名
USER_NAME	返回给定标识号的用户名
HOST_NAME	返回工作站名称
USER	当前数据库用户名

其中，

- *expression*：任何有效 SQL Server 表达式。
- *data_type*：系统所提供的数据类型，包括 bigint 和 sql_variant。
- *length*：nchar，nvarchar，char，varchar，binary 或 varbinary 数据类型的可选参数。
- *style*：日期格式样式，将 datetime 或 smalldatetime 数据转换为字符数据（nchar，nvarchar，char，varchar，nchar 或 nvarchar 数据类型）；或将 float，real，money 或 smallmoney 数据转换为字符数据（nchar，nvarchar，char，varchar，nchar 或 nvarchar 数据类型）。

表 1-6 描述了将 datetime 或 smalldatetime 转换为字符数据的 *style* 值，左侧的两列表示将 datetime 或 smalldatetime 转换为字符数据的 *style* 值。给 *style* 值加 100，可获得包括世纪数位的四位年份（yyyy）。

表 1-6   将 datetime 或 smalldatetime 转换为字符数据的 *style* 值

不带世纪数位（yy）	带世纪数位（yyyy）	标　准	输 入 输 出
—	0 或 100（＊）	默认值	mon dd yyyy hh:miAM（或 PM）
1	101	美国	mm/dd/yyyy
2	102	ANSI	yy. mm. dd
3	103	英国/法国	dd/mm/yy
4	104	德国	dd. mm. yy
5	105	意大利	dd-mm-yy
6	106	—	dd mon yy

续表

不带世纪数位（yy）	带世纪数位（yyyy）	标　准	输　入　输　出
7	107	—	mon dd, yy
8	108	—	hh:mm:ss
—	9 或 109（＊）	默认值 ＋ 毫秒	mon dd yyyy hh:mi:ss:mmmAM（或 PM）
10	110	美国	mm-dd-yy
11	111	日本	yy/mm/dd
12	112	ISO	yymmdd
—	13 或 113（＊）	欧洲默认值 ＋ 毫秒	dd mon yyyy hh:mm:ss:mmm（24h）
14	114	—	hh:mi:ss:mmm（24h）
—	20 或 120（＊）	ODBC 规范	yyyy-mm-dd hh:mm:ss[.fff]
—	21 或 121（＊）	ODBC 规范（带毫秒）	yyyy-mm-dd hh:mm:ss[.fff]
—	126（＊＊＊）	ISO8601	yyyy-mm-dd Thh:mm:ss:mmm（不含空格）
—	130 ＊	科威特	dd mon yyyy hh:mi:ss:mmmAM
—	131 ＊	科威特	dd/mm/yy hh:mi:ss:mmmAM

［例 1.2］ 将当前系统的时间按 104 格式输出。

```
select convert(char(20),getdate(),104)
```

运行结果如图 1-44 所示。

［例 1.3］ 将当前系统的时间按 120 格式输出。

```
select convert(char(20),getdate(),120)
```

运行结果如图 1-45 所示。

	（无列名）
1	01.05.2009

图 1-44　例 1.2 的运行结果

	（无列名）
1	2009-05-01 12:38:20

图 1-45　例 1.3 的运行结果

［例 1.4］ 获取当前登录的用户名和主机名。

```
select user_name(),host_name()
```

（2）ISNULL 函数

语法为

```
ISNULL(check_expression, replacement_value)
```

其中，

* *check_expression*：将被检查是否为 NULL 的表达式，*check_expression* 可以是任

何类型的。

- *replacement _ value*：在 *check _ expression* 为 NULL 时将返回的表达式。*replacement_value* 必须与 *check_expression* 具有相同的类型。

［例 1.5］ 查找所有书的平均价格，当 titles 表的 price 列为 NULL 值时用 $ 10.00 替换。

```
USE pubs
GO
SELECT AVG(ISNULL(price, $10.00))
FROM titles
```

5. 聚合函数

聚合函数对一组值执行计算并返回单一的值。除 COUNT 函数之外，聚合函数忽略空值。聚合函数经常与 SELECT 语句的 GROUP BY 子句一同使用，聚合函数如表 1-7 所示。

表 1-7　聚合函数

函 数 名	函 数 定 义
AVG	返回组中值的平均值。空值将被忽略
COUNT	返回组中项目的数量
STDEV	返回给定表达式中所有值的统计标准偏差
STDEVP	返回给定表达式中所有值的填充统计标准偏差
MAX	返回表达式的最大值
MIN	返回表达式的最小值
SUM	返回表达式中所有值的和，或只返回 DISTINCT 值。SUM 只能用于数字列，空值将被忽略

1.6　SQL Server 2000 流控制语句

1.6.1　变量

SQL Server 变量分为局部变量和全局变量。

1. 局部变量

在变量名前加一个@符号。

2. 全局变量

在变量名前加两个@符号。

SQL Server 定义了若干个系统全局变量，这些全局变量可以直接使用，常用的系统全局变量如下。

(1) @@*error*：当事务成功时为 0，否则为最近一次的错误号。

(2) @@*rowcount*：返回受上一语句影响的行数。

(3) @@*fetch_status*：返回被 FETCH 语句执行的最后游标的状态。其中

@@*fetch_status*＝0 fetch 语句成功；

@@*fetch_status*＝－1 fetch 语句失败或该行不在结果集中；

@@*fetch_status*＝－2 被提取的行不存在。

(4) @@*VERSION*：返回 SQL Server 当前安装的日期、版本和处理器类型。

3. 变量的定义

定义变量语法为

declare @ variable_name datatype[, @variable_name datatype…]

[**例 1.6**]　定义两个局部变量：

```
declare @sname char(6),@age smallint
UPDATE authors SET au_lname= 'Jones'
WHERE au_id='999-888-7777'
IF @@ROWCOUNT=0
    print 'Warning: No rows were updated'
```

1.6.2　注释符、运算符和通配符

1. 注释符

(1) 单行注释符--

该注释符既可以单独注释一行，也可以放在语句行的尾端。

[**例 1.7**]　一行注释。

```
-- Choose the pubs database.
USE pubs
```

[**例 1.8**]　尾端注释。

```
CREATE TABLE dbo.course (
    Cno      char(3)              NOT NULL ,     --课程号
    Cname    char(20)             NULL,          --课程名
    Cpno     char(3)              NULL,          --先行课
    Ceredit tinyint default 0    NOT NULL,       --学分
    constraint course_primary primary key (cno) )
```

(2) 多行注释 / * … * /

该注释可以插入单独行或 SQL 语句中。用于多行注释必须第一行用/ * 开始，接下来的注释行用 * * 开始，并且用 * /结束注释。

2. 运算符

SQL Server 提供了丰富的运算符,具体包括。

(1) 算术运算符:+,-,*,/,%(取余)。

(2) 比较运算符:>,>=,<,<=,=,<>,!=。

(3) 逻辑运算符:and,or,not。

(4) 位运算符:& 按位与、| 按位或、~ 按位非、^按位异或。

(5) 字符串连接运算符:+。

(6) 赋值语句:select(一次可以给多个变量赋值)和 set(一次仅可以给一个变量赋值)。

3. 显示表达式的值

显示表达式的值使用 select 语句,语法为

SELECT 表达式 1 [, 表达式 2,…]

〔**例 1.9**〕　在 pubs 数据库中,查询 titles 表中的最高价,如果最高价大于 20,则显示 'ouch'。

```
declare @veryhigh money
select @veryhigh= (select max(price) from titles)
if @veryhigh>20
    print 'ouch!'
```

或者

```
declare @veryhigh money
set @veryhigh= (select max(price) from titles)
if @veryhigh>20
    print 'ouch!'
```

〔**例 1.10**〕　用 set 语句给变量赋值。

```
declare @one varchar(18), @two varchar(18)
set @one= 'this is one'
set @two= 'this is two'
if @one= 'this is one'
    print 'you got one'
if @two= 'this is two'
    print 'you got two'
else
    print 'none'
```

或者

```
declare @one varchar(18), @two varchar(18)
```

```
select @one='this is one', @two='this is two'
if @one='this is one'
    print 'you got one'
if @two='this is two'
    print 'you got two'
else
    print 'none'
```

〔**例 1.11**〕　用 select 语句显示表达式的值。

```
select sqrt(90) * 2, left('abcdef', 2)
```

4. 通配符

用于匹配包含一个或多个字符的任意字符串,通配符既可以用作前缀也可以用作后缀。通配符如表 1-8 所示。

表 1-8　通配符

通配符	描　　述	示　　例
%	包含零个或更多字符的任意字符串	WHERE title LIKE '%computer%' 查找书名中包含单词 computer 的所有书名
_ (下划线)	任何单个字符	WHERE au_fname LIKE '_ean' 查找以 ean 结尾的所有 4 个字母的名字,如 Dean,Sean 等
[ ]	指定范围([a-f])或集合([abcdef])中的任何单个字符	WHERE au_lname LIKE '[C-P]arsen' 查找以 arsen 结尾且以介于 C 与 P 之间的任何单个字符开始的作者姓氏,如 Carsen,Larsen,Karsen 等
[^]	不属于指定范围([a-f])或集合([abcdef])的任何单个字符	WHERE au_lname LIKE 'de[^l]%' 查找以 de 开始且其后的字母不为 l 的所有作者的姓氏

1.6.3　流控制语句

1. 流控制语句的语法

SQL Server 流控制语句如表 1-9 所示。

表 1-9　流控制语句

关 键 字	描　　述
BEGIN…END	定义语句块
BREAK	退出最内层的 WHILE 循环
CONTINUE	重新开始 WHILE 循环

关 键 字	描　　述
GOTO *label*	从 *label* 所定义的 *label* 之后的语句处继续进行处理
IF…ELSE	定义条件以及当一个条件为 FALSE 时的操作
RETURN	无条件退出
WAITFOR	为语句的执行设置延迟
WHILE	当特定条件为 TRUE 时重复语句

2. 流控制语句实例

以下实例使用教材中的学生成绩管理数据库 ScoreDB。

[**例 1.12**]　在学生表 Student 中，如果存在蒙古族的学生，则显示"存在蒙古族的学生"。

```
if exists (select * from Student where nation='蒙古族')
    print '存在蒙古族的学生'
```

[**例 1.13**]　在成绩表 Score 中，如果学生的平均分低于 75 分，则将所有成绩加 2 分，然后显示大于等于 75 分的学生选课成绩。

```
if (select avg(score) from Score)<75
begin
    update Score set score=score+2
    select studentNo,courseNo,score
    from Score
    where score>=75
end
```

[**例 1.14**]　计算 $1+2+\cdots+100$ 的值。

```
declare @i int
declare @sum int
set @i=1
set @sum=0
while @i<=100
begin
    set @sum=@sum+@i
    set @i=@i+1
end
select @i, @sum
```

[**例 1.15**]　显示 $100\sim200$ 之间的素数。

```
declare @i int,@x int
```

```
set @x=100
while @x<=200
begin
    set @i=2
    while @i<=sqrt(@x)
    begin
        if @x%@i = 0
            break
        set @i=@i+1
    end
    if @i>sqrt(@x)
        select @x
    set @x=@x+1
end
```

1.6.4   CASE 语句

SQL Server 提供了计算条件列表并返回多个可能结果表达式之一的语句,该语句是 CASE 语句。

CASE 语句提供两种格式:简单 CASE 语句和 CASE 搜索语句,两种格式都支持可选的 ELSE 参数。

1. 简单 CASE 语句

简单 CASE 语句是将某个表达式与一组简单表达式进行比较以确定结果。

语法为

```
CASE input_expression
    WHEN when_expression THEN result_expression
    […n]
    [ELSE else_result_expression]
END
```

其中,

- *input_expression*:所比较的简单表达式。
- *when_expression*:任意有效的 SQL Server 表达式,其数据类型必须与 *input_expression* 相同,或者可以隐性转换为相同数据类型。
- *n*:占位符,表明可以使用多个 WHEN … THEN …子句。
- THEN *result_expression*:*result_expression* 可以是任意有效的 SQL Server 表达式,当 *input_expression* = *when_expression* 时返回该表达式值。
- ELSE *else_result_expression*:*else_result_expression* 可以是任意有效的 SQL Server 表达式,其数据类型必须与表达式 *result_expression* 相同,或者可以隐性地转换为相同数据类型。当 *input_expression* 的值不在上述 WHEN 范围内时返

回该表达式值。如果省略此参数,且 *input_expression* 的值不在上述 WHEN 范围内,则返回 NULL 值。

[例 1.16] 在课程表 Course 中,将课程分类显示。

```
SELECT 课程性质 =
    CASE courseNo
        WHEN '001' THEN '基础课程'
        WHEN '003' THEN '专业基础课'
        WHEN '004' THEN '专业必修课程'
        WHEN '007' THEN '基础课程'
        WHEN '006' THEN '专业限选课'
        ELSE '其他选修课'
    END,
    courseNo 课程编号, courseName 课程名称
FROM Course
```

运行结果如图 1-46 所示。

2. CASE 搜索语句

搜索语句用于计算一组布尔表达式以确定结果。
语法为

```
CASE
    WHEN boolean_expression THEN result_expression
    […n]
    [ELSE else_result_expression]
END
```

	课程性质	课程编号	课程名称
1	专业必修课程	004	C语言程序设计
2	基础课程	007	操作系统
3	基础课程	001	高等数学
4	专业基础课	003	计算机原理
5	其它选修课	002	离散数学
6	其它选修课	005	数据结构
7	专业限选课	006	数据库系统原理

图 1-46 例 1.15 的运行结果

其中,

- WHEN *boolean_expression*:*boolean_expression* 是任意有效的布尔表达式。
- THEN *result_expression*:*result_expression* 是任意有效的 SQL Server 表达式,当 *boolean_expression* 取值为 TRUE 时返回该表达式的值。
- *n*:占位符,表明可以使用多个 WHEN … THEN …子句。
- ELSE *else_result_expression*:*else_result_expression* 是任意有效的 SQL Server 表达式,其数据类型必须与表达式 *result_expression* 相同,或者可以隐性转换为相同数据类型。当表达式 *boolean_expression* 取值为 FALSE 时返回该表达式的值。如果省略此参数,则当表达式 *boolean_expression* 取值为 FALSE 时返回 NULL 值。

[例 1.17] 在成绩表中,将学生的百分制成绩转换为等级制成绩。

```
SELECT studentNo, courseNo, score, 成绩级别=
CASE
    WHEN score< 60 THEN '不及格'
    WHEN score< 70 THEN '及格'
```

```
    WHEN score< 80 THEN '中等'
    WHEN score< 90 THEN '良好'
    WHEN score<= 100 THEN '优秀'
    ELSE '成绩有错'
  END
FROM Score
```

运行结果如图 1-47 所示。

	studentNo	courseNo	score	成绩级别
1	0700001	001	100.0	优秀
2	0700001	002	84.0	良好
3	0700001	006	58.0	不及格
4	0700002	003	71.0	中等
5	0700002	004	89.0	良好
6	0700002	005	79.0	中等
7	0700002	007	92.0	优秀
8	0700003	001	48.0	不及格
9	0700003	002	40.0	不及格

图 1-47　例 1.17 的运行结果

第2章

数据库查询

2.1 相 关 知 识

SQL 语言于 1974 年由 Boyce 等提出,并于 1975—1979 年在 IBM 公司研制的 System R 数据库管理系统上实现,现在已成为国际标准。目前,关系型的数据库管理系统基本采用 SQL 作为其操作数据库的语言,SQL Server 也不例外,并对 SQL 标准进行了扩充,称为 Transact-SQL (Transact Structure Query Language),简称 T-SQL,它是在 SQL 语言的基础上扩充了许多新的内容。T-SQL 语言主要由以下几部分组成。

(1) 数据定义语言(data definition language,DDL):用于定义数据库模式、外模式和内模式,从而实现对基本表、视图和索引的定义。

(2) 数据操纵语言(data manipulation language,DML):用于对数据库中的数据进行插入、删除、更新和查询操作。

(3) 数据控制语言(data control language,DCL):用于数据库中的用户定义、授权、完整性约束定义以及事务控制等。

(4) 系统存储过程:安装了 SQL Server 后,SQL Server 自动创建了一些存储过程,这些存储过程称为系统存储过程,一般以 sp 开头,主要是方便用户对系统表(数据字典)的操作,如从系统表中查询信息,对系统表进行更新操作等,使用系统存储过程,用户不必了解系统表的结构,也不需要使用 SQL 语言对系统表进行操作。

(5) 其他的语言元素:由于 T-SQL 是一个可编程的 SQL 语言,出于编程的需要,增加了一些语言元素,如注释语句、循环语句、条件语句等。

2.1.1　订单管理数据库

本章使用的数据库是订单管理数据库 OrderDB,由 5 张表组成,包括员工表、客户表、商品表、订单主表和订单明细表。

1. 员工表 Employee

员工表 Employee 的表结构如表 2-1 所示,样例数据如表 2-2 所示。

表 2-1 员工表 Employee 结构

属 性 含 义	属 性 名	数 据 类 型
员工编号	employeeNo	char(8)
员工姓名	employeeName	varchar(10)
性别	sex	char(1)
出生日期	birthday	datetime
住址	address	varchar(50)
电话	telephone	varchar(20)
雇佣日期	hireDate	datetime
所属部门	department	varchar(30)
职务	headShip	varchar(10)
薪水	salary	numeric(8，2)

表 2-2 员工表 Employee 的数据

	employeeNo	employee-Name	sex	birthday	address	telephone	hireDate	depart-ment	head-Ship	salary
1	E2005001	喻自强	M	1965-4-15	南京市青海路 18 号	13817605008	1990-2-6	财务科	科长	5800.80
2	E2005002	张小梅	F	1973-11-1	上海市北京路 8 号	13607405016	1991-3-28	业务科	职员	2400.00
3	E2005003	张小娟	F	1973-3-6	上海市南京路 66 号	13707305025	1992-3-28	业务科	职员	2600.00
4	E2005004	张 露	F	1967-1-5	南昌市八一大道 130 号	15907205134	1990-3-28	业务科	科长	4100.00
5	E2005005	张小东	M	1973-9-3	南昌市阳明路 99 号	15607105243	1992-3-28	业务科	职员	1800.00
6	E2006001	陈 辉	M	1965-11-1	南昌市青山路 100 号	13607705352	1990-3-28	办公室	主任	4000.00
7	E2006002	韩 梅	F	1973-12-11	上海市浦东大道 6 号	13807805461	1990-11-28	业务科	职员	2600.00
8	E2006003	刘 凤	F	1973-5-21	江西财经大学 5 栋 1-101 室	15907805578	1991-2-28	业务科	职员	2500.00
9	E2007001	吴浮萍	M	1973-9-12	南昌高新开发区 12 号	NULL	1990-6-28	业务科	职员	2500.00
10	E2007002	高代鹏	M	1973-1-2	南昌高新开发区 56 号	NULL	1991-11-28	办公室	文员	2000.00
11	E2008001	陈诗杰	M	1968-1-6	江西财经大学 12 栋 3-304 室	NULL	1990-12-6	财务科	出纳	3200.00
12	E2008002	张 良	M	1972-2-16	上海市福州路 135 号	NULL	1992-2-28	业务科	职员	2700.00
13	E2008003	黄梅莹	F	1972-5-15	上海市九江路 88 号	NULL	1991-2-28	业务科	职员	3100.00
14	E2008004	李虹冰	F	1972-10-13	南昌市中山路 1 号	NULL	1990-5-28	业务科	职员	3400.00
15	E2008005	张小梅	F	1970-11-6	深圳市阳关大道 10 号	NULL	1990-11-18	财务科	会计	5000.00

其中,员工编号构成：E+年+流水号,共 8 位,第 1 位为 E,如 E2008001,年份可以取雇佣日期的年份,也可以自定义,末尾 3 位为该年度的流水号;性别：F 表示女,M 表示男。

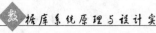

2. 客户表 Customer

客户表 Customer 的表结构如表 2-3 所示,样例数据如表 2-4 所示。

表 2-3　客户表 Customer 结构

属 性 含 义	属 性 名	数 据 类 型
客户号	customerNo	char(9)
客户名称	customerName	varchar(40)
客户住址	address	varchar(40)
客户电话	telephone	varchar(20)
邮政编码	zip	char(6)

表 2-4　客户表 Customer 的数据

	customerNo	customerName	telephone	address	zip
1	C20050001	统一股份有限公司	022-3566021	天津市	220012
2	C20050002	兴隆股份有限公司	022-3562452	天津市	220301
3	C20050003	上海生物研究室	010-2121000	北京市	108001
4	C20050004	五一商厦	021-4532187	上海市	210100
5	C20060001	大地商城	010-1165152	北京市	100803
6	C20060002	联合股份有限公司	021-4568451	上海市	210100
7	C20070001	南昌市电脑研制中心	0791-4412152	南昌市	330046
8	C20070002	世界技术开发公司	021-4564512	上海市	210230
9	C20070003	万事达股份有限公司	022-4533141	天津市	220400
10	C20080001	红度股份有限公司	010-5421585	北京市	100800

其中,客户号构成:C+年+流水号,共 9 位,第 1 位为 C,如 C20080001,年份取建立日期的年份,末尾 3 位为该年度的流水号。

3. 商品基本信息表 Product

商品基本信息表 Product 的表结构如表 2-5 所示,样例数据如表 2-6 所示。

表 2-5　商品基本信息表 Product 结构

属 性 含 义	属 性 名	数 据 类 型
商品编号	productNo	char(9)
商品名称	productName	varchar(40)
商品类别	productClass	varchar(20)
商品定价	productPrice	numeric(7, 2)

表 2-6　商品基本信息表 Product 的数据

	productNo	productName	productClass	productPrice
1	P20050001	32M DRAM	内存	80.70
2	P20050002	17 寸显示器	显示器	700.00
3	P20050003	120GB 硬盘	存储器	300.00
4	P20050004	3.5 寸软驱	设备	35.00
5	P20050005	键盘	设备	100.60
6	P20060001	VGA 显示卡	显示器	1200.60
7	P20060002	网卡	设备	66.00
8	P20060003	Pentium100CPU	处理器	200.00
9	P20070001	1G DDR	内存	256.00
10	P20070002	52 倍速光驱	设备	200.00
11	P20070003	计算机字典	图书	100.00
12	P20070004	9600bits/s 调制解调	设备	320.00
13	P20080001	Pentium 主板	主板	890.00
14	P20080002	硕泰克 SL—K8AN-RL 主板	主板	1100.00
15	P20080003	龙基 777FT 纯平显示器	显示器	900.00

　　其中,商品编号构成:P＋年＋流水号,共 9 位,第 1 位为 P,如 P20080001,年份取建立日期的年份,末尾 4 位为该年度的流水号。

4. 订单主表 OrderMaster

订单主表 OrderMaster 的表结构如表 2-7 所示,样例数据如表 2-8 所示。

表 2-7　订单主表 OrderMaster 结构

属 性 含 义	属 性 名	数 据 类 型
订单编号	orderNo	char(12)
客户号	customerNo	char(9)
业务员编号	salerNo	char(8)
订单日期	orderDate	datetime
订单金额	orderSum	numeric(9,2)
发票号码	invoiceNo	char(10)

表 2-8　订单主表 OrderMaster 的数据

	orderNo	customerNo	salerNo	orderDate	orderSum	invoiceNo
1	200801090001	C20050001	E2005002	2008-1-9	0.00	I000000001
2	200801090002	C20050004	E2005003	2008-1-9	0.00	I000000002
3	200801090003	C20080001	E2005002	2008-1-9	0.00	I000000003
4	200802190001	C20050001	E2005003	2008-2-19	0.00	I000000004
5	200802190002	C20070002	E2008002	2008-2-19	0.00	I000000005
6	200803010001	C20070002	E2008001	2008-3-1	0.00	I000000006
7	200803020001	C20050004	E2008003	2008-3-2	0.00	I000000007
8	200803090001	C20070003	E2008004	2008-3-9	0.00	I000000008
9	200805090001	C20060002	E2008002	2008-5-9	0.00	I000000009
10	200806120001	C20050001	E2005002	2008-6-12	0.00	I000000010

其中,订单编号的构成:年+月+日+流水号,共 12 位,如 200708090001,年 4 位,月 2 位,日 2 位,末尾 4 位为该日期的流水号。

业务员必须是员工。

5. 订单明细表 OrderDetail

订单明细表 OrderDetail 的表结构如表 2-9 所示,样例数据如表 2-10 所示。

表 2-9　订单明细表 OrderDetail 结构

属 性 含 义	属 性 名	数 据 类 型
订单编号	orderNo	char(12)
商品编号	productNo	char(9)
销售数量	quantity	int
成交单价	price	numeric(7, 2)

表 2-10　订单明细表 OrderDetail 的数据

	orderNo	productNo	quantity	price
1	200801090001	P20050001	5	500
2	200801090001	P20050002	3	500
3	200801090001	P20050003	2	300
4	200801090002	P20060002	5	250
5	200801090002	P20080001	5	280
6	200801090002	P20080002	4	270

续表

	orderNo	productNo	quantity	price
7	200801090002	P20080003	2	158
8	200801090003	P20050001	5	130
9	200801090003	P20060001	3	350
10	200802190001	P20060003	4	270
11	200802190001	P20070001	2	158
12	200802190001	P20070002	5	250
13	200802190001	P20070003	3	350
14	200802190001	P20070004	2	330
15	200802190001	P20080001	2	160
16	200802190001	P20080002	3	260
17	200802190001	P20080003	1	330
18	200802190002	P20050003	2	160
19	200802190002	P20050005	3	150
20	200802190002	P20070001	3	500
21	200803010001	P20050001	8	150
22	200803010001	P20070001	4	150
23	200803020001	P20050001	2	100
24	200803020001	P20050002	1	200
25	200803020001	P20070003	3	200
26	200803090001	P20050003	4	200
27	200803090001	P20050004	5	250
28	200803090001	P20070001	2	158
29	200803090001	P20070002	5	380
30	200803090001	P20070004	3	350
31	200805090001	P20060003	8	300
32	200805090001	P20070001	4	500
33	200805090001	P20070002	2	600
34	200805090001	P20070003	5	300
35	200806120001	P20050004	2	600
36	200806120001	P20050005	3	600
37	200806120001	P20060001	1	300
38	200806120001	P20060002	2	280

2.1.2　查询语句

查询是数据库系统最常见的操作,T-SQL 的查询语句的语法是

```
SELECT [ALL|DISTINCT] [TOP n [PERCENT]]
        <select_list>
FROM table_source
[WHERE search_condition]
[GROUP BY group_by_expression]
[HAVING search_condition]
[ORDER BY order_expression [ASC|DESC]]
```

其中,

(1) DISTINCT:从结果集中去除重复的行。

(2) TOP n [PERCENT]:指定返回结果集的前 n 行,n 是介于 0~4294967295 的整数。如果指定 PERCENT 关键字,则只从结果集中输出前百分之 n 行,n 必须是 0~100 的整数。如果指定了 ORDER BY,行将在结果集排序之后选定。

[例 2.1]　在订单数据库中,查询职工工资最高的前 8 个职工编号、职工姓名和工资。

```
SELECT TOP 8 employeeNo, employeeName, salary
FROM Employee
ORDER BY salary DESC
```

[例 2.2]　订单数据库中,查询职工工资按高低排序的前 10% 的职工编号、职工姓名和工资。

```
SELECT TOP 8 PERCENT employeeNo, employeeName, salary
FROM Employee
ORDER BY salary DESC
```

(3) <select_list>:为结果集选择的列。选择列表是以逗号分隔的一系列表达式,可以是属性名、函数、表达式以及 CASE 语句。

[例 2.3]　在订单数据库的员工表中,根据性别的取值,如果为'M',显示'男',如果为'F',显示'女'。

使用 CASE 语句,其语法为

```
CASE input_expression
    WHEN when_expression THEN result_expression
    […n]
    ELSE else_result_expression
END
```

命令,

```
SELECT employeeNo, employeeName,
    CASE sex WHEN 'M' THEN '男'
             WHEN 'F' THEN '女'
    END AS sex, birthday
FROM Employee
```

结果如图 2-1 所示。

	employeeNo	employeeName	sex	birthday
1	E2005001	喻自强	男	1965-04-15 00:00:00.000
2	E2005002	张小梅	女	1973-11-01 00:00:00.000
3	E2005003	张小娟	女	1973-03-06 00:00:00.000
4	E2005004	张露	女	1967-01-05 00:00:00.000
5	E2005005	张小东	男	1973-09-03 00:00:00.000
6	E2006001	陈辉	男	1965-11-01 00:00:00.000
7	E2006002	韩梅	女	1973-12-11 00:00:00.000
8	E2006003	刘风	女	1973-05-21 00:00:00.000
9	E2007001	吴浮萍	男	1973-09-12 00:00:00.000
10	E2007002	高代鹏	男	1973-01-02 00:00:00.000
11	E2008001	陈诗杰	男	1968-01-06 00:00:00.000
12	E2008002	张良	男	1972-02-16 00:00:00.000
13	E2008003	黄梅莹	女	1972-05-15 00:00:00.000
14	E2008004	李虹冰	女	1972-10-13 00:00:00.000
15	E2008005	张小梅	女	1970-11-06 00:00:00.000

图 2-1 例 2.3 的运行结果

CASE 语句还有另一个语法：

```
CASE
    WHEN boolean_expression THEN result_expression
    […n]
    ELSE else_result_expression
END
```

［例 2.4］ 在订单数据库中，根据员工的薪水进行分类显示。

```
SELECT employeeNo, employeeName,
    薪水=CASE
            WHEN salary<2000 THEN '低收入者'
            WHEN salary<4000 THEN '中等收入者'
            ELSE '高收入者'
        END, salary
FROM Employee
ORDER BY salary
```

结果如图 2-2 所示。

（4）*table_source*：为作用的关系对象，可以是表名、视图名和查询表，可以为这些关系对象取别名，称为元组变量，取别名使用"［AS］［别名］"格式。

［例 2.5］ 在订单数据库中，查询每个客户的订单编号、客户名称、订单金额。

	employeeNo	employeeName	薪水	salary
1	E2005005	张小东	低收入者	1800.00
2	E2007002	高代鹏	中等收入者	2000.00
3	E2005002	张小梅	中等收入者	2400.00
4	E2006003	刘风	中等收入者	2500.00
5	E2007001	吴浮萍	中等收入者	2500.00
6	E2006002	韩梅	中等收入者	2600.00
7	E2005003	张小娟	中等收入者	2600.00
8	E2008002	张良	中等收入者	2700.00
9	E2008003	黄梅莹	中等收入者	3100.00
10	E2008001	陈诗杰	中等收入者	3200.00
11	E2008004	李虹冰	中等收入者	3400.00
12	E2006001	陈辉	高收入者	4000.00
13	E2005004	张露	高收入者	4100.00
14	E2008005	张小梅	高收入者	5000.00
15	E2005001	喻自强	高收入者	5800.80

图 2-2 例 2.4 的运行结果

```
SELECT b.orderNo, customerName, sum(quantity * price)
FROM Customer a, OrderMaster b, OrderDetail c
WHERE a.customerNo=b.customerNo AND b.orderNo=c.orderNo
GROUP BY b.orderNo, customerName
ORDER BY customerName
```

结果如图 2-3 所示。

	orderNo	customerName	（无列名）
1	200801090003	红度股份有限公司	1700.00
2	200805090001	联合股份有限公司	7100.00
3	200802190002	世界技术开发公司	2270.00
4	200803010001	世界技术开发公司	1800.00
5	200801090001	统一股份有限公司	4600.00
6	200802190001	统一股份有限公司	5786.00
7	200806120001	统一股份有限公司	3860.00
8	200803090001	万事达股份有限公司	5316.00
9	200801090002	五一商厦	4046.00
10	200803020001	五一商厦	1000.00

图 2-3　例 2.5 的运行结果

2.2　实验一：简单查询

2.2.1　实验目的与要求

（1）掌握 SQL 查询语句的基本概念。
（2）掌握 SQL Server 查询语句的基本语法。
（3）熟练使用 SQL 的 SELECT 语句对单表进行查询。
（4）熟练掌握并运用 SQL Server 所提供的函数。
（5）熟练使用 SQL 语句进行连接操作。

2.2.2　实验案例

1. 实验环境初始化

（1）设置文件路径
在 C 磁盘根目录下建立一个工作文件夹 c:\sqlWork，该文件夹用于存放试验用的数据库。

（2）启动 SQL Server 服务管理器
单击开始菜单中的 SQL Server 程序组的 服务管理器 按钮，弹出如图 2-4 所示窗口。
在图 2-4 的界面中单击"开始/继续"按钮，启动 SQL Server 服务。当出现绿灯，表示 SQL Server 被启动。如图 2-5 所示。

（3）启动 SQL Server 查询分析器
单击开始菜单中的 SQL Server 程序组的 查询分析器 按钮，弹出如图 2-6 所示对话框。
输入登录名和密码，单击"确定"按钮，进入 SQL Server 查询分析器，如图 2-7 所示。

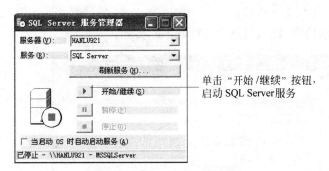

图 2-4　SQL Server 服务管理器

图 2-5　启动 SQL Server 服务管理器

图 2-6　SQL Server 查询分析器登录对话框

图 2-7　SQL Server 查询分析器

（4）生成订单数据库

将订单数据库脚本 OrderDB.sql 导入在查询分析器中，单击"运行"按钮，生成订单数据库，如图 2-8 所示。

（5）进入订单数据库

刚刚生成的数据库自动进入订单数据库，如果没有进入，则从下拉列表框中选择

OrderDB 数据库，如图 2-9 所示。

在图 2-9 所示的窗口中，就可以进行以下的实验。

图 2-8　生成订单数据库

图 2-9　订单数据库

2. 使用 SELECT 语句进行投影运算

投影运算指在表中选取若干列（或改变列的显示位置）来显示数据的操作。

[例 2.6]　查询全部职工的基本信息。

```
SELECT *
FROM Employee
```

结果如图 2-10 所示。

[例 2.7]　查询员工表中所有职工的部门、职工号、姓名和薪水。

```
SELECT department, employeeNo, employeeName, salary
```

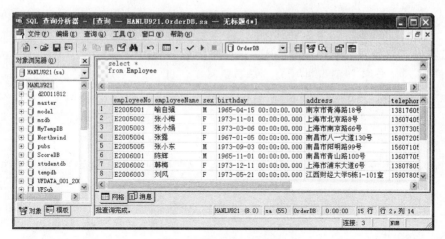

图 2-10 例 2.6 的查询结果

FROM Employee

结果如图 2-11 所示。

	department	employeeNo	employeeName	salary
1	财务科	E2005001	喻自强	5800.80
2	业务科	E2005002	张小梅	2400.00
3	业务科	E2005003	张小娟	2600.00
4	业务科	E2005004	张露	4100.00
5	业务科	E2005005	张小东	1800.00
6	办公室	E2006001	陈辉	4000.00
7	业务科	E2006002	韩梅	2600.00
8	业务科	E2006003	刘风	2500.00
9	业务科	E2007001	吴泽莲	2500.00

图 2-11 例 2.7 的查询结果

[例 2.8] 查询全体职工的姓名、年龄、所属部门，并且用汉语显示表头信息。

SELECT employeeName 员工姓名, year(getdate())-year(birthday) 年龄, department 所属部门
FROM Employee

结果如图 2-12 所示。

	员工姓名	年龄	所属部门
1	喻自强	44	财务科
2	张小梅	36	业务科
3	张小娟	36	业务科
4	张露	42	业务科
5	张小东	36	业务科
6	陈辉	44	办公室
7	韩梅	36	业务科

图 2-12 例 2.8 的查询结果

在本例中，为列取别名，可以用 AS，也可以省略 AS，即本例也可以写成：

SELECT employeeName AS 员工姓名, year(getdate())-year(birthday) AS 年龄,
    department AS 所属部门
FROM Employee

3. 使用 SELECT 语句进行选取运算

选取操作是将满足条件的记录从数据库中检索出来。

〔例 2.9〕 查询 1973 年出生且为职员的员工信息。

```
SELECT *
FROM employee
WHERE year(birthday)=1973
```

〔例 2.10〕 查询业务科或财务科的职工姓名、性别和所在部门,仅显示前面 5 位职工。

```
SELECT TOP 5 employeeName, sex, department
FROM employee
WHERE department IN ('业务科', '财务科')
```

〔例 2.11〕 查询薪水为 2000 或 4000 的职工编号、姓名、所在部门和薪水。

```
SELECT employeeNo, employeeName, department, salary
FROM employee
WHERE salary IN (2000, 4000)
```

该语句也可以写成:

```
SELECT employeeNo, employeeName, department, salary
FROM employee
WHERE salary=2000 OR salary=4000
```

〔例 2.12〕 查询薪水在 3000~4000 的职工姓名和薪水。

```
SELECT employeeName, salary
FROM Employee
WHERE salary BETWEEN 3000 AND 4000
```

〔例 2.13〕 查询薪水不在 3000~4000 的职工姓名和薪水。

```
SELECT employeeName, salary
FROM Employee
WHERE salary NOT BETWEEN 3000 AND 4000
```

其中条件也可以写成:

```
WHERE salary<3000 OR salary>4000
```

〔例 2.14〕 查询所有姓张的职工姓名、所属部门和性别,且性别显示为"男"或"女"。

```
SELECT employeeName, Department,
    sex=CASE sex
        WHEN 'M' THEN '男'
        WHEN 'F' THEN '女'
```

```
            END
FROM Employee
WHERE employeeName LIKE '张% '
```

[例 2.15]　查询姓张且全名为三个汉字的职工姓名。

```
SELECT employeeName
FROM Employee
WHERE employeeName LIKE '张__'
```

[例 2.16]　查询既不在业务科也不在财务科的职工姓名、性别和所在部门。

```
SELECT employeeName 姓名,
    CASE sex
        WHEN 'M' THEN '男'
        WHEN 'F' THEN '女'
    END 性别, department 所属部门
FROM Employee
WHERE department NOT IN ('业务科', '财务科')
```

其中条件也可以写成：

```
WHERE department<>'业务科' AND department<>'财务科'
```

[例 2.17]　查询 1991 年被雇佣的职工号、姓名、性别、电话号码、出生日期以及年龄，如果电话号码为空，显示"不详"，出生日期按 yyyy-mm-dd 显示。

```
SELECT employeeNo, employeeName 姓名,
    CASE sex
        WHEN 'M' THEN '男'
        WHEN 'F' THEN '女'
    END AS 性别,
    isnull(telephone, '不详') 电话号码,
    isnull(convert(char(10), birthday, 120), '不详') 出生日期,
    年龄=year(getdate())-year(birthday)
FROM Employee
WHERE year(hireDate)=1991
```

运行结果如图 2-13 所示。

	employeeNo	姓名	性别	电话号码	出生日期	年龄
1	E2005002	张小梅	女	13607405016	1973-11-01	36
2	E2006003	刘风	女	15907805578	1973-05-21	36
3	E2007002	高代鹏	男	不详	1973-01-02	36
4	E2008003	黄梅莹	女	不详	1972-05-15	37

图 2-13　例 2.17 的查询结果

为查询列取一个新名称，有三种方法。

① 直接在查询列后取一个名字，如：SELECT employeeName 员工姓名。

② 在查询列后用一个关键字 AS,如:SELECT employeeName AS 员工姓名。

③ 对查询列进行赋值,如:SELECT 员工姓名＝employeeName。

4. 使用 SELECT 语句进行排序运算

[例 2.18] 查询 6 月出生的员工编号、姓名、出生日期,并按出生日期的降序输出。

```
SELECT employeeNo, employeeName, birthday
FROM Employee
WHERE month(birthday)=6
ORDER BY birthday DESC
```

5. 简单表连接

[例 2.19] 查询住址在上海的员工所做的订单,结果输出员工编号、姓名、住址、订单编号、客户编号和订单日期,并按客户编号排序输出。

分析如下。

① 由于员工信息在员工表中,订单信息在订单主表中,故该查询涉及两张表:员工表和订单主表。

② 两张表的连接条件是员工表中的员工编号等于订单主表中的销售员编号,即:

```
employeeNo=salerNo
```

③ 要求查询住址在上海的销售员所做的订单,因此对员工表有一个选取操作。

④ 要求按客户编号排序输出,因此需要排序语句。

⑤ 该查询语句为:

```
SELECT employeeNo, employeeName, address, orderNo, customerNo, orderDate
FROM Employee a, OrderMaster b
WHERE employeeNo=salerNo            --连接条件
      AND address LIKE '%上海%'      --选取条件
ORDER BY employeeNo
```

[例 2.20] 查找订购了"32M DRAM"的商品的客户编号、客户名称、订单编号、订货数量和订货金额,并按客户编号排序输出。

分析如下。

由于客户名称在客户表中,商品名称在商品表中,订货数量和单价在订单明细表中,客户与订单的关系在订货主表中,因此该查询涉及四张表的连接:客户表、商品表、订单主表和订单明细表。

```
SELECT a.customerNo, customerName, b.orderNo, quantity, quantity*price total
FROM Customer a, OrderMaster b, OrderDetail c, Product d
WHERE a.customerNo=b.customerNo AND b.orderNo=c.orderNo AND c.productNo=
d.productNo
      AND productName='32M DRAM'
```

```
ORDER BY a.customerNo
```

[**例 2.21**]　查找与"张小梅"在同一个部门工作的员工姓名、所属部门、性别和出生日期,并按所属部门排序输出。

分析如下。

① 要查找与"张小梅"在同一个部门工作的员工,首先要查询出"张小梅"在哪个部门工作,由于"张小梅"与其他员工在同一张员工表中,因此该查询可使用自表连接方法。

② 使用自表连接,在 FROM 子句中,必须为相同的表取不同的元组变量,从逻辑上看是两张不同的表,物理上却是一张表。本查询使用 Employee *a* 表查询"张小梅"所在的部门,使用 Employee *b* 表查询其他与"张小梅"在同一部门工作的员工。

③ 本查询的连接条件是"张小梅"所在的部门编号与要查询的员工部门编号相等,WHERE 条件为:

```
WHERE a.department=b.department AND a.employeeName='张小梅'
```

④ 查询列是 B 表中的员工,对查询出来的员工的性别用"男"或"女"表示。
⑤ 该查询语句为:

```
SELECT b.employeeName, b.department,
    CASE b.sex WHEN 'F' THEN '女'
               WHEN 'M' THEN '男'
    END sex,
    convert(char(10), b.birthday, 120)
FROM Employee a, Employee b
WHERE a.department=b.department AND a.employeeName='张小梅'
ORDER BY b.department
```

[**例 2.22**]　查询 1973 年出生的员工所订购产品的订单,输出结果为员工编号、姓名、所属部门、订单编号、客户名称、订单日期,按员工编号排序输出。

```
SELECT employeeNo, employeeName, department, orderNo, customerName, orderDate
FROM Employee a, Customer b, OrderMaster c
WHERE a.employeeNo=salerNo AND b.customerNo=c.customerNo AND year(birthday)=1973
ORDER BY employeeNo
```

[**例 2.23**]　查询销售数量大于 4 的商品编号、商品名称、数量和单价。

```
SELECT a.productNo, productName, quantity, price
FROM OrderDetail AS a INNER JOIN Product AS b
    ON (a.productNo=b.productNo) AND quantity>4
ORDER BY a.productNo
```

本例也可以写成:

```
SELECT a.productNo, productName, quantity, price
FROM OrderDetail a, Product b
WHERE a.productNo=b.productNo AND quantity>4
```

ORDER BY a.productNo

查询结果如图 2-14 所示。

注意：该连接为普通的连接操作，可以对其进行
外连接操作。

左外连接：

SELECT a.productNo, productName, quantity, price
FROM OrderDetail AS a **LEFT JOIN** Product AS b
    ON (a.productNo=b.productNo) AND quantity> 4
ORDER BY a.productNo

	productNo	productName	quantity	price
1	P20050001	32M DRAM	5	500.00
2	P20050001	32M DRAM	5	130.00
3	P20050001	32M DRAM	8	150.00
4	P20050004	3.5寸软驱	5	250.00
5	P20060002	网卡	5	250.00
6	P20060003	Pentium100CPU	8	300.00
7	P20070002	52倍速光驱	5	380.00
8	P20070002	52倍速光驱	5	250.00
9	P20070003	计算机字典	5	300.00
10	P20080001	Pentium主板	5	280.00

图 2-14 例 2.23 的查询结果

运行结果如图 2-15 所示。

	productNo	productName	quantity	price
1	P20050001	32M DRAM	5	500.00
2	P20050001	32M DRAM	5	130.00
3	P20050001	32M DRAM	8	150.00
4	P20050001	NULL	2	100.00
5	P20050002	NULL	1	200.00
6	P20050002	NULL	3	500.00
7	P20050003	NULL	2	300.00
8	P20050003	NULL	2	160.00
9	P20050003	NULL	4	200.00
10	P20050004	3.5寸软驱	5	250.00
11	P20050004	NULL	2	600.00
12	P20050005	NULL	3	600.00
13	P20050005	NULL	3	150.00
14	P20060001	NULL	3	350.00
15	P20060001	NULL	1	300.00
16	P20060002	NULL	2	280.00
17	P20060002	网卡	5	250.00
18	P20060003	NULL	4	270.00
19	P20060003	Pentium100CPU	8	300.00
20	P20070001	NULL	4	500.00
21	P20070001	NULL	2	158.00
22	P20070001	NULL	3	500.00
23	P20070001	NULL	4	150.00
24	P20070001	NULL	2	158.00
25	P20070002	52倍速光驱	5	250.00
26	P20070002	52倍速光驱	5	380.00
27	P20070002	NULL	2	600.00
28	P20070003	计算机字典	5	300.00
29	P20070003	NULL	3	200.00
30	P20070003	NULL	3	350.00
31	P20070004	NULL	2	330.00
32	P20070004	NULL	3	350.00
33	P20080001	NULL	2	160.00
34	P20080001	Pentium主板	5	280.00
35	P20080002	NULL	4	270.00
36	P20080002	NULL	3	260.00
37	P20080003	NULL	2	158.00
38	P20080003	NULL	1	330.00

图 2-15 例 2.23 的左外连接查询结果

本例中，OrderDetail 表的记录数是 38，作为左外连接的表，连接结果应包含 38 条记录。由于 OrderDetail 表中商品订购数量大于 4 的记录仅有 10 条记录，对于订购数量少于 4 的商品未被检索出来，因此对应的商品名称用 NULL 值替代。

右外连接：

SELECT a.productNo, productName, quantity, price
FROM OrderDetail AS a **RIGHT JOIN** Product AS b
    ON (a.productNo=b.productNo) AND quantity> 4
ORDER BY a.productNo

运行结果如图 2-16 所示。

本例中，Product 表的记录数是 15，作为右外连接的表，连接结果应至少包含 15 条记录。由于 OrderDetail 表中商品订购数量大于 4 的记录仅有 10 条记录，包含的商品只有 7 种，这 10 条记录被检索出来，另外还有 8 种商品其订购数量少于 4，其所在的商品未被检索出来，因此对应的商品编号、订货数量和单价用 NULL 值替代，故检索的结果包含 18 条记录。

	productNo	productName	quantity	price
1	NULL	17寸显示器	NULL	NULL
2	NULL	120GB硬盘	NULL	NULL
3	NULL	键盘	NULL	NULL
4	NULL	VGA显示卡	NULL	NULL
5	NULL	1G DDR	NULL	NULL
6	NULL	9600bits/s调制解调	NULL	NULL
7	NULL	硕泰克SL—K8AN-RL主板	NULL	NULL
8	NULL	龙基777FT纯平显示器	NULL	NULL
9	P20050001	32M DRAM	8	150.00
10	P20050001	32M DRAM	5	500.00
11	P20050001	32M DRAM	5	130.00
12	P20050004	3.5寸软驱	5	250.00
13	P20060002	网卡	5	250.00
14	P20060003	Pentium100CPU	8	300.00
15	P20070001	52倍速光驱	5	250.00
16	P20070002	52倍速光驱	5	380.00
17	P20070003	计算机字典	5	300.00
18	P20080001	Pentium主板	5	280.00

图 2-16 例 2.23 的右外连接查询结果

全外连接：

SELECT a.productNo, productName, quantity, price
FROM OrderDetail AS a **FULL JOIN** Product AS b
    ON (a.productNo=b.productNo) AND quantity>4
ORDER BY a.productNo

运行结果如图 2-17 所示。

	productNo	productName	quantity	price		productNo	productName	quantity	price
1	NULL	17寸显示器	NULL	NULL	24	P20060002	网卡	5	250.00
2	NULL	120GB硬盘	NULL	NULL	25	P20060002	NULL	2	280.00
3	NULL	键盘	NULL	NULL	26	P20060003	NULL	2	270.00
4	NULL	VGA显示卡	NULL	NULL	27	P20060003	Pentium100CPU	8	300.00
5	NULL	1G DDR	NULL	NULL	28	P20070001	NULL	2	158.00
6	NULL	9600bits/s调制解调	NULL	NULL	29	P20070001	NULL	3	500.00
7	NULL	硕泰克SL—K8AN-RL主板	NULL	NULL	30	P20070001	NULL	4	150.00
8	NULL	龙基777FT纯平显示器	NULL	NULL	31	P20070001	NULL	2	158.00
9	P20050001	32M DRAM	5	500.00	32	P20070001	NULL	4	500.00
10	P20050001	32M DRAM	5	130.00	33	P20070002	52倍速光驱	5	250.00
11	P20050001	32M DRAM	8	150.00	34	P20070002	52倍速光驱	5	380.00
12	P20050001	NULL	1	100.00	35	P20070002	NULL	2	600.00
13	P20050002	NULL	3	500.00	36	P20070003	NULL	3	350.00
14	P20050002	NULL	1	200.00	37	P20070003	NULL	3	200.00
15	P20050003	NULL	2	300.00	38	P20070003	计算机字典	5	300.00
16	P20050003	NULL	2	160.00	39	P20070004	NULL	2	330.00
17	P20050003	NULL	4	200.00	40	P20070004	NULL	3	350.00
18	P20050004	3.5寸软驱	5	250.00	41	P20080001	Pentium主板	5	280.00
19	P20050004	NULL	2	600.00	42	P20080001	NULL	2	160.00
20	P20050005	NULL	3	150.00	43	P20080001	NULL	4	270.00
21	P20050005	NULL	3	600.00	44	P20080002	NULL	2	260.00
22	P20060001	NULL	3	350.00	45	P20080003	NULL	2	158.00
23	P20060001	NULL	1	300.00	46	P20080003	NULL	1	330.00

图 2-17 例 2.24 的全外连接查询结果

本例是将所有满足和不满足条件的记录全部检索出来,满足连接条件的记录数是 10 条,除了这 10 条之外,左外连接不满足连接条件的记录数是 28 条,右外连接不满足连接条件的记录数是 8 条,查询最终的结果记录数是 $10+28+8=46$(条)。

[例 2.24] 查询每个客户订购商品的订单信息,输出结果为客户编号、客户名称、商品编号、商品名称、数量、单价和金额。

```
SELECT a. customerNo, customerName, b. productNo, productName, quantity, price,
quantity * price
```

```
FROM Customer a, Product b, OrderMaster c, OrderDetail d
WHERE a.customerNo = c.customerNo AND c.orderNo = d.orderNo AND b.productNo =
d.productNo
```

［例 2.25］　查询在同一部门工作的员工的姓名和所属部门。

分析如下。

① 要查找在同一个部门工作的员工,可使用自表连接方法。

② 本查询使用 Employee a 表查询某员工,使用 Employee b 表查询与其在同一部门工作的员工。在 SELECT 子句中的 a.employeeName,a.department 表示某员工的姓名和所属部门,b.employeeName,b.department 表示与其在同一部门工作的员工姓名和所属部门。

③ 本查询的连接条件是部门编号相等,WHERE 条件为:

```
WHERE a.department=b.department
```

④ 由于员工本人属于同一个部门,为了避免这种查询结果出现,在 WHERE 子句中必须包含一个条件 a.employeeNo!＝b.employeeNo,即在 b 表中去掉员工本人这种情况。

⑤ 在 b 表中已经出现的员工,不要在 a 表中再出现,在 WHERE 子句中还必须包含一个条件 a.employeeName＞b.employeeName。

⑥ 为了使得输出结果清晰,可以按员工姓名进行排序输出,该查询语句为:

```
SELECT a.employeeName, a.department, b.employeeName, b.department
FROM employee a, employee AS b
WHERE a.employeeNo!=b.employeeNo AND a.employeeName>b.employeeName
    AND (a.department=b.department)
ORDER BY a.employeeName
```

［例 2.26］　查找“52 倍速光驱”的销售情况,要求显示相应的销售员的姓名、性别、销售日期、销售数量和金额,其中性别用男、女显示,销售日期以 yyyy-mm-dd 格式显示。

```
SELECT employeeName 姓名, 性别=
    CASE a.sex
        WHEN 'M' THEN '男'
        WHEN 'F' THEN '女'
        ELSE '未'
    END,
    销售日期=isnull(convert(char(10), b.orderDate,120), '日期不详'),
    quantity 数量, quantity * price AS 金额
FROM Employee a, OrderMaster b, OrderDetail c,Product d
WHERE d.productNo=c.productNo AND a.employeeNo=b.salerNo AND b.orderNo=c.orderNo
    AND productName='52 倍速光驱'
```

2.2.3　实验内容

在订单数据库中,完成如下的查询。

（1）查询所有业务部门的员工姓名、职称、薪水。

（2）查询名字中含有"有限"的客户姓名和所在地。

（3）查询出姓"王"并且姓名的最后一个字为"成"的员工。

（4）查询住址中含有上海或南昌的女员工，并显示其姓名、所属部门、职称、住址，其中性别用"男"和"女"显示。

（5）在表 sales 中挑出销售金额大于等于 10000 元的订单。

（6）选取订单金额最高的前 10% 的订单数据。

（7）查询出职务为"职员"或职务为"科长"的女员工的信息。

（8）查找订单金额高于 8000 的所有客户编号。

（9）选取编号界于 C0001～C0004 的客户编号、客户名称、客户地址。

（10）找出同一天进入公司服务的员工。

（11）在订单主表中查询订单金额大于"E2005002 业务员在 2008-1-9 这天所接的任一张订单的金额"的所有订单信息。

（12）查询既订购了"52 倍速光驱"商品，又订购了"17 寸显示器"商品的客户编号、订单编号和订单金额。

（13）查找与"陈诗杰"在同一个单位工作的员工姓名、性别、部门和职务。

（14）查询每种商品的商品编号、商品名称、订货数量和订货单价。

（15）查询单价高于 400 元的商品编号、商品名称、订货数量和订货单价。

（16）分别使用左外连接、右外连接、完整外部连接查询单价高于 400 元的商品编号、商品名称、订货数量和订货单价，并分析比较检索的结果。

（17）查找每个员工的销售记录，要求显示销售员的编号、姓名、性别、商品名称、数量、单价、金额和销售日期，其中性别使用"男"和"女"表示，日期使用 yyyy-mm-dd 格式显示。

（18）查找在 2008 年 3 月中有销售记录的客户编号、名称和订单总额。

（19）使用左外连接查找每个客户的客户编号、名称、订货日期、订单金额，其中订货日期不要显示时间，日期格式为 yyyy-mm-dd，按客户编号排序，同一客户再按订单金额降序排序输出。

（20）查找 16M DRAM 的销售情况，要求显示相应的销售员的姓名、性别，销售日期、销售数量和金额，其中性别用"男"、"女"表示。

（21）查找每个人的销售记录，要求显示销售员的编号、姓名、性别、商品名称、数量、单价、金额和销售日期。

（22）查询客户姓名为"客户丙"所购货物的"客户名称"、"订单金额"、"订货日期"和"电话号码"。

（23）找出公司男业务员所接且订单金额超过 2000 元的订单号及订单金额。

（24）查询来自上海市的客户的姓名、电话、订单号及订单金额。

（25）实验问题。

① 连接操作类型有哪些？分析外连接在现实应用中的意义。

② 查询表可以用在什么地方？使用查询表要注意哪些地方？

③ 分析条件 BETWEEN … AND，AND，OR 等关键字的使用方法。

④ 请总结 SQL 语句中的单表查询语句的使用方法。

⑤ 分析哪几种情况需要使用自表连接。

2.3 实验二：复杂查询

2.3.1 实验目的与要求

（1）熟练掌握 SQL 语句的使用。

（2）熟练使用 SQL 语句进行复杂的连接操作。

2.3.2 实验案例

1. 使用 SELECT 语句进行简单的子查询运算

[例 2.27] 查询员工"张小娟"所做的订单信息。

```
SELECT *
FROM OrderMaster
WHERE salerNo IN (
        SELECT employeeNo
        FROM Employee
        WHERE employeeName='张小娟' )
```

[例 2.28] 查询没有订购商品的且在北京地区的客户编号、客户名称和邮政编码，并按邮政编码降序排序。

```
SELECT customerNo, customerName, zip
FROM Customer
WHERE customerNo NOT IN (
        SELECT customerNo
        FROM OrderMaster )
ORDER BY zip
```

[例 2.29] 查询订购了"32M DRAM"商品的订单编号、订货数量和订货单价。

```
SELECT orderNo, quantity, price
FROM OrderDetail
WHERE productNo IN (
        SELECT productNo
        FROM Product
        WHERE productName='32M DRAM' )
```

[例 2.30] 查询与员工编号 E2008005 在同一个部门的员工编号、姓名、性别、所属部门。

```
SELECT employeeNo, employeeName, sex, department
FROM Employee
WHERE department IN (
      SELECT department
      FROM Employee
      WHERE employeeNo= 'E2008005' )
```

［例 2.31］　查询既订购了 P20050001 商品，又订购了 P20070002 商品的客户编号、订单编号和订单金额。

```
SELECT customerNo, orderNo, orderSum
FROM OrderMaster
WHERE orderNo IN
      (SELECT orderNo
       FROM OrderDetail
       WHERE productNo='P20050001')
   AND orderNo IN
      (SELECT orderNo
       FROM OrderDetail
       WHERE productNo='P20050002')
```

注意：本例使用了并列的子查询，第一个子查询用于查询订购了'P20050001'商品的订单号，第二个子查询用于查询订购了'P20050002'商品的订单号，这两个订单号必须是一样的，表示同时订购了'P20050001'和'P20050001'两种商品的订单，本例也可以使用连接方法实现。不可以写成

```
SELECT customerNo, orderNo, orderSum
FROM OrderMaster
WHERE orderNo IN (
      SELECT orderNo
      FROM OrderDetail
      WHERE productNo='P20050001' AND productNo='P20050002')
```

因为在同一条订单明细记录中，不可能出现同一个元组既满足商品编号为 P20050001，又满足商品编号为 P20050002 的条件。

［例 2.32］　查询没有订购"52 倍速光驱"或"17 寸显示器"的客户编号、客户名称。

分析如下。

① 本例采用多重嵌套子查询，查询结果包括客户编号、客户名称，只需要对客户表操作，故 FROM 子句仅包含 Customer 表。

② 构造一个子查询，查询订购了"52 倍速光驱"或"17 寸显示器"的订单编号，由于订单明细表中没有商品名称，必须从商品表 Product 中获取这两种商品的编号，其子查询为：

```
SELECT orderNo
FROM OrderDetail
```

```
WHERE productNo IN (
      SELECT productNo
      FROM Product
      WHERE productName='52 倍速光驱' OR productName='17 寸显示器' )
```

③ 在订单主表中,查询这样的客户编号,其订单编号不在选购了"52 倍速光驱"或 "17 寸显示器"的订单编号中,使用 NOT IN 关键字。

④ 最后,在客户表中,查询这样的客户,其客户编号在子查询中出现的客户编号,使 用 IN 关键字。

⑤ 完整的 SQL 语句为:

```
SELECT customerNo, customerName
FROM Customer
WHERE customerNo IN (
      SELECT customerNo
      FROM OrderMaster
      WHERE orderNo NOT IN (
            SELECT orderNo
            FROM OrderDetail
            WHERE productNo IN (
                  SELECT productNo
                  FROM Product
                  WHERE productName='52 倍速光驱' OR productName='17 寸显示器' )
            )
      )
```

2. 使用 SELECT 语句进行排序和分组运算

首先统计订单主表的销售总额。

分析如下。

① 由于订单明细表中包含了每张订单的每件货物的订购数量和订购金额,因此,必 须在该表中统计每张订单的总额,然后用统计出来的订单总额更新订单主表的订单 金额。

② 构造一个查询 b,在订单明细表中按订单编号统计每张订单的订单总额,该查 询为:

```
SELECT orderNo, sum(quantity * price) computerSum
FROM OrderDetail
GROUP BY orderNo
```

③ 将该查询 b 与订单主表做连接,连接条件是订单编号相等,用 b 查询中的订单汇 总金额更新订单主表相应的订单金额属性。

④ 完整的 SQL 语句为:

```
UPDATE OrderMaster SET orderSum= computerSum      —统计订单金额
```

```
FROM OrderMaster a, (
      SELECT orderNo, sum(quantity * price) computerSum
      FROM OrderDetail
      GROUP BY orderNo ) b
WHERE a.orderNo=b.orderNo
```

［例 2.33］　查询订单金额最高的订单编号、客户姓名、销售员名称和相应的订单金额。

分析如下。

① 本例要查询订单编号、客户姓名、销售员名称和相应的订单金额,涉及三张表的连接操作:员工表、客户表和订单主表。

② 在 FROM 子句中包含员工表、客户表和订单主表,在 WHERE 子句中包含这三张表的连接条件。

③ 需要查询订单金额最高的订单编号,需要构造一个子查询,用于查询最高订单的金额数,使用子查询:

```
orderSum= (SELECT max(orderSum)
           FROM OrderMaster)
```

④ 完整的 SQL 语句为:

```
SELECT orderNo, customerName, employeeName, orderSum
FROM Employee a, Customer b, OrderMaster c
WHERE a.employeeNo= c.salerNo AND b.customerno= c.customerNo      --连接操作
   AND orderSum= (SELECT max(orderSum)                            --选取操作
                  FROM OrderMaster)
```

［例 2.34］　查询订购了“52 倍速光驱”商品的订购数量、订购平均价和订购总金额。

```
SELECT sum(quantity), avg(price), sum(quantity * price)
FROM OrderDetail
WHERE productNo IN (
      SELECT productNo
      FROM Product
      WHERE productName= '52 倍速光驱 ')
```

［例 2.35］　查询订购了“52 倍速光驱”商品且订货数量介于 2~4 之间的订单编号、订货数量和订货金额。

分析如下。

① 本例需要使用两个查询条件。

一是订货数量介于 2~4,使用条件:

```
quantity BETWEEN 2 AND 4
```

二是订购了“52 倍速光驱”的商品,使用子查询:

```
productNo IN(
```

```
SELECT productNo
FROM Product
WHERE productName='52 倍速光驱')
```

② 完整的 SQL 语句为：

```
SELECT sum(quantity), avg(price), sum(quantity * price)
FROM OrderDetail
WHERE productNo IN(
    SELECT productNo
    FROM Product
    WHERE productName='52 倍速光驱')
  AND quantity BETWEEN 2 AND 4
```

[例 2.36] 在订单主表中查询每个业务员的订单数量。

分析如下。

① 要查询每个业务员的订单数量，只需要对订单主表进行操作。

② 本例要使用分组聚集操作，按销售员编号进行分组，统计订单数量。

③ 完整的 SQL 语句为：

```
SELECT salerNo, count(*)
FROM OrderMaster
GROUP BY salerNo
```

[例 2.37] 统计在业务科工作且在 1973 年或 1967 年出生的员工人数和平均工资。

```
SELECT count(*) 人数, avg(salary) 平均工资
FROM Employee
WHERE department='业务科' AND (year(birthday)=1973 OR year(birthday)=1967
```

[例 2.38] 在订单明细表中统计每种商品的销售数量和金额，并按销售金额的升序排序输出。

```
SELECT productNo, sum(quantity), sum(quantity * price)
FROM OrderDetail
GROUP BY productNo
ORDER BY sum(quantity * price)
```

[例 2.39] 统计客户号为"C20050001"的客户的订单数、订货总额和平均订货金额。

```
SELECT sum(orderSum), avg(orderSum)
FROM OrderMaster
WHERE customerNo='C20050001'
```

[例 2.40] 统计每个客户的订单数、订货总额和平均订货金额。

```
SELECT customerNo, sum(orderSum), avg(orderSum)
FROM OrderMaster
GROUP BY customerNo
```

注意：例 2.39 和例 2.40 的区别在于集聚函数可用于分组中,也可以不用在分组中,如果要分别求每个组的集聚值,必须使用分组,如例 2.40,如果仅求某一个组的集聚值,仅使用 WHERE 语句,如例 2.39,在查询列中不能使用除集聚函数之外的任何表达式。

[例 2.41]　查询订单中至少包含 3 种(含 3 种)以上商品的订单编号及订购次数,且订购的商品数量在 3 件(含 3 件)以上。

分析如下。

① 查询至少包含 3 种(含 3 种)以上商品的订单,需要对订单明细表进行分组集聚操作,按订单编号分组,并对组求条件,选取出其订货数量大于等于 3 的订单,本例需要使用 GROUP BY 和 HAVING 子句。

② 本例还需满足一个条件,即订购的商品数量在 3 件(含 3 件)以上,需要使用 WHERE 子句,将订货数量小于 3 的商品过滤掉。

③ 完整的 SQL 语句为：

```
SELECT orderNo, count( * )
FROM OrderDetail
WHERE quantity>= 3
GROUP BY orderNo
HAVING count( * )>= 3
```

注意：WHERE 子句指整个查询范围,HAVING 指对分组后的每个组求满足条件的记录,本例执行的过程是：首先在订单明细表中查询出订货数量在 3 件(含 3 件)以上的记录,然后在查询的结果中再按订单编号进行分组,将组内元组数大于等于 3 的组输出。

3. 复杂表连接操作

[例 2.42]　查找订购了"32M DRAM"的商品的客户编号、客户名称、订货总数量和订货总金额。

分析如下。

① 要查询订购商品的客户编号、客户名称、订货总数量和订货总金额,涉及三张表的连接：客户表、订单主表和订单明细表。

② 要查询订购了"32M DRAM"商品的客户,还必须与商品表做连接操作,同时对商品表做一个选取操作,选取条件是商品名称为"32M DRAM"。

③ 本例要使用分组操作,按客户编号和客户名称进行分组,统计订货总数量和订货总金额,注意该题与例 2.34 的区别。

④ 完整的 SQL 语句为：

```
SELECT a.customerNo, customerName, sum(quantity), sum(quantity * price)
FROM Customer a, OrderMaster b, OrderDetail c, Product d
WHERE a. customerNo = b. customerNo AND b. orderNo = c. orderNo AND c. productNo = d.productNo
    AND productName= '32M DRAM'
```

```
GROUP BY a.customerNo, customerName
```

[例 2.43]　查询每个客户订购的商品编号、商品所属类别、商品数量及订货金额,结果显示客户名称、商品所属类别、商品数量及订货金额,并按客户编号升序和按订货金额的降序排序输出。

```
SELECT customerName, productName, productClass, sum(quantity), sum(quantity *
price)
FROM Customer a, Product b, OrderMaster c, OrderDetail d
WHERE a.customerNo= c.customerNo AND b.productNo= d.productNo AND c.orderNo=
d.orderNo
GROUP BY customerName, productName, productClass
ORDER BY customerName, sum(quantity * price) DESC
```

[例 2.44]　按商品类别查询每类商品的订货平均单价在 280 元(含 280 元)以上的订货总数量、订货平均单价和订货总金额。

分析如下。

① 商品类别在商品表中,订货单价在订单明细表中,该查询涉及这两张表的连接操作。

② 本例按商品类别分组统计每类商品的订货总数量、订货平均单价和订货总金额。

③ 必须对分组后的元组进行过滤,仅检索平均单价在 280 元(含 280 元)以上的商品,使用 HAVING avg(price)>=280 子句。

④ 完整的 SQL 语句为:

```
SELECT productClass, sum(quantity), avg(price), sum(quantity * price)
FROM Product a, OrderDetail b
WHERE a.productNo=b.productNo
GROUP BY productClass
HAVING avg(price)>=280
```

[例 2.45]　查找至少有 2 次销售的业务员名单和销售日期。

分析如下。

① 本例可以使用子查询或连接方法实现。

② 构造一个子查询,在订单主表中按销售员进行分组查询至少有 2 次销售记录的销售员编号。子查询语句为:

```
SELECT salerNo
FROM orderMaster
GROUP BY salerNo
HAVING count(*)>=2
```

③ 要查询业务员名单和销售日期,涉及员工表和销售主表的连接操作。

④ 在连接的结果上,检查员工编号是否在子查询中的销售员编号集合中。

⑤ 使用子查询的 SQL 语句为:

```
SELECT employeeName, orderDate
FROM employee a, orderMaster b
WHERE employeeNo= salerNo AND employeeNo IN (
        SELECT salerNo
        FROM orderMaster
        GROUP BY salerNo
        HAVING count ( * )>=2 )
ORDER BY employeeName
```

⑥ 使用连接方法,构造一个查询表,在订单主表中按销售员进行分组查询至少有 2 次销售记录的销售员编号,将该查询表与员工表和订单主表进行连接操作,其 SQL 语句为:

```
SELECT employeeName, orderDate
FROM employee a, orderMaster b, (
        SELECT salerNo
        FROM orderMaster
        GROUP BY salerNo
        HAVING count ( * )>=2 ) c
WHERE employeeNo= b.salerNo AND b.salerNo= c.salerNo
ORDER BY employeeName
```

查询表与普通表、视图的使用方法相同,但是查询表出现在 FROM 子句中必须为其指定元组变量名。

[**例 2.46**] 查找销售金额最大的客户名称和总货款额。

分析如下。

① 本例可以使用子查询或连接方法实现。

② 使用连接方法,需要使用查询表,用于查询在订单主表中,按客户编号进行分组统计每个客户的客户编号和订单总额,然后从该查询表中查询最大的订单总额,该查询表的 SQL 语句为:

```
SELECT customerNo, sum(orderSum) as sumOrder
FROM OrderMaster
GROUP BY customerNo
```

③ 再构造一个查询表,用于查询最高的订单总额和客户编号,即从上面的查询表中,选择其订单总额最高的客户编号和相应的订单总额,最后将该查询表与客户表进行连接得到结果。

④ 使用连接方法的 SQL 语句为:

```
SELECT a.customerNo, customerName, sumOrder
FROM Customer a, (
        SELECT customerNo, sumOrder
        FROM ( SELECT customerNo, sum(orderSum) AS sumOrder
                FROM OrderMaster
```

```
                GROUP BY customerNo ) b
        WHERE b.sumOrder= ( SELECT max(sumOrder)
                                FROM ( SELECT customerNo, sum(orderSum) AS sumOrder
                                    FROM OrderMaster
                                    GROUP BY customerNo ) c
                            )
    ) d
    WHERE a.customerNo=d.customerNo
```

⑤ 使用子查询方法,由于订单金额在订单主表中,客户名称在客户表中,需要对这两张表进行连接操作,在连接的基础上,按客户编号和名称进行分组统计每个客户的订单总额。

⑥ 对分组后的每个客户的订单总额,要求查询总额最高的客户,必须进一步对分组求条件,使用 HAVING 子句,HAVING 子句可以直接对集聚函数进行操作,在 HAVING 子句中构造一个子查询,该子查询用于查询客户订单总额中的最高客户,该子查询中用到了查询表。

⑦ 使用子查询方法的 SQL 语句为:

```
SELECT a.customerNo, customerName, sum(orderSum)
FROM customer a, OrderMaster b
WHERE a.customerNo= b.customerNo
GROUP BY a.customerNo, customerName
HAVING sum(orderSum)= (
        SELECT max(sumOrder)
        FROM ( SELECT customerNo, sum(orderSum) AS sumOrder
            FROM OrderMaster
            GROUP BY customerNo ) c
)
```

[例 2.47]　查找销售总额少于 5000 元的销售员编号、姓名和销售额。

分析如下。

① 本例也有多种解法,使用查询表或直接使用分组集聚操作。

② 使用查询表的 SQL 语句:

```
SELECT employeeNo, employeeName, d.saleSum
FROM Employee a, (
    SELECT salerNo, saleSum
    FROM ( SELECT salerNo, sum(orderSum) AS saleSum
        FROM OrderMaster
        GROUP BY salerNo ) b
    WHERE b.saleSum< 5000 ) d
WHERE a.employeeNo=d.salerNo
```

③ 直接使用分组集聚操作的 SQL 语句：

```
SELECT employeeNo, employeeName, sum(orderSum)
FROM Employee a, OrderMaster b
WHERE a.employeeNo=b.salerNo
GROUP BY employeeNo, employeeName
HAVING sum(orderSum)<5000
```

[例 2.48]　查找至少订购了 3 种商品的客户编号、客户名称、商品编号、商品名称、数量和金额。

```
SELECT a. customerNo, customerName, b. productNo, productName, d. quantity, d.
quantity * d.price
FROM Customer a, Product b, OrderMaster c, OrderDetail d
WHERE a.customerNo= c.customerNo AND d.productNo=b.productNo AND c.orderNo=d.orderNo
  AND a.customerNo IN (
      SELECT customerNo
      FROM ( SELECT customerNo, count(distinct productNo) prodid
            FROM ( SELECT customerNo, productNo
                  FROM OrderMaster e, OrderDetail f
                  WHERE e.orderNo=f.orderNo ) g
            GROUP BY customerNo
            HAVING count(distinct productNo)>=3 ) h
)
```

或者：

```
SELECT a. customerNo, customerName, b. productNo, productName, d. quantity, d.
quantity * d.price
FROM Customer a, Product b, OrderMaster c, OrderDetail d
WHERE a.customerNo=c.customerNo AND d.productNo=b.productNo AND c.orderNo=d.orderNo
  AND a.customerNo IN (
      SELECT customerNo
      FROM OrderMaster e, OrderDetail f
      WHERE e.orderNo= f.orderNo
      GROUP BY customerNo
      HAVING count(distinct productNo)>=3 )
```

[例 2.49]　查找同时订购了商品编号为"P20070002"和商品编号为"P20070001"的商品的客户编号、客户姓名、商品编号、商品名称和销售数量，按客户编号排序输出。

分析如下。

① 查询客户编号、客户姓名、商品编号、商品名称和销售数量，需要使用客户表、商品表、订单主表和订单明细表的连接操作。

② 要查询同时订购了商品编号为"P20070002"和商品编号为"P20070001"的客户，需要两个选取条件，即客户编号要同时在订购了商品编号为"P20060002"和商品编号为

"P20070001"的客户编号集合中,使用两个子查询完成该选取条件。

③ 若输出结果仅包含这两种商品,还必须有一个选取条件,即商品编号在"P20070002"或"P20070001"中。

④ 完整的 SQL 语句为:

```
SELECT a.customerNo, customerName, b.productNo, productName, d.quantity
FROM Customer a, Product b, OrderMaster c, OrderDetail d
WHERE a.customerNo=c.customerNo AND d.productNo=b.productNo AND c.orderNo=d.orderNo
    AND a.customerNo IN (
        SELECT customerNo
        FROM OrderMaster e, OrderDetail f
        WHERE e.orderNo= f.orderNo AND f.productNo='P20070002' )
    AND a.customerNo IN (
        SELECT customerNo
        FROM OrderMaster e, OrderDetail f
        WHERE e.orderNo= f.orderNo AND f.productNo='P20070001' )
    AND d.productNo IN ( 'P20070002', 'P20070001' )
```

[**例 2.50**]　计算每一商品每月的销售金额总和,并将结果首先按销售月份然后按订货金额降序排序输出。

```
SELECT productNo, month(orderDate) saleMonth, count( * ) countProduct, sum(quantity
  * price) totSale
FROM OrderMaster e, OrderDetail f
WHERE e.orderNo= f.orderNo
GROUP BY productNo, month(orderDate)
ORDER BY month(orderDate), totSale desc
```

4. 存在量词运算

[**例 2.51**]　查询订购了"键盘"商品的客户姓名、订货数量和订货日期。

分析如下。

① 查询客户姓名、订货数量和订货日期,涉及客户表、订单主表和订单明细表的连接操作。

② 查询订购了"键盘"商品的客户,使用一个相关子查询,针对外查询的每一个客户,判断其是否订购了"键盘",SQL 语句为:

```
EXISTS (
        SELECT customerNo
        FROM OrderMaster e, OrderDetail f, Product g
        WHERE e.orderNo= f.orderNo AND f.productNo=g.productNo
          AND a.customerNo=e.customerNo AND productName='键盘' )
```

其中的 *a*.customerNo 是外查询中的某个客户编号。

③ 如果仅查询订购了"键盘"商品的客户,还必须满足一个条件,即查询出的商品只包含"键盘"商品。

④ 完整的 SQL 语句为:

```
SELECT customerName, quantity, orderDate
FROM Customer a, OrderMaster b, OrderDetail c
WHERE a.customerNo=b.customerNo AND b.orderNo= c.orderNo
  AND EXISTS (
      SELECT customerNo
      FROM OrderMaster e, OrderDetail f, Product g
      WHERE e.orderNo= f.orderNo AND f.productNo=g.productNo
        AND a.customerNo=e.customerNo AND productName='键盘' )
  AND productNo IN ( SELECT productNo
                     FROM Product
                     WHERE productName='键盘' )
```

本例可以直接使用连接进行查询。

[**例 2.52**] 查询没有订购"键盘"商品的客户名称。

```
SELECT customerName
FROM Customer a
WHERE NOT EXISTS(
      SELECT customerNo
        FROM OrderMaster e, OrderDetail f, Product g
        WHERE e.orderNo= f.orderNo AND f.productNo=g.productNo
          AND a.customerNo=e.customerNo AND productName='键盘' )
```

[**例 2.53**] 查询至少销售了 5 种商品的销售员编号、姓名、商品名称、数量及相应的单价,并按销售员编号排序输出。

分析如下。

① 构造一个子查询,针对外查询中的每个销售员,判断其是否销售了 5 种以上的商品,使用相关子查询。

② SQL 语句为:

```
SELECT salerNo, employeeName, productName, quantity, price
FROM Employee a, OrderMaster b, OrderDetail c, Product d
WHERE a.employeeNo=salerNo AND b.orderNo=c.orderNo AND c.productNo=d.productNo
  AND EXISTS(
      SELECT salerNo
      FROM OrderMaster e, OrderDetail f
      WHERE e.orderNo=f.orderNo AND a.employeeNo=salerNo
      GROUP BY salerNo
      HAVING count(distinct productNo )>=5 )
ORDER BY salerNo
```

［**例 2.54**］　查询没有订购商品的客户编号和客户名称。

```
SELECT customerNo, customerName
FROM Customer a
WHERE NOT EXISTS(
        SELECT customerNo
        FROM OrderMaster e, OrderDetail f
        WHERE e.orderNo= f.orderNo AND a.customerNo= e.customerNo )
```

［**例 2.55**］　查询至少包含了"世界技术开发公司"所订购的商品的客户编号、客户名称、商品编号、商品名称、数量和金额。

分析如下。

① 本例需要使用双重否定，第一重否定，用于查询"世界技术开发公司"订购了哪些商品。

② 第二重否定，对最外层的某个客户，不存在着这样的商品，"世界技术开发公司"订购了而该客户没有订购。

③ SQL 语句为：

```
SELECT a.customerNo, customerName, d.productNo, productName, quantity, quantity
* price
FROM Customer a, Product b, OrderMaster c, OrderDetail d
WHERE a.customerNo= c.customerNo AND d.productNo= b.productNo AND c.orderNo= d.orderNo
  AND NOT EXISTS (
      SELECT f.*              --查询"世界技术开发公司"订购的商品
      FROM customer x, OrderMaster e, OrderDetail f
      WHERE x.customerNo= e.customerNo AND e.orderNo= f.orderNo
        AND customerName= '世界技术开发公司' AND NOT EXISTS (
            SELECT g.*          --查询某一个客户订购的商品
            FROM OrderDetail g, OrderMaster h
            WHERE g.productNo= f.productNo
              AND g.orderNo= h.orderNo AND h.customerNo= a.customerNo
        )
  )
```

2.3.3　实验内容

（1）查找有销售记录的客户编号、名称和订单总额。

（2）在订单明细表中查询订单金额最高的订单。

（3）查询没有订购商品的客户编号和客户名称。

（4）找出至少被订购 3 次的商品编号、订单编号、订货数量和订货金额，并按订货数量的降序排序输出。

（5）使用子查询查找"16M DRAM"的销售情况，要求显示相应的销售员的姓名、性别,销售日期、销售数量和金额,其中性别用"男"、"女"表示。

(6) 查询 sales 表中订单金额最高的订单号及订单金额。

(7) 计算出一共销售了几种商品。

(8) 显示 OrderDetail 表中每种商品的订购金额总和,并且依据销售金额由大到小排序输出。

(9) 查找销售总额少于 1000 元的销售员编号、姓名和销售额。

(10) 找出目前业绩未超过 5000 元的员工,并按销售业绩的降序排序输出。

(11) 在 Employee 表中查询薪水超过员工平均薪水的员工信息。

(12) 计算每一种商品的销售数量、平均销售单价和总销售金额。

(13) 查找至少有 3 次销售的业务员名单和销售日期。

(14) 用存在量词查找没有订货记录的客户名称。

(15) 查询订单中所订购的商品数量没有超过 10 个的客户编号和客户名称。

(16) 在销售明细表中按商品编号进行汇总,统计每种商品的销售数量和金额。

(17) 按客户编号统计每个客户 2008 年 2 月的订单总金额。

(18) 查找订单金额高于 8000 的所有客户编号。

(19) 显示每种商品的销售金额总和,并依销售金额由大到小输出。

(20) 查找销售金额最大的客户名称和总货款。

(21) 查找至少销售了 3 种商品的客户编号、客户名称、商品编号、商品名称、数量和金额。

(22) 找出目前业绩超过 232000 元的员工编号和姓名。

(23) 找出目前销售业绩超过 40000 元的业务员编号及销售业绩,并按销售业绩从大到小排序。

(24) 求出每位客户的总订购金额,显示出客户号及总订购金额,并按总订购金额降序排列。

(25) 求每位客户订购的每种商品的总数量及平均单价,并按客户号、商品号从小到大排列。

(26) 查询业绩最好的业务员号、业务员名及其总销售金额。

(27) 查询订购的商品至少包含了订单"200803010001"中所订购商品的订单。

(28) 求每种商品的总销售数量及总销售金额,要求显示出商品编号、商品名称、总数量及总金额,并按商品号从小到大排列。

(29) 查询总订购金额超过"C20070002"客户的总订购金额的客户号、客户名及其住址。

(30) 查询销售金额最高的销售员编号、订单编号、订单日期和订单金额。

(31) 实验问题。

① 存在量词与集合运算 IN、连接运算和全称量词之间的关系如何?它们可以互相替换吗?给出你的理由。

② 给出 SQL 语句实现分组聚集操作的执行过程。

③ 请写出例 2.55 的执行过程。

④ 存在量词一般用在相关子查询中,请分别给出存在量词用在相关子查询和非相关子查询的查询例子。

⑤ WHERE 和 HAVING 子句都是用于指定查询条件的,请给出你对这两个子句的理解,用实例说明。

⑥ 在分组聚集操作中,为什么在查询列中,除了集聚函数运算,其他表达式必须包含在 GROUP BY 子句中。

⑦ 分析 SQL 语句中的 IN 和 OR 关键字有何异同点?它们可以互换吗?给出实例说明。

第3章

数据库定义与更新

SQL 语言由 4 部分组成：数据定义语言 DDL、数据操纵语言 DML、数据控制语言 DCL 和其他，其功能如下：

（1）数据定义语言 DDL：主要用于定义数据库的逻辑结构，包括定义数据库、基本表、视图和索引等，扩展的 DDL 还包括存储过程、函数、对象、触发器等的定义。

（2）数据操纵语言 DML：主要用于对数据库中的数据进行检索和更新两大类操作，其中更新操作包括插入、删除和更新数据。

（3）数据控制语言 DCL：主要用于对数据库中的对象进行授权、用户维护（包括创建、修改和删除）、完整性规则定义和事务定义等。

（4）其他：主要是嵌入式 SQL 语言和动态 SQL 语言的定义，规定了 SQL 语言在宿主语言中使用的规则。扩展的 SQL 还包括数据库数据的重新组织、备份与恢复等。

3.1 相 关 知 识

在 SQL Server 2000 中，数据库对象包括表、视图、触发器、存储过程、规则、默认、用户自定义的数据类型等。

SQL Server 的 DDL 是指用来定义和管理数据库以及数据库中的各种对象的语句，这些语句包括 CREATE，ALTER 和 DROP 等语句。

SQL Server 的 DML 是指用来查询、添加、修改和删除数据库中数据的语句，这些语句包括 SELECT，INSERT，UPDATE，DELETE 等。在默认情况下，只有 sysadmin，dbcreator，db_Owner 或 db_Datawriter 等角色的成员才有权利执行数据操纵语言。

3.1.1 SQL Server 中的 DDL

本小节主要讨论数据库、表、视图和索引的定义功能。

1. 创建数据库

语法：

```
CREATE DATABASE database_name
```

```
[ON [PRIMARY]]
    ( [NAME= logical_file_name,]
      FILENAME= 'os_file_name'
      [, SIZE= size]
      [, MAXSIZE= {max_size|UNLIMITED}]
      [, FILEGROWTH= growth_increment]) [, …n])
[LOG ON]
    ( [NAME= logical_file_name,]
      FILENAME= 'os_file_name'
      [, SIZE= size]
      [, MAXSIZE= {max_size|UNLIMITED}]
      [, FILEGROWTH= growth_increment]) [, …n])
```

其中,

- *database_name*:被创建的数据库的名字。
- ON:用于指定存储数据库中数据的磁盘文件,除 PRIMARY 文件组外,用户可定义用户的文件组及相关的用户文件。
- PRIMARY:描述在主文件组中定义的相关文件,所有的数据库系统表存放在 PRIMARY 文件组中,同时也存放没有分配具体文件组的对象。在主文件组中第一个文件被称为主文件,通常包括数据库的系统表。对于一个数据库来说,只能有一个 PRIMARY 文件组。如果主文件组没有指明,则创建数据库时所描述的第一个文件将作为主文件组成员。
- LOG ON:用来指明存储数据库日志的磁盘文件。如果没有指定 log on,系统将自动创建单个的日志文件,使用系统默认的命名方法。

创建数据库的注意事项:

① 默认情况下,只有系统管理员可以创建新数据库,但是系统管理员可以通过授权将创建数据库的权限授予其他用户。

② 数据库名字必须遵循 SQL Server 命名规范。

- 字符的长度可以从 1 到 30。
- 名称的第一个字符必须是一个字母或者是下列字符中的某一个:下划线 _,at 符号 @。
- 在首字母后的字符可以是字母、数字或者前面规则中提到的符号。
- 名称中不能有任何空格。

③ 所有的新数据库都是 model 数据库的复制,新数据库不可能比 model 数据库当前的容量更小。

④ 单个数据库可以存储在单个文件上,也可以跨越多个文件存储。

⑤ 数据库的大小可以被扩展或者收缩。

⑥ 当新的数据库创建时,SQL Server 自动地更新 master 数据库的 sysdatabases 系统表。

2. 修改数据库

创建数据库后如果想对其定义进行修改,例如增删数据文件、增删文件组等,可以使用 ALTER DATABASE 语句处理。

语法:

```
ALTER DATABASE database_name
{
    ADD FILE <filespec>[, …n] [TO FILEGROUP filegroup_name]
    | ADD LOG FILE <filespec>[, …n]
    | REMOVE FILE logical_file_name
    | ADD FILEGROUP filegroup_name
    | REMOVE FILEGROUP filegroup_name
    | MODIFY FILE <filespec>
    | MODIFY FILEGROUP filegroup_name filegroup_property
}
```

其中,

- *Database_Name*:被修改的数据库的名字。
- ADD FILE:指定添加到数据库中的数据文件。
- TO FILEGROUP *filegroup_name*:指定文件添加到文件组名为 *filegroup_name* 的文件组。
- ADD LOG FILE:指定添加到数据库中的日志文件。
- REMOVE FILE:从数据库系统表中删除该文件,并且物理删除该文件。
- ADD FILEGROUP:指定添加到数据库的文件组。
- *filegroup_name*:文件组名。
- REMOVE FILEGROUP:从数据库中删除该文件组,并删除在这个文件组中的文件。
- MODIFY FILE:指定要修改的文件。包含该文件的名称、大小、增长量和最大容量。

注意:一次只可以修改其中的一个选项。

3. 删除数据库

语法:

```
DROP DATABASE database_name
```

删除数据库将删除数据库所使用的数据库文件和磁盘文件。

4. 创建表

语法:

```
CREATE TABLE table_name
   (   column_name1 datetype
         [CHECK search_condition],
      column_name2 datetype …
   )
ON groupfilename
```

其中，

- *table_name*：新表的名称，表名必须符合标识符规则。
- *column_name*：表中的列名，列名必须符合标识符规则，并且在表内唯一。
- *datetype*：列的数据类型。
- ON *groupfilename*：指定该表属于哪个文件组。

5. 修改表结构

语法：

```
ALTER TABLE [database_owner].table_name
   (   ADD column_name datatype,
       …
       ADD CONSTRAINT …,
       DROP CONSTRAINT …,
   REPLACE column_name DEFAULT expression
)
```

6. 删除表

语法：

```
DROP TABLE table_name
```

7. 创建视图

在创建视图前需考虑如下原则。

（1）只能在当前数据库中创建视图。

（2）视图名称必须遵循标识符的规则，且对每个用户必须唯一，该名称不得与该用户拥有的任何表的名称相同。

（3）可以在其他视图上建立视图。SQL Server 2000 允许嵌套多达 32 级视图。

（4）不能将规则或 DEFAULT 定义与视图相关联。

（5）定义视图的查询不可以包含 ORDER BY，COMPUTE 或 COMPUTE BY 子句或 INTO 关键字。

（6）不能在视图上定义全文索引。

（7）不能创建临时视图，也不能在临时表上创建视图。

（8）下列情况下必须在视图中指定每列的名称。

① 视图中有任何从算术表达式、内置函数或常量派生出的列。

② 视图中两列或多列具有相同名称。

③ 希望使视图中的列名与它的源列名不同，可在视图中重新命名列。无论重命名与否，视图列都会继承其源列的数据类型。

创建视图语句的语法如下：

```
CREATE VIEW [<database_name>.] [<owner>.] view_name [(column [, …n])]
    [WITH <view_attribute>[, …n]]
AS
  select_statement
  [WITH CHECK OPTION]
  <view_attribute>::= { encryption|schemabinding|view_metadata }
```

其中，

- *view_name*：视图的名称，视图名称必须符合标识符规则。
- *column*：视图中的列名。当列是从算术表达式、函数或常量派生的，或两个或更多的列可能会具有相同的名称（如连接），或视图中的某列被赋予了不同于派生来源列的名称时必须指定列名。如果未指定 *column*，则视图列将获得与 SELECT 语句中的列相同的名称。
- *n*：表示可以指定多列的占位符。
- *select_statement*：定义视图的 SELECT 语句。
- WITH CHECK OPTION：表示当对视图进行更新操作时必须满足视图定义的谓词条件。

8. 修改视图

尽量不要对视图进行更新操作，同时注意以下方面。

① 若建立视图时用了连接和分组，或 DISTINC，或内部函数则不能对视图进行 INSERT，UPDATE 和 DELETE 操作。

② 若视图中的列直接由基本表得到，而不是由 price * 10 这样的表达式组成的列可执行 UPDATE 操作。

语法：

```
ALTER VIEW [<database_name>.] [<owner>.] view_name [(column [, …n])]
    [WITH <view_attribute>[, …n]]
AS
    select_statement
    [WITH CHECK OPTION]
```

9. 删除视图

如果不需要某视图，可以删除该视图。删除视图后，视图所基于的数据并不受到影响。

语法：

```
DROP VIEW view_name [, …n]
```

10. 创建索引

当为表建立主键和唯一约束时，SQL Server 自动创建唯一索引。如果表中不存在聚集索引，则为主键创建一个唯一的聚集索引。默认情况下对 UNIQUE 约束创建唯一的非聚集索引。

创建索引时须考虑的事项。

① 只有表的所有者可以在同一个表中创建索引。

② 每个表只能创建一个聚集索引。

③ 每个表可以创建的非聚集索引最多为 249 个（包括 PRIMARY KEY 或 UNIQUE 约束创建的索引）。

④ 包含索引的所有长度固定列的最大大小为900B。

⑤ 包含同一索引的列的最大数目为16。

创建索引语句的语法如下：

```
CREATE [UNIQUE] [CLUSTERED|NONCLUSTERED]
INDEX index_name
ON {TABLE|VIEW} (column [ASC|DESC] [, …n])
[ON filegroup]
```

其中，

- UNIQUE：为表或视图创建唯一索引，聚集索引必须是 UNIQUE 索引。
- CLUSTERED：创建聚集索引，如果没有指定 CLUSTERED，则创建非聚集索引。
- NONCLUSTERED：创建非聚集索引。
- *index_name*：索引名，索引名必须遵循标识符规则。
- TABLE：要创建索引的表。
- VIEW：要建立索引的视图的名称。
- *column*：应用索引的列。
- ON *filegroup*：在给定的 *filegroup* 上创建指定的索引。该文件组必须已经通过执行 CREATE DATABASE 或 ALTER DATABASE 创建。

11. 删除索引

语法：

```
DROP INDEX table.index|view.index [, …n]
```

其中，

- *table.index*|*view.index*：要删除的表或视图的索引名称。

- *n*：表示可以指定多个索引的占位符。

3.1.2 SQL Server 中的 DML

DML 语句包括查询、添加、修改和删除数据库中的数据等操纵语句，即 SELECT，INSERT，UPDATE，DELETE 等。本小节主要讨论数据库对象的 INSERT，UPDATE，DELETE 功能。

1. 插入数据

语法：

```
INSERT [INTO] table_name/view_name [(column_list)]
    VALUES {DEFAULT|NULL|expression}
```

其中，

- *table_name/view_name*：表名/视图名。
- *column_list*：由逗号分隔的列名列表，用来指定为其提供数据的列。如果没有指定 *column_list*，表中的所有列都将接收数据。

没有包含在 *column_list* 的列，将在该列插入一个 NULL 值（或者该列定义的默认值）。

由于 SQL Server 为以下类型的列自动生成值，INSERT 语句将不为这些类型的列指定值。

① 具有 identity 属性的列，该属性为列生成值。

② 有默认值的列，该列用 newid 函数生成一个唯一的 guid 值。

③ 计算列。

所提供的数据值必须与列的列表匹配。数据值的数目必须与列数相同。

2. 修改数据

语法：

```
UPDATE table_name/view_name
SET column_name=expression | DEFAULT|NULL
[FROM <table_source>[, …n]]
[WHERE <search_condition>]
```

其中，

- *table_name/view_name*：需要更新的表/视图的名称。
- *column_name*：要更改数据的列名。
- *expression*：返回的值将替换 *column_name* 的现有值。
- DEFAULT：指定使用对列定义的默认值替换列中的现有值。
- FROM <*table_source*>：指定用表来为更新操作提供准则。
- WHERE <*search_condition*>：指定条件来限定所更新的行。

3. 删除数据

语法：

```
DELETE FROM <table_name/view_name>
[WHERE <search_condition>]
```

其中，

- *table_name/view_name*：要删除记录的表名/视图名。
- WHERE <*search_condition*>：指出被删除的记录所满足的条件，若省略，表示删除表中的所有记录。

关于视图的操作（INSERT，DELETE，UPDATE），应注意以下几个问题。

① 若建立视图时用了连接和分组，DISTINCT 或内部函数则不能对视图进行 INSERT 和 DELETE 操作。

② 若视图中的列直接由基本表得到，而不是计算列就可执行 UPDATE 操作。

③ 对视图插入元组时应注意对 NOT NULL 字段的处理。

④ 若视图由多表连接而成，对视图插入元组时应分别对同一张表中的字段插入元组。

⑤ 尽量不要对视图进行更新操作。

3.2　实验三：数据定义操作

3.2.1　实验目的与要求

（1）掌握数据库的建立、删除和修改操作。
（2）理解基本表之间的关系，掌握表结构的建立、修改和删除操作。
（3）掌握索引的建立和删除操作。
（4）掌握视图的建立、删除和修改。

3.2.2　实验案例

1. 定义数据库

［**例 3.1**］　创建一个 myorder 数据库，该数据库的主要文件为 myorder.mdb，事务日志为 myorder.ldf，它们都位于 e:\mymql 目录下。

```
CREATE DATABASE myorder
ON
  (NAME='myorder',
   FILENAME='e:\mySQL\myorder.mdf',
   SIZE=2,
   MAXSIZE=20,
```

```
     FILEGROWTH=1)
LOG ON
   (NAME='myorderLog',
    FILENAME='e:\mySQL\myorderLog.ldf',
    SIZE=1,
    MAXSIZE=5,
    FILEGROWTH=1)
```

本例中：myorder 数据库，只有一个主逻辑设备，对应一个物理文件 myorder. mdf，该文件初始大小 2MB，最大可扩展为 20MB，如果初始文件装不下数据，自动按 1MB 进行扩展，直到 20MB 为止。日志文件为 myorderLog. ldf，该文件初始大小 1MB，最大可扩展为 5MB，如果初始文件装不下数据，自动按 1MB 进行扩展。

［例 3. 2］　建立一个复杂的数据库 tmyorder。

```
CREATE DATABASE tmyorder
ON PRIMARY
   (NAME='tmyorder',
    FILENAME='e:\mySQL\tmyorder.mdf',
    SIZE=100,
    MAXSIZE=300,
    FILEGROWTH=1%),
   (NAME='tmyorder2',
    FILENAME='e:\temp\tmyorder2.ndf',
    SIZE=50,
    FILEGROWTH=2),
   (NAME='tmyorder3',
    FILENAME='e:\temp\ tmyorder3.ndf',
    SIZE=50,
    FILEGROWTH=2),
FILEGROWTH temorder
   (NAME='temorder',
    FILENAME='e:\temp\temorder.mdf',
    SIZE=1,
    MAXSIZE=10,
    FILEGROWTH=2)
LOG ON
   (NAME='tmyorderLog',
    FILENAME='e:\mySQL\tmyorderLog.ldf',
    SIZE=100,
    MAXSIZE=500,
    FILEGROWTH=2%)
```

在本例中，该数据库由 4 个数据文件和 1 个日志文件组成。主设备有 1 个主要文件

tmyorder. mdf 和 2 个次要文件 tmyorder2，tmyorder3 组成，用户设备有 1 个文件 temorder. mdf，日志有 1 个文件 tmyorderLog. ldf。

［**例 3. 3**］ 删除数据库 tmyorder。

```
DROP DATABASE tmyorder
```

2. 创建表

［**例 3. 4**］ 创建一个客户表（客户号、姓名、电话、地址、邮编）。

```
CREATE TABLE Customer (
    customerNo      char(9)       NOT NULL  PRIMARY KEY,   /*客户号*/
    customerName    varchar(40)   NOT NULL,                /*客户名称*/
    telephone       varchar(20)   NOT NULL,                /*客户电话*/
    address         char(40)      NOT NULL,                /*客户住址*/
    zip             char(6)       NULL                     /*邮政编码*/
)
```

［**例 3. 5**］ 建立一张员工表（员工编号、姓名、性别、身份证号、薪水）。

```
CREATE TABLE Employee (
    employeeNo      char(8)       NOT NULL    PRIMARY KEY,  /*员工编号*/
    employeeName    varchar(10)   NOT NULL,                 /*员工姓名*/
    sex             char(1)       NOT NULL,                 /*员工性别*/
    birthday        datetime      NULL,                     /*员工生日*/
    address         varchar(50)   NULL,                     /*员工住址*/
    telephone       varchar(20)   NULL,                     /*员工电话*/
    hireDate        datetime      NOT NULL,                 /*雇佣日期*/
    department      varchar(30)   NOT NULL,                 /*所属部门*/
    title           varchar(6)    NOT NULL,                 /*职称*/
    salary          numeric(8,2)  NOT NULL                  /*薪水*/
)
```

［**例 3. 6**］ 建立一张订单表（订单编号、客户编号、员工编号、订单金额、订货日期、发票号码），要求给该表建立主键约束和关于员工表和客户表的外键约束。

```
CREATE TABLE OrderMaster (
    orderNo         char(12)      NOT NULL PRIMARY KEY,     /*订单编号*/
    customerNo      char(9)       NOT NULL,                 /*客户号*/
    salerNo         char(8)       NOT NULL,                 /*业务员编号*/
    orderDate       datetime      NOT NULL,                 /*订货日期*/
    orderSum        numeric(9,2)  NOT NULL,                 /*订单金额*/
    invoiceNo       char(10)      NOT NULL,                 /*发票号码*/
    CONSTRAINT OrdermasterFK1 FOREIGN KEY(customerNo)
            REFERENCES Customer(customerNo),
    CONSTRAINT OrdermasterFK2 FOREIGN KEY(salerNo)
```

```
      REFERENCES Employee(employeeNo)
)
```

3. 定义视图

［例 3.7］ 建立一个女员工的视图，要求显示员工编号、姓名、性别和薪水。

```
CREATE VIEW emp_view
AS
    SELECT employeeNo, employeeName, sex, salary
    FROM Employee
    WHERE sex='f'
```

［例 3.8］ 创建一个视图，要求查询每个员工的订单号、员工编号、员工姓名、订单金额、发票号码等信息。

```
CREATE VIEW emp_ordermast
AS
    SELECT orderNo, employeeNo, employeeName, orderSum, invoiceno
    FROM Employee, OrderMaster
    WHERE employeeNo=salerNo
```

［例 3.9］ 修改 emp_view 视图，要求视图还只能显示薪水在 3000 元以上的女员工信息。

```
ALTER VIEW emp_view
AS
    SELECT employeeNo, employeeName, sex, salary
    FROM Employee
    WHERE sex='f' AND salary>3000
```

［例 3.10］ 删除视图 emp_view。

```
DROP VIEW emp_view
```

4. 创建索引

［例 3.11］ 在员工表中按生日建立一个非聚簇索引 birthdayIdx。

```
CREATE NONCLUSTERED INDEX birthdayIdx ON Employee(birthday)
```

［例 3.12］ 在订单表中，首先按订单金额的降序，然后按客户编号的升序建立一个非聚簇索引 sumcustIdx。

```
CREATE NONCLUSTERED INDEX sumcustidx ON OrderMaster(orderSum DESC, customerNo)
```

［例 3.13］ 在订单表中按发票号码建一个唯一性索引 uniqincoiceIdx。

```
CREATE UNIQUE INDEX uniqincoiceIdx ON OrderMaster(invoiceno)
```

〔例 3.14〕 删除 birthdayIdx 索引。

```
DROP INDEX birthdayIdx
```

3.2.3　实验内容

（1）创建一个 OrderDB 数据库和 5 张表，表结构如表 3-1～表 3-5 所示。

表 3-1　员工表 Employee

员工编号	employeeNo	Char(8)
员工姓名	employeeName	Varchar(10)
性别	sex	Char(1)
所属部门	department	Varchar(30)
职务	headShip	Varchar(6)
雇佣日期	hireDate	Datetime
出生日期	birthday	Datetime
薪水	salary	Number
住址	address	Varchar(50)
电话	telephone	Varchar(20)

表 3-2　客户表 Customer

客户号	customerNo	Char(9)
客户名称	customerName	Varchar(40)
客户住址	address	Varchar(40)
客户电话	telephone	Varchar(20)
邮政编码	zip	Char(6)
建立日期	createDate	Datetime

表 3-3　商品基本信息表 Product

商品编号	productNo	Char(9)
商品名称	productname	Varchar(40)
商品类别	productClass	Varchar(20)
商品定价	productPrice	Number
建立日期	createDate	Datetime

表 3-4　订单主表 OrderMaster

订单编号	orderNo	Char(12)
客户号	customerNo	Char(9)
业务员编号	saleNo	Char(8)
订单金额	orderSum	Numeric
订货日期	orderDate	Datetime
出货日期	shipDate	Datetime
发票号码	invoiceNo	Char(10)

表 3-5　订单明细表 OrderDetail

订单编号	orderNo	Char(12)
商品编号	productNo	Char(9)
销售数量	qty	Int
成交单价	price	Numeric

(2) 创建基本表时,要求分别为每张表合理建立主、外键约束。

(3) 表结构的修改。

① 修改客户表结构,要求客户名称和客户电话属性为 NOT NULL。

② 修改员工表结构,要求员工姓名和电话属性为 NOT NULL。

③ 修改订单主表结构,要求发票号码属性为 NOT NULL。

(4) 创建基本表时,同时完成以下索引。

① 在员工表中按所得薪水建立一个非聚集索引 salaryIdx。

② 在订单主表中,首先按订单金额的升序,然后按业务员编号的降序建立一个非聚集索引 salenosumIdx。

(5) 创建一个视图,该视图只含上海客户信息,即客户号、客户姓名、客户住址、建立日期。

3.3　实验四：数据更新操作

3.3.1　实验目的与要求

(1) 掌握基本表的 INSERT,UPDATE,DELETE 操作。

(2) 掌握视图的 INSERT,UPDATE,DELETE 操作。

3.3.2　实验案例

[例 3.15]　在客户表中插入一条信息(C20050001,统一股份有限公司,022-

3566021，天津市，220012)。

```
INSERT Customer VALUES('C20050001','统一股份有限公司','022-3566021','天津市',
'220012')
```

〔例 3.16〕　通过视图 emp_view 添加一员工信息：(E2009001，陈成，女，4000)。

分析：由于该视图创建时并没有把 Employee 表中所有 NOT NULL 属性的列都包含进去，所以不能直接用 INSERT 命令添加员工信息，即下列操作是错误的。

```
INSERT emp_view VALUES('E2009001','陈成','f',4000)
```

此时用户必须先修改原视图，将基本表中所有 NOT NULL 属性的列都列入视图中，再用 INSERT 命令添加员工信息，具体步骤如下。

(1) 修改视图

```
ALTER VIEW emp_view
AS
    SELECT employeeNo, employeeName, sex, hiredate, department, title, salary
    FROM Employee
    WHERE sex='f'
```

(2) 添加信息

```
INSERT emp_view VALUES('E2009001','陈成','f','19901206','财务科','科长',4000)
```

〔例 3.17〕　删除 1950 年以前出生的员工记录。

```
DELETE FROM Employee
WHERE year(Birthday)<1950
```

〔例 3.18〕　删除 E2005001 业务员的订单明细信息。

```
DELETE FROM OrderDetail
WHERE orderNo IN (
    SELECT orderNo
    FROM OrderMaster
    WHERE salerNo='E2005001' )
```

〔例 3.19〕　将客户表中 C20050004 客户的客户名称改为西湖商厦，电话改为021-6800000。

```
UPDATE Customer
SET customerName='西湖商厦',Telephone='021-6800000'
WHERE customerNo='C20050004'
```

〔例 3.20〕　在 OrderMaster 表中找出 E2005002 业务员的订单，将这些订单对应的每一项销售商品的单价打 8 折。

```
UPDATE OrderDetail
SET price= price * 0.8
```

```
WHERE orderNo IN (
    SELECT orderNo
    FROM OrderMaster
    WHERE salerNo='E2005002' )
```

3.3.3　实验内容

（1）对表的基本操作有以下内容。

① 分别给这五张表添加元组信息，要求员工表、客户表、商品表各插入 5 个元组，订单主表 8 个元组，订单明细表 20 个元组。

② 将作废订单（发票号码 5197791779）由订单明细表中删除。

③ 将上海的客户住址全都改为深圳。

④ 将工作满 2 周年的员工薪水上调 5%，工作满 5 周年的员工薪水上调 8%。

⑤ 将客户 c20090001 在 2009 年 1 月购买的所有商品单价打 9 折。

⑥ 根据订单明细表，修改订单主表的订单金额信息。

（2）对视图的基本操作有以下内容。

① 对视图添加一条记录数据（注意：分别查看 Customer 表和该视图的结果）。

② 删除视图中所有姓"王"的客户数据。

③ 通过视图修改表内某一客户的姓名。

④ 对员工表和订单主表创建一个视图，该视图包含相同业务员的编号、姓名、订单号、订单金额。

⑤ 将上述视图中订单号为 200808080808 的记录的订单金额改为 60000。

⑥ 给上述视图添加一条记录数据。

⑦ 删除上述视图。

第 4 章

chapter 4

数据库查询执行计划

4.1 相关知识

SQL Server 数据库管理系统内核使用基于代价的查询优化器自动优化查询操作。基于代价的查询优化器是根据统计信息产生子句的代价估算。

对于优化器,输入是一条查询语句,输出是一个执行策略。该执行策略是执行这个查询所需要的一系列步骤,数据库的执行代价体现在这个优化算法上。不同的查询策略和查询步骤可使服务器的执行代价不同,因此采用适当的查询策略可使系统性能大大提高。

SQL Server 的查询优化经过了 3 个阶段:查询分析、索引选择、合并选择。

1. 查询分析

在查询分析阶段,SQL Server 优化器查看每一个由正规查询树代表的子句,并判断它是否能被优化。SQL Server 一般会尽量优化那些限制扫描的子句,但是不是所有合法的 SQL 语法都可以分成可优化的子句,如含有不等关系符"<>"的子句。因为"<>"是一个排斥性的操作符,在扫描整个表之前无法确定子句的选择范围会有多大。当一个关系查询中含有不可优化的子句时,执行计划用表扫描来访问查询的这个部分,对于查询树中可优化的 SQL Server 子句,则由优化器进行索引选择。

2. 索引选择

在设计过程中,要根据查询设计准则仔细检查所有的查询,以查询的优化特点为基础设计索引。

(1) 比较窄的索引具有比较高的效率。对于比较窄的索引来说,每页上能存放较多的索引行,缓存中能放置更多的索引页,这样也减少了 I/O 操作。

(2) SQL Server 优化器能分析大量的索引。与较少的宽索引相比,较多的窄索引能向优化器提供更多的选择。对于复合索引、组合索引或多列索引,SQL Server 优化器只保留最重要的列的分布统计信息,这样,索引的第一列具有很大的选择性。

(3) 表上的索引过多会影响 UPDATE,INSERT 和 DELETE 的性能,因为所有的索引都必须做相应的调整。

（4）对于一个经常被更新的列建立索引，会严重影响更新性能。

（5）由于存储开销和 I/O 操作方面的原因，较窄的索引比较宽的索引在性能上会更好一些。但它的缺点是维护它的代价要高一些。因为在通常情况下，缓存存放了较多的窄索引列。

（6）尽量分析出每一个重要查询的使用频度，这样可以找出使用最多的索引，然后可以先对这些索引进行适当的优化。

（7）查询中的 WHERE 子句中的任何列都很可能是个索引列，因为优化器重点处理这个子句。

3. 合并选择

当索引选择结束，并且所有的子句都有一个基于它们的访问计划的处理代价时，优化器开始执行合并选择。合并选择被用来找出一个访问计划的有效顺序。为了做到这一点，优化器比较子句的不同排序，然后选出从物理磁盘 I/O 的角度处理代价最低的合并计划。由于子句组合的数量会随着查询的复杂度极快地增长，SQL Server 查询优化器使用树剪枝技术来尽量减少这些比较所带来的开销。当合并选择阶段结束时，SQL Server 查询优化器就生成了一个基于代价的查询执行计划，这个计划充分利用了可用的索引，并以最小的系统开销和良好的执行性能访问原来的数据。

4.1.1　SQL 优化器的优化过程

SQL Server 查询优化器进行语法分析并决定一个查询的执行计划的过程是：首先对查询的每条子句进行语法分析，并判定是否能够使用该子句限制查询必须扫描的数据量，这样的子句可以被用作索引中的一个查找参数；在对查询进行语法分析，找出全部查找参数后，查询优化器判定在查找参数上是否存在索引，并决定索引的有效性。接着，优化器得出一个查询执行计划；最后，查询优化器估算执行该计划的开销。表 4-1 列出了不同的数据存取方法和它们的代价估计。

表 4-1　不同的数据存取方法和代价估计

SQL Server 访问方法	逻辑 I/O 代价估计
表扫描	表中数据页总数
聚簇索引	索引中的级数加上要扫描的数据页数（扫描数据页数＝合格的行数/每数据页的行数）
堆栈中的非聚簇索引	索引中的级数加上树结构叶子结点页数，再加上合格的行数
具有聚簇索引的表上的非聚簇索引	索引中的级数加上树结构叶子结点页数，再加上合格的行数与查找聚簇索引键开销的乘积
覆盖非聚簇索引	索引中的级数加上树结构叶子结点页数。因为是一个覆盖索引，不需要访问实际的数据页

4.1.2　执行计划

基于 SQL Server 查询分析器在连接到数据库服务器后,可以使用查询窗口输入 SQL 语句文本,也可以打开一个现有的查询文件,输入新的 SQL 语句,或提取内嵌在应用中的 SQL 语句。

在 SQL Server 查询分析器中,可以显示执行计划。当在查询窗口打开查询文本后,从查询菜单选择"显示执行计划",则执行计划就会在结果面板窗口以图形形式显示出来。

执行计划中的逻辑运算符和物理运算符描述了一个查询或更新是如何被执行的。物理运算符说明了用于处理一条语句,例如,扫描一个聚集索引,所使用的物理实现算法。执行一条查询或更新语句的每一步都包括一个物理运算。逻辑运算符说明了用于处理一条语句,例如,执行一个总计,所使用的是关系代数操作。并非每条查询或更新所需要的所有步骤都包含逻辑运算符。

SQL Server 查询分析器的特点如下。

(1) 物理运算符用于运算,例如哈希连接或嵌套循环。

(2) 逻辑运算符匹配物理运算符。如果逻辑运算符与物理运算符不同,它将被列在物理运算符后面。

(3) 估算行计数运算,输出行的数目。

(4) 估算行大小,即估算每行输出的大小。

(5) 估算 I/O 开销,即估算全部 I/O 活动的开销。

(6) 估算 CPU 开销,即估算全部 CPU 活动的开销。

(7) 估算在查询期间执行行的数目,运算执行的次数。

(8) 估算查询优化器执行某一查询操作的开销,包括该操作的开销在整个查询开销中所占的百分比。

(9) 估算查询优化器执行某一查询操作以及同一子树中先前操作的全部开销。

(10) 参数查询使用的判定和参数。

4.1.3　SQL Server 所使用的逻辑和物理运算符

SQL 查询分析器是交互式图形工具,数据库管理员或开发人员使用该工具可以编写查询、同时执行多个查询、查看结果、分析查询计划和获得提高查询性能的帮助。"显示执行计划"选项以图形方式显示 SQL Server 2000 查询优化器所选择的数据检索方法。图形执行计划使用图标表示 SQL Server 内特定语句和查询的执行。

逻辑运算符和物理运算符描述查询或更新的执行方式。物理运算符用于处理语句的物理实现算法,如扫描聚集索引。执行查询或更新语句时,每一步都涉及物理运算符。逻辑运算符用于处理语句的关系代数操作,如执行聚合。并非所有查询或更新的步骤都涉及逻辑操作。

表 4-2 列出了在图形执行计划内显示的 SQL Server 执行语句所使用的部分逻辑和

物理运算符。

表 4-2 SQL Server 物理运算符

图 标	物 理 运 算 符
	Assert：逻辑和物理运算符，验证引用完整性或检查约束，或者确保子查询返回一行
	Bookmark Lookup：逻辑和物理运算符，使用书签（行 ID 或聚集键）在表或聚集索引内查找相应的行
	Clustered Index Delete：物理运算符，从聚集索引中删除行
	Clustered Index Insert：物理运算符，将行插入指定的聚集索引中
	Clustered Index Scan：逻辑和物理运算符，扫描指定的聚集索引。如果列包含 ORDERED 子句，表示查询处理器已按聚集索引排序行的顺序返回行输出。如果没有 ORDERED 子句，存储引擎将以最佳方式（不保证对输出排序）扫描索引
	Clustered Index Seek：逻辑和物理运算符，利用索引的查找能力从聚集索引中检索行
	Clustered Index Update：物理运算符，更新指定的聚集索引中的行
	Collapse：逻辑和物理运算符，优化更新操作。执行更新时，将该更新操作拆分成删除和插入操作
	Compute Scalar：逻辑和物理运算符，对表达式取值以生成计算标量值，可以将该值返回给用户或在查询中的其他位置（如在筛选谓词或联接谓词中）引用该值
	Concatenation：逻辑和物理运算符，扫描多个输入，并返回每个所扫描的行
	Constant Scan：逻辑和物理运算符，在查询中引入一个常量行。返回零或一行，该行通常不包含列。Compute Scalar 通常用于由 Constant Scan 生成的行上添加列
	Deleted Scan：逻辑和物理运算符，扫描触发器内已删除的表
	Filter：物理运算符，针对 SQL 查询结果，根据过滤条件，返回满足条件的记录集
	Hash Match：物理运算符，通过计算输入行的哈希值生成哈希表 （1）对于联接，使用第一个（顶端）输入生成哈希表，使用第二个（底端）输入探测哈希表。按联接类型规定的模式输出匹配项（或不匹配项）。如果多个联接使用相同的联接列，这些操作将分组为一个哈希组 （2）对于非重复或聚合运算符，使用输入生成哈希表（删除重复项并计算聚合表达式）。生成哈希表时，扫描该表并输出所有项 （3）对于 union 运算符，使用第一个输入生成哈希表（删除重复项）。使用第二个输入（它必须没有重复项）探测哈希表，返回所有没有匹配项的行，然后扫描该哈希表并返回所有项

图　标	物　理　运　算　符
	Hash Match Root：物理运算符，协调其下一级所有 Hash Match Team 运算符的操作 Hash Match Root 运算符及其下一级所有 Hash Match Team 运算符拥有共同的哈希函数和分区策略。Hash Match Root 运算符总是将输出返回给不是其组的成员的运算符
	Hash Match Team：物理运算符，连接的哈希运算符组的一部分，这些运算符拥有共同的哈希函数和分区策略
	Index Delete：物理运算符，删除指定的非聚集索引的输入行。如果 WHERE 谓词出现，则只删除满足该谓词的行
	Index Insert：物理运算符，将行从它的输入插入到指定的非聚集索引中
	Index Scan：逻辑和物理运算符，从指定的非聚集索引中检索所有行。如果有 WHERE 谓词，则只返回满足该谓词的行 如果索引列包含 ORDERED 子句，则查询处理器按非聚集索引排序行的次序返回行。如果 ORDERED 子句没有出现，存储引擎将以最佳方式搜索索引
	Index Seek：逻辑和物理运算符，利用索引的查找能力从非聚集索引中检索行
	Index Spool：物理运算符，扫描其输入行，将每行的一个复本放在隐藏的假脱机文件（存储在 tempdb 数据库内并只在查询的生存周期内存在）中，并在这些行上生成索引
	Index Update：物理运算符，更新指定的非聚集索引中的输入行
	Inserted Scan：逻辑和物理运算符，扫描在触发器内插入的表
	Log Row Scan：逻辑和物理运算符，扫描事务日志
	Merge Join：物理运算符，执行 Inner Join，Left Outer Join，Left Semi Join，Left Anti Semi Join，Right Outer Join，Right Semi Join，Right Anti Semi Join 和 Union 逻辑操作 如果执行的是一到多联接，则 Merge Join 运算符包含 MERGE 谓词；如果执行的是多到多联接，则包含 MANY-TO-MANY MERG 谓词。Merge Join 要求两个输入在各自的列上排序，可通过在查询计划中插入显式排序操作实现
	Nested Loops：物理运算符，执行 Inner Join，Left Outer Join，Left Semi Join 和 Left Anti Semi Join 逻辑操作 嵌套循环联接一般使用索引在内表上搜索外表的每行。根据预期的成本，SQL Server 决定是否对外输入排序以便在内输入上提高索引搜索的定位准确性
	Parameter Table Scan：逻辑和物理运算符，扫描在当前查询中用作参数的表。该运算符一般用于存储过程内的 INSERT 查询
	Row Count Spool：物理运算符，对存在的行进行计数并返回不包含任何数据的行
	Sort：逻辑和物理运算符，对所有外来行排序。如果按升序对列排序，使用 ASC；如果按降序对列排序，使用值 DESC

续表

图　标	物　理　运　算　符
	Stream Aggregate:物理运算符,按一组列分组,并计算由查询返回的和/或查询内的其他位置所引用的一个或多个聚合表达式
	Table Delete:物理运算符,删除指定的表中的行。如果 WHERE 谓词出现,则只删除满足该谓词的行
	Table Insert:物理运算符,将行从其输入插入指定的表中
	Table Scan:逻辑和物理运算符,检索指定表中的所有行。如果 WHERE 谓词出现,则只返回满足该谓词的行
	Table Spool:物理运算符,扫描输入并将每行的复本放在隐藏假脱机表(存储在 tempdb 数据库内并只在查询的生存周期内存在)中
	Table Update:物理运算符,更新指定表中的输入行。如果 WHERE 谓词出现,则只更新满足该谓词的行
	Top:逻辑和物理运算符,扫描输入,从顶端开始返回指定数目或百分比数目的行

在 SQL 查询分析器中,从右到左、从上到下读取图形执行计划输出,并显示所分析的批处理内的每个查询,包括每个查询的成本占批处理总成本的百分比。

树结构内的每个节点都用一个图标表示,指定用于执行部分查询或语句的逻辑运算符和物理运算符。

每个节点都与一个父节点相关。所有具有相同父节点的节点都绘制在相同的列内。规则用箭头将每个节点连接到其父节点上。

[例 4.1]　统计没有订货的客户数量。

```
SELECT count( * )
FROM Customer
WHERE customerNo NOT IN
     ( SELECT customerNo
       FROM OrderMaster )
```

执行上述 SQL 语句的执行计划如图 4-1 所示。

从图 4-1 中可以看到其执行步骤。

(1) 首先对 Customer 表进行簇索引扫描,代价估计为 49%。

(2) 对 OrderMaster 表进行簇索引扫描,代价估计为 50%。

(3) 在内存中提取 OrderMaster 表的数据,由于没有 I/O 操作,其成本可以不计。

(4) 在内存中对两张表做一个嵌套连接,其代价为 0%。

(5) 在相应的排序流中做了一个行的汇总,对应于 count(*)命令。其中,嵌套连接是一种物理运算,汇总也是一种物理运算。

(6) 汇总后,从行中计算新值。

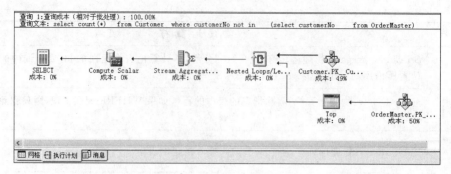

图 4-1　例 4.1 的执行计划

[**例 4.2**]　查询所有的客户信息。

SELECT * FROM Customer

其执行计划如图 4-2 所示。

从图 4-2 可以看出 SELECT 直接从 Customer 表查询数据。

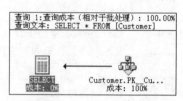

图 4-2　例 4.2 的执行计划

4.2　实验五：执行计划

4.2.1　实验目的与要求

(1) 掌握 SQL 查询语句的执行过程。

(2) 熟练使用"显示执行计划"功能，查看并分析 SQL 语句的执行过程。

(3) 能够运用执行计划的结果对 SQL 语句进行优化。

4.2.2　实验案例

1. 实验环境初始化

(1) 打开查询分析器。

(2) 在查询窗口选择要操作的数据库，如订单数据库 OrderDB。

(3) 在菜单栏中选择"工具"选项。

(4) 在"工具"菜单中选择"选项"选项。

(5) 在"选项"对话框中打开"连接属性"选项卡，如图 4-3 所示。

(6) 在"连接属性"窗口中，选择"设置 statistics time"和"设置 statistics io"这两个选项。

(7) 单击"确定"按钮。

(8) 在菜单栏中选择"查询"。

(9) 在"查询"中选择"显示执行计划"。

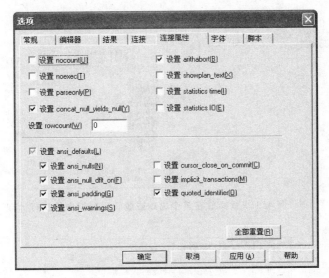

图 4-3　连接属性

设置完后,当运行一条 SQL 语句,在消息框中就会以"统计信息"的形式显示。

系统管理员可根据执行计划和统计信息中的内容,紧扣 SQL 语句优化的原则,选择效率较好的 SQL 语句。

2. 实验案例

[**例 4.3**]　查看执行计划和所花费的成本。

执行 SQL 语句:

```
SELECT productName
fROM OrderDetail b, Product a
WHERE b.productNo=a.productNo
```

其执行计划如图 4-4 所示。

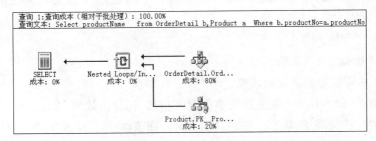

图 4-4　例 4.3 的执行计划

将鼠标放在某个物理或逻辑运算符中,如图 4-5 所示。

其"消息"框如图 4-6 所示。

[**例 4.4**]　查找订购了"32M DRAM"的商品的客户编号、客户名称、订单编号、订货数量和订货金额,并按客户编号排序输出。

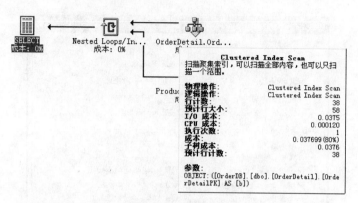

图 4-5　例 4.3 将鼠标放在某个物理或逻辑运算符中的执行计划

```
SQL Server 执行时间：
   CPU 时间 = 0 毫秒，耗费时间 = 0 毫秒。

SQL Server 执行时间：
   CPU 时间 = 0 毫秒，耗费时间 = 0 毫秒。

SQL Server 执行时间：
   CPU 时间 = 0 毫秒，耗费时间 = 0 毫秒。
SQL Server 分析和编译时间：
   CPU 时间 = 0 毫秒，耗费时间 = 0 毫秒。

（所影响的行数为 38 行）

表 'Product'。扫描计数 38，逻辑读 76 次，物理读 0 次，预读 0 次。
表 'OrderDetail'。扫描计数 1，逻辑读 2 次，物理读 0 次，预读 0 次。

SQL Server 执行时间：
   CPU 时间 = 0 毫秒，耗费时间 = 24 毫秒。

SQL Server 执行时间：
   CPU 时间 = 0 毫秒，耗费时间 = 24 毫秒。

SQL Server 执行时间：
   CPU 时间 = 0 毫秒，耗费时间 = 24 毫秒。
SQL Server 分析和编译时间：
   CPU 时间 = 0 毫秒，耗费时间 = 0 毫秒。
```

图 4-6　例 4.3 的"消息"框

执行 SQL 语句：

```
SELECT a.customerNo, customerName, b.orderNo, quantity, quantity * price total
FROM Customer a, OrderMaster b, OrderDetail c, Product d
WHERE a.customerNo=b.customerNo AND b.orderNo=c.orderNo AND c.productNo=d.productNo
   AND productName='32M DRAM'
ORDER BY a.customerNo
```

其执行计划如图 4-7 所示。

从图 4-7 中可以看到其执行步骤。

（1）首先对 OrderDetail 表进行簇索引全表扫描，代价估计为 52%。

将鼠标放在该物理运算符上，如图 4-8 所示。在该图中，I/O 成本为 0.0375，CPU 成本为 0.000120，总成本为 0.037699，代价估计为 52%。

（2）在 Product 表中使用主键簇索引扫描，并将扫描结果中满足"32M DRAM"的商品选取出来，代价估计为 13%。

将鼠标放在该物理运算符上，如图 4-9 所示。

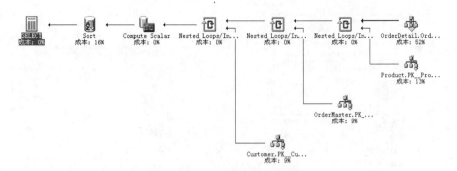

图 4-7　例 4.4 的执行计划

图 4-8　例 4.4 OrderDetail 表簇索引扫描
　　将鼠标放在物理运算符上

图 4-9　例 4.4 Product 表主键簇索引扫描
　　将鼠标放在物理运算符上

（3）在内存中对第（1）和（2）步得到的结果做一个嵌套连接，获得订购了"32M DRAM"的商品的订单明细。由于数据量小，该嵌套连接在内存中进行，没有涉及 I/O 操作，故代价估计为 0%。

实际上，执行嵌套连接操作需要耗费一定的 CPU 时间，将鼠标放在该物理运算符上，如图 4-10 所示。在该图中，I/O 成本为 0，CPU 成本为 0.000159，总成本为0.000177，这个成本可以忽略不计的。

（4）对订单主表 OrderMaster 进行簇索引扫描，依据第（3）步的结果，按订单编号提取 OrderMaster 表中相应的记录，代价估计为 9%，如图 4-11 所示。

（5）将第（3）步和第（4）步得到的结果做一个嵌套连接，获得订购"32M DRAM"的商品的客户编号、订单编号等相应信息。由于仅在内存中执行，代价估计为 0%。

（6）对客户表 Customer 进行聚集索引扫描，依据第（5）步的结果，按客户编号提取 Customer 表中相应的记录，代价估计为 9%，如图 4-12 所示。

（7）将第（5）步和第（6）步得到的结果做一个嵌套连接，获得订购"32M DRAM"的商品的客户编号、订单编号、客户名称、订购数量、订购单价等相应信息。由于仅在内存中执行，代价估计为 0%。

（8）将第（7）步得到的结果进行计算，获得订货金额，由于仅在内存中执行，代价估计

图 4-10　例 4.4 嵌套连接后将鼠标
放在物理运算符上

图 4-11　例 4.4 表 OrderMaster 簇索引并按
订单编号提取表中的记录

为 0%。

（9）将第（8）步得到的结果进行排序操作，由于涉及 I/O 操作，代价估计为 16%，如图 4-13 所示。

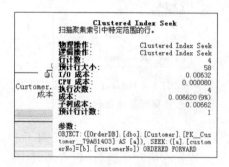

图 4-12　例 4.4 表 Customer 聚集索引
扫描按客户编号提取记录

图 4-13　例 4.4 将前面得到结果
进行排序后

（10）最后将结果输出。

其"消息"框如图 4-14 所示。

从图 4-14 中可以看出该查询的读次数以及耗费的 CPU 时间和其他时间。

［例 4.5］　查询销售金额最大的客户名称和总货款。

执行 SQL 语句：

```
SELECT a.customerNo, customerName, sum(orderSum)
FROM customer a, OrderMaster b
WHERE a.customerNo=b.customerNo
GROUP BY a.customerNo, customerName
HAVING sum(orderSum)= (
        SELECT max(sumOrder)
        FROM ( SELECT customerNo, sum(orderSum) AS sumOrder
            FROM OrderMaster
```

```
       GROUP BY customerNo ) c
   )
```

其执行计划如图 4-15 所示。

```
SQL Server 执行时间:
    CPU 时间 = 0 毫秒, 耗费时间 = 0 毫秒。

SQL Server 执行时间:
    CPU 时间 = 0 毫秒, 耗费时间 = 0 毫秒。

SQL Server 执行时间:
    CPU 时间 = 0 毫秒, 耗费时间 = 0 毫秒。
SQL Server 分析和编译时间:
    CPU 时间 = 16 毫秒, 耗费时间 = 39 毫秒。

(所影响的行数为 4 行)

表 'Customer'。扫描计数 4, 逻辑读 8 次, 物理读 2 次, 预读 0 次。
表 'OrderMaster'。扫描计数 4, 逻辑读 8 次, 物理读 2 次, 预读 0 次。
表 'Product'。扫描计数 38, 逻辑读 76 次, 物理读 2 次, 预读 0 次。
表 'OrderDetail'。扫描计数 1, 逻辑读 2 次, 物理读 2 次, 预读 0 次。

SQL Server 执行时间:
    CPU 时间 = 0 毫秒, 耗费时间 = 3 毫秒。

SQL Server 执行时间:
    CPU 时间 = 0 毫秒, 耗费时间 = 12 毫秒。

SQL Server 执行时间:
    CPU 时间 = 0 毫秒, 耗费时间 = 12 毫秒。
SQL Server 分析和编译时间:
    CPU 时间 = 0 毫秒, 耗费时间 = 0 毫秒。
```

图 4-14　例 4.4 的执行计划"消息"框

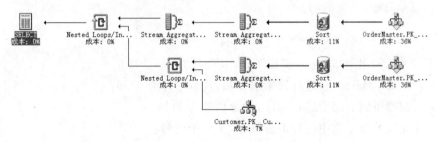

图 4-15　例 4.5 的执行计划

从图 4-15 中可以看到其执行步骤:

(1) 首先对 OrderMaster 表进行簇索引扫描,代价估计为 36%。

将鼠标放在该物理运算符上,如图 4-16 所示。在该图中,I/O 成本为 0.0375,CPU 成本为 0.000089,总成本为 0.037668,代价估计为 36%。

(2) 对扫描得到的记录进行排序,代价估计为 11%。

(3) 在相应的排序流中进行汇总操作,对应于语句:

```
SELECT customerNo, sum(orderSum) AS sumOrder
FROM OrderMaster
GROUP BY customerNo
```

由于没有 I/O 操作,其成本可以不计,其代价为 0%。

Clustered Index Scan 扫描聚集索引,可以扫描全部内容,也可以只扫描一个范围。	
物理操作	Clustered Index Scan
逻辑操作	Clustered Index Scan
行计数	10
预计行大小	63
I/O 成本	0.0375
CPU 成本	0.000089
执行次数	1
成本	0.037668 (36%)
子树成本	0.0376
预计行计数	10
参数:	
OBJECT:([OrderDB].[dbo].[OrderMaster].[PK__OrderMaster__7E6CC920])	

图 4-16　例 4.5 表 OrderMaster 簇索引扫描,将鼠标放在物理运算符上

实际上,执行汇总操作需要耗费一定的 CPU 时间,将鼠标放在该物理运算符上,如图 4-17 所示。在该图中,I/O 成本为 0,CPU 成本为 0.000056,总成本为 0.000056,这个成本是可以忽略不计的。

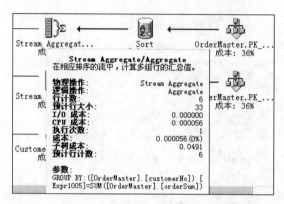

图 4-17　例 4.5 执行汇总操作将鼠标放在物理运算符上

(4) 在相应的排序流中,对其汇总数据做进一步的汇总操作,获得订单总额最高的客户编号和订单总额,对应语句:

```
SELECT customerNo, max(sumOrder)
```

由于没有 I/O 操作,其成本可以不计,其代价为 0%。

(5) 对 OrderMaster 表进行簇索引扫描,代价估计为 36%。

(6) 对扫描得到的记录进行排序,代价估计为 11%。

(7) 在相应的排序流中进行汇总操作,对应于语句:

```
SELECT customerNo, sum(orderSum) as sumOrder
FROM OrderMaster
GROUP BY customerNo
```

由于没有 I/O 操作,其成本可以不计,其代价为 0%。

(8) 对 Customer 表进行簇索引扫描,代价估计为 7%。

(9) 在内存中对第(7)步和第(8)步得到的结果做一个嵌套连接,得到客户的编号、客户名称和货物的订购总额。由于没有 I/O 操作,其成本可以不计,其代价为 0%。

(10) 在内存中对第(9)步和第(4)步得到的结果做一个嵌套连接,获得订单总额最高的客户编号、客户名称和订单总额。由于没有 I/O 操作,其成本可以不计,其代价为 0%。

(11) 将连接结果输出。

其“消息”框如图 4-18 所示。

4.2.3　实验内容

在订单数据库中,查看如下的查询,并分析其执行过程。

(1) 使用子查询查找“16M DRAM”的销售情况,要求显示相应的销售员的姓名、性

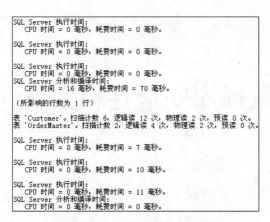

```
SQL Server 执行时间:
   CPU 时间 = 0 毫秒, 耗费时间 = 0 毫秒。

SQL Server 执行时间:
   CPU 时间 = 0 毫秒, 耗费时间 = 0 毫秒。

SQL Server 执行时间:
   CPU 时间 = 0 毫秒, 耗费时间 = 0 毫秒。
SQL Server 分析和编译时间:
   CPU 时间 = 16 毫秒, 耗费时间 = 70 毫秒。

(所影响的行数为 1 行)

表 'Customer'。扫描计数 6, 逻辑读 12 次, 物理读 2 次, 预读 0 次。
表 'OrderMaster'。扫描计数 2, 逻辑读 4 次, 物理读 2 次, 预读 0 次。

SQL Server 执行时间:
   CPU 时间 = 0 毫秒, 耗费时间 = 7 毫秒。

SQL Server 执行时间:
   CPU 时间 = 0 毫秒, 耗费时间 = 10 毫秒。

SQL Server 执行时间:
   CPU 时间 = 0 毫秒, 耗费时间 = 11 毫秒。
SQL Server 分析和编译时间:
   CPU 时间 = 0 毫秒, 耗费时间 = 0 毫秒。
```

图 4-18 例 4.5 的执行计划"消息"框

别,销售日期、销售数量和金额,其中性别用"男"、"女"表示。

(2) 查找至少销售了 3 种商品的客户编号、客户名称、商品编号、商品名称、数量和金额。

(3) 查找每个员工的销售记录,要求显示销售员的编号、姓名、性别、商品名称、数量、单价、金额和销售日期,其中性别使用"男"和"女"表示,日期使用 yyyy-mm-dd 格式显示。要求使用不同的连接顺序来分析其查询所花费的代价。

(4) 实验问题:SQL 语句有哪些优化原则?

第5章

数据库安全性和完整性

数据库的安全性是指保护数据库以防止不合法的使用所造成的数据泄密、更改或破坏。

数据库的完整性约束是指数据的正确性与相容性，是为了防止数据库存在不符合语义的数据。

5.1 相 关 知 识

SQL Server 的安全管理机制是建立在认证和权限两大机制下。认证是指用户必须要有一账号和密码来登录 SQL Server，只有登录后才有访问使用 SQL Server 的入门资格，也只能处理 SQL Server 特定的管理工作。而数据库内的所有对象的访问权限必须通过权限设置来决定登录者是否拥有某一对象的访问权限。在数据库内可以创建多个用户，然后针对具体对象将对象的创建、读取、修改、删除等权限授予特定的数据库用户。

5.1.1 数据库安全性

1. 登录账户的管理

登录（亦称 Login 用户）是通过账号和密码访问 SQL Server 的数据库。登录 SQL Server 服务器时，SQL Server 有三个默认的用户登录账号：sa，builtin\administrators 和域名\administrator。

（1）sa：SQL Server 系统管理员登录账户，该账户拥有最高管理权限，可以执行服务器范围内的所有权限。

（2）builtin\administrators：一个 Windows 组账户，凡属于该组的用户账户都可以作为 SQL Server 登录账户使用。

（3）域名\administrator：一个 Windows 用户账户，允许作为 SQL Server 登录账户使用。

2. 数据库用户的管理

数据库中，一个用户或工作组取得合法的登录账号，只表明该账号通过了 Windows

NT 认证或者 SQL Server 认证,但不能表明其可以对数据库数据和数据库对象进行某种或者某些操作,只有当他同时拥有了用户账号后,才能够访问数据库。数据库用户包括如下用户。

(1) dbo 用户:数据库拥有者或数据库创建者,dbo 在其所拥有的数据库中拥有所有的操作权限。dbo 的身份可被重新分配给另一个用户,系统管理员 sa 可以作为他所管理系统的任何数据库的 dbo 用户。

(2) guest 用户:如果 guest 用户在数据库存在,则允许任意一个登录用户作为 guest 用户访问数据库,其中包括那些不是数据库用户的 SQL 服务器用户。除系统数据库 master 和临时数据库 tempdb 的 guest 用户不能被删除外,其他数据库都可以将自己 guest 用户删除,以防止非数据库用户的登录用户对数据库进行访问。

(3) 新建的数据库用户:用户根据实际需要创建不同权限的数据库用户。

3. 数据库角色的管理

利用角色,SQL Server 管理者可以将某些用户设置为某一角色,这样只对角色进行权限设置便可以实现对所有用户权限的设置,大大减少了管理员的工作量。SQL Server 提供了用户通常管理工作的预定义服务器角色和数据库角色。

(1) 服务器角色是指根据 SQL Server 的管理任务,以及这些任务相对的重要性等级来把具有 SQL Server 管理职能的用户划分为不同的用户组,每一组所具有的管理 SQL Server 的权限都是 SQL Server 内置的,即不能对其进行添加、修改和删除,只能向其中加入用户或者其他角色。

(2) 数据库角色是为某一用户或某一组用户授予不同级别的管理或访问数据库以及数据库对象的权限,这些权限是数据库专有的,并且还可以使一个用户具有属于同一数据库的多个角色。SQL Server 提供了两种类型的数据库角色:即固定的数据库角色和用户自定义的数据库角色。

(3) 用户自定义角色:创建用户自定义的数据库角色就是创建一组用户,这些用户具有相同的一组许可。如果一组用户需要执行在 SQL Server 中指定的一组操作并且不存在对应的 Windows NT 组,或者没有管理 Windows NT 用户账号的许可,就可以在数据库中建立一个用户自定义的数据库角色。

用户自定义的数据库角色有两种类型:即标准角色和应用程序角色。

① 标准角色通过对用户权限等级的认定而将用户划分为不用的用户组,使用户总是相对于一个或多个角色,从而实现管理的安全性。

② 应用程序角色是一种比较特殊的角色。当让某些用户只能通过特定的应用程序间接地存取数据库中的数据而不是直接地存取数据库数据时,就应该考虑使用应用程序角色。当某一用户使用了应用程序角色时,他便放弃了已被赋予的所有数据库专有权限,他所拥有的只是应用程序角色被设置的角色。

4. SQL Server 的权限管理

SQL Server 权限分为 3 类:对象权限、语句权限、隐含权限。

（1）对象权限

对象权限是指用户是否允许对数据库中的表、视图、存储过程等对象的操作权限,其具体内容如表 5-1 所示。

表 5-1　对象权限的具体内容

Transact-SQL	数据库对象
SELECT(查询)	表、视图、表和视图中的列
UPDATE(修改)	表、视图、表的列
INSERT(插入)	表、视图
DELETE(删除)	表、视图
EXECUTE(调用过程)	存储过程
DRI(声明参照完整性)	表、表中的列

对象权限的设置方法如下。

① 选中一个数据库对象,右击弹出快捷菜单。

② 选择"全部任务"中的"管理权限"项,随后就会出现对象权限对话框。

③ 选择"列出全部用户/用户定义的数据库角色"项,或选择"仅列出对此对象具有权限的用户/用户定义的数据库角色"项。

④ 在权限表中对各用户或角色的各种对象操作权授予或撤销。

（2）语句权限

语句权限相当于数据库定义语言的语句权限,具体内容如表 5-2 所示。设置方法如下。

① 右击指定的数据库文件夹,出现数据库属性对话框。

② 打开"权限"选项卡,单击表中的各复选小方块可分别对各用户或角色授予、撤销和废除数据库的语句操作权限。

表 5-2　语句权限的具体内容

Transact-SQL 语句	权限说明
CREATE DATABASE	创建数据库,只能由 SA 授予 SQL 服务器用户或角色
CREATE DEFAULT	创建默认
CREATE PROCEDURE	创建存储过程
CREATE RULE	创建规则
CREATE TABLE	创建表
CREATE VIEW	创建视图
BACKUP DATABASE	备份数据库
BACKUP LOG	备份日志文件

（3）隐含权限

隐含权限是指由 SQL Server 预定义的服务器角色、数据库所有者 dbo，数据库对象所有者所拥有的权限，它相当于内置权限，不需要明确地授予这些权限。

上面介绍的 3 种权限中，隐含权限不需要设置，所以实际上权限的设置是指对对象权限和语句权限的设置。权限管理的内容有 3 方面：

① 授予权限。即允许某个用户或角色对一个对象执行某种操作或语句。

② 拒绝权限。即拒绝某个用户或角色访问某个对象，即使某个用户或角色被授予这种权限，仍然不允许执行相应的操作。

③ 取消权限。即不允许某个用户或角色对一个对象执行某种操作或某种语句。不允许和拒绝是不同的，不允许还可以通过加入角色来获得允许，而拒绝是无法通过角色来获得允许的。

3 种权限冲突时，拒绝权限起作用。

5.1.2　数据库完整性

数据库的完整性主要包括：实体完整性、参照完整性、用户自定义完整性。实体完整性要求基本表的主键值唯一且不允许为空值；参照完整性为若干个表中的相应元组建立联系；用户自定义完整性就是针对某一具体应用的数据必须满足的语义要求，由 RDBMS 提供而不必由应用程序承担。

1. SQL Server 数据完整性分类

SQL Server 的数据完整性可分为 3 类，如表 5-3 所示。

表 5-3　数据库完整性约束

完整性类型	约束类型	完整性功能描述
用户自定义完整性	DEFAULT	插入数据时，如果没有明确提供列值，则用默认值作为该列值
	CHECK	指定某列或列组可以接受值的范围，或指定数据应满足的条件
	UNIQUE	指出数据应具有唯一值，防止出现冗余
实体完整性	PRIMARY KEY	指定主码，确保主码值不重复，并不允许主码为空值
参照完整性	FOREIGN KEY	定义外码、被参照表和其主码

（1）实体完整性。实体完整性为表级完整性，它要求表中所有的元组都应该有一个唯一的标识符，这个标识符就是平常所说的主码。

（2）参照完整性。参照完整性是表级完整性，它维护参照表中的外码与被参照表中主码的相容关系。如果在被参照表中某一元组被外码参照，那么这一行既不能被删除，也不能更改其主码。

（3）用户自定义完整性。用户自定义完整性为列级和元组级完整性。它为列或列组指定一个有效的数据集，并确定该列是否允许为空。

2. SQL Server 数据完整性实现方式

（1）声明数据完整性。声明数据完整性通过在对象定义中定义、系统本身自动强制来实现。声明数据完整性包括各种约束、默认和规则。

（2）过程数据完整性。过程数据完整性通过使用脚本语言。

5.2　实验六：安全性定义与检查

5.2.1　实验目的与要求

（1）掌握登录账户的创建、修改、删除和禁止操作。

（2）掌握数据库用户的添加和删除操作。

（3）掌握数据库角色的创建、删除；数据库角色成员的添加和删除。

（4）掌握权限管理中语句权限和对象权限的管理。

5.2.2　实验案例

在 SQL Server 中，使用 T-SQL 语句来实现登录账户、数据库用户、数据库角色以及权限的管理功能。

1. 登录账户管理

（1）创建登录，使用用户得以连接使用 SQL Server 身份验证的 SQL Server 实例。

语法：

```
[EXECUTE] sp_addlogin [@loginame=] 'login' [, [@passwd=] 'password']
[, [@defdb=] 'database']
```

其中，

- $@loginame$='login'：登录名称。
- $@passw$ ='password'：登录密码，若不指定则默认为 NULL。
- $@defdb$='database'：登录后用户访问的数据库，若不指定则默认为 master 数据库。

在 sp_addlogin 中，除了登录名称之外，其余选项均为可选项。执行 sp_addlogin 时，必须具有相应的权限。只有 syssdmin 和 securityasmin 固定服务器角色的成员才能执行该命令。

［例 5.1］　为 victoria 创建没有密码和主默认数据库的登录账户。

```
EXEC sp_addlogin 'victoria'
```

［例 5.2］　为 albert 创建登录账户，并指定密码 food 以及名为 Customer 的默认数据库。

```
EXEC sp_addlogin 'albert', 'food', 'Customer'
```

[**例 5.3**] 创建登录账户 liu,密码为 liusjj999,默认的数据库为 orderdb。

```
EXEC sp_addlogin 'liu', 'liusjj999', 'orderdb'
```

(2) 修改登录账户属性。

[**例 5.4**] 将 Albert 的密码修改为'foot'。

```
EXEC sp_password 'food','foot', 'albert'
```

本例中,'albert'是登录账户名称,'food'为'albert'原来的密码,'foot'是新密码。

[**例 5.5**] 将 albert 访问的数据库修改为'employee'。

```
EXEC sp_defaultdb 'Customer', 'employee', 'albert'
```

(3) 删除登录账户。

语法:

```
EXEC sp_droplogin @loginame='login'
```

[**例 5.6**] 删除登录账户 victoria。

```
EXEC sp_droplogin 'victoria'
```

执行上述语句后,'victoria'从登录用户中被删除。

(4) 禁止登录账户。

语法:

```
EXEC sp_denylogin @loginame= 'login'
```

[**例 5.7**] 禁止登录账户 albert。

```
EXEC sp_denylogin 'albert'
```

执行上述语句后,'albert'的登录权被禁止。

2. 用户管理

(1) 添加用户。

语法:

```
[EXECUTE] sp_grantdbaccess 'login', 'user'
```

其中:'*login*'是指登录账户名称,'*user*'是指数据库用户名称。

[**例 5.8**] 为登录账户 liu 添加一个数据库用户 liu。

```
EXEC sp_grantdbaccess 'liu', 'liu'
```

(2) 删除用户。

语法:

```
EXEC sp_revokedbaccess 'user'
```

〔**例 5.9**〕 从当前数据库中删除账户 harold。

```
EXEC sp_revokedbaccess 'harold'
```

3. 角色管理

（1）创建数据库角色。

语法：

```
EXEC sp_addrole 'role_name'
```

其中：'*role_name*'指数据库角色名称，以下同义。

只有固定服务器角色 sysadmin、db_securityadmin 及 db_owner 的成员才能执行该系统存储过程。

〔**例 5.10**〕 建立角色 $r1$ 和 $r2$。

```
EXEC sp_addrole 'r1'
EXEC sp_addrole 'r2'
```

（2）删除数据库角色。

语法：

```
EXEC sp_droprole 'role_name'
```

〔**例 5.11**〕 删除数据库角色 $r2$。

```
EXEC sp_droprole 'r2'
```

（3）增加数据库角色成员。

语法：

```
EXEC sp_addrolemember 'role_name', 'user'
```

只有固定服务器角色 sysadmin 及 db_owner 的成员才能执行该系统存储过程。

〔**例 5.12**〕 在数据库角色 $r1$ 中添加用户 margaret。

```
EXEC sp_addrolemember 'r1', 'margaret'
```

（4）删除数据库角色成员。

语法：

```
EXEC sp_droprolemember 'role_name', 'user'
```

只有固定服务器角色 sysadmin 及 db_owner 的成员才能执行该系统存储过程。

〔**例 5.13**〕 在数据库角色 $r1$ 中删除用户 margaret。

```
EXEC sp_droprolemember 'r1', 'margaret'
```

4. 权限管理

(1) 管理语句权限

语法：

```
GRANT/DENY {ALL|command_list} TO {PUBLIC|name_list}
REVOKE {ALL|command_list} FROM {PUBLIC|name_list}
```

其中，

- *command _ list*：是 CREATE DATABASE，CREATE DEFAULT，CREATE FUNCTION，CREATE PROCEDURE，CREATE RULE，CREATE TABLE，CREATE VIEW，BACKUP DATABASE，BACKUP LOG。
- PUBLIC：表示所有的用户。
- ALL：表示上述所有权限。
- *name_list*：用户名称，可以将某组权限同时授予多个用户，用户名之间用逗号分割。

语义：将对指定操作对象的指定操作权限授予指定的用户。

(2) 管理对象权限

语法：

```
GRANT/DENY {ALL|command_list}
    ON <table_name>[<col_name>,…]
    TO {PUBLIC|name_list}
    [WITH GRANT OPTION]
REVOKE {ALL|command_list}
    ON <table_name>[<col_name>,…]
    FROM {PUBLIC|name_list}
```

其中，

- *command_list*：包括 UPDATE，SELECT，INSERT，DELETE，EXCUTE，ALL。
- *table_name*：数据库对象名。
- PUBLIC：表示所有的用户。
- ALL：表示上述所有权限。
- WITH GRANT OPTION：将指定的对象权限授予其他安全账户的能力。

注意：当对列授予权限时，命令项可以包括 SELECT 和 UPDATE 或两者的组合，而在 SELECT 中若使用了 SELECT * 则必须对表的所有列赋予 SELECT 权限。

[**例 5.14**]　分别创建登录账户和数据库用户'u1'。

```
EXEC sp_addlogin 'u1', 'u1', 'orderdb'
USE Customer          // 打开当前数据库
EXEC sp_adduser 'u1', 'u1'
```

同样，还可以创建 *u2*～*u6*。

［**例 5.15**］ 把查询 Customer 表权限授给用 $u1$。

```
GRANT SELECT ON Customer TO u1
```

［**例 5.16**］ 给 u1 授予建表和建视图的权限。

```
GRANT CREATE TABLE, CREATE VIEW TO u1
```

［**例 5.17**］ 把对 Customer 表和 Employee 表的全部权限授予用户 $u2$ 和 $u3$。

```
GRANT ALL privileges
ON Customer, Employee
TO u2, u3
WITH GRANT OPTION
```

［**例 5.18**］ 把用户 $u4$ 修改客户编号的权限收回。

```
REVOKE UPDATE (customerNo)
ON Customer
FROM u4
```

［**例 5.19**］ 通过角色来实现将一组权限授予一个用户。
步骤如下：
① 创建角色 jw。

```
EXEC sp_addrole 'jw'
```

② 给角色 jw 授予 Employee 表的 SELECT, UPDATE, INSERT 权限。

```
GRANT SELECT, UPDATE, INSERT
ON Employee
TO jw
```

③ 将这个角色授予用户 $u5$、$u6$。

```
GRANT jw TO u5, u6
```

④ 收回 $u5$ 的所有权限。

```
REVOKE jw FROM u5
```

⑤ 修改角色 jw 权限，增加其删除 DELETE 权限。

```
GRANT DELETE
ON Employee
TO jw
```

5.2.3 实验内容

请完成下面的实验内容。
（1）分别创建登录账号和用户账号 john，mary（注意服务器角色的设置）。

（2）将员工表的所有权限给全部用户。

（3）创建角色 $r1$，$r2$，将订单明细表所有列的 SELECT 权限、UNIT_PRICE 列的 UPDATE 权限给 $r1$。

（4）收回全部用户对员工表的所有权限。

（5）将 john，mary 两个用户赋予 $r1$ 角色。

（6）收回 john 对订单明细表所有列的 SELECT 权限。

（7）在当前数据库中删除角色 $r2$。

5.3 实验七：完整性定义与检查

5.3.1 实验目的与要求

（1）充分理解关系数据库中关于数据库完整性的概念。

（2）掌握实体完整性的定义方法。

（3）掌握参照完整性定义的方法。

（4）掌握用户自定义完整性的方法。

5.3.2 实验案例

创建表时，用户可以对一列或多列的组合设置限制条件，即完整性约束条件，使得 SQL Server 能够检查用户输入的值是否符合限制条件。下面介绍 SQL Server 中完整性约束的具体用法。

在约束条件声明中，必须利用 CONSTRAINST 关键字来对此约束条件命名，此名称会记录在系统表内，在整个数据库内 CONSTRAINST 名称必可重复，如果用户没有命名，系统会自动命名。

创建表及完整性约束的语法：

```
CREATE TABLE table_name
  ( column_name1 datetype [DEFAULT default_value] [NULL/NOT NULL]
    [CHECK search_condition],
    column_name2 datetype …
      ⋮
      [CONSTRAINST constrain_name1 {UNIQUE/PRIMARY KEY}
        ( colum_name [, colum_name…] [ON groupfile_name] )],
      [CONSTRAINST constrain_name2
        FOREIGN KEY ( column_name1), [column_name2, …]
        REFERENCES ref_table(ref_column1 [, ref_column2, …])], …)
  ON groupfile_name )
```

1. 实体完整性约束

实体完整性是由设置主键 PRIMARY KEY 来实现的，主键最多可以由 16 列组成。

① 当表的主键只有一列时，可以在创建表时直接在列后指定 PRIMARY KEY，也可

以由 CONSTRAINST 关键字来指定。

② 当表的主键多于一列时,必须用 CONSTRAINST 关键字来指定 PRIMARY KEY。

［例 5.20］ 创建一个客户表(客户号,姓名,电话,地址,邮编),并为该表建立主键约束。

```
CREATE TABLE Customer (
    customerNo      char(9) ,                 /* 客户号 */
        CONSTRAINST customerpk PRIMARY KEY (customerNo),
    customerName    varchar(40) ,             /* 客户名称 */
    telephone       varchar(20),              /* 客户电话 */
    address         char(40) ,                /* 客户住址 */
    zip             char(6)                   /* 邮政编码 */
)
```

本例中,主键由 CONSTRAINST 定义并命名为 customerpk。由于该表只有一列作为主键,所以还可以用下面的方法来定义,但约束名由系统自动定义。

```
CREATE TABLE Customer (
    customerNo      char(9)    PRIMARY KEY,    /* 客户号 */
    customerName    varchar(40) ,             /* 客户名称 */
    telephone       varchar(20),              /* 客户电话 */
    address         char(40) ,                /* 客户住址 */
    zip             char(6)                   /* 邮政编码 */
)
```

［例 5.21］ 创建一订单明细表(订单编号,商品编号,数量,单价),为该表建立主键约束。

```
CREATE TABLE OrderDetail (
    orderNo         char(12) ,                /* 订单编号 */
    productNo       char(9) ,                 /* 产品编号 */
    quantity        int ,                     /* 销售数量 */
    price           numeric(7,2),             /* 订货单价 */
        CONSTRAINST orderdetailpk PRIMARY KEY (orderNo, productNo)
)
```

本例中,主键由两列构成,所以必须由 CONSTRAINST 来定义主键,并为该约束命名为 OrderDetailPK。

［例 5.22］ 建立一张订单主表(订单编号,客户编号,员工编号,订单金额,订货日期,发票号码),要求给该表建立主键约束。

```
CREATE TABLE OrderMaster (
    orderNo         char(12)   PRIMARY KEY,    /* 订单编号 */
    customerNo      char(9) ,                 /* 客户号 */
    salerNo         char(8) ,                 /* 业务员编号 */
    orderDate       datetime,                 /* 订货日期 */
```

```
    orderSum        numeric(9,2) ,              /* 订单金额 */
    invoiceNo       char(10)                    /* 发票号码 */
)
```

2. 参照完整性约束

参照完整性指有些表的列(或列的组合)和其他表的主键相关联,这时用户可以给这个列(或列的组合)定义为 FOREIGN KEY,并以 REFERENCES 关键字设置它所关联的表及其列组。

[例 5.23] 建立一张订单主表(订单编号,客户编号,员工编号,订单金额,订货日期,发票号码),要求给该表建立主键约束和关于员工表和客户表的外键约束。

```
CREATE TABLE OrderMaster (
    orderNo         char(12)    PRIMARY KEY,    /* 订单编号 */
    customerNo      char(9) ,                   /* 客户号 */
    salerNo         char(8) ,                   /* 业务员编号 */
    orderDate       datetime,                   /* 订货日期 */
    orderSum        numeric(9,2) ,              /* 订单金额 */
    invoiceNo       char(10) ,                  /* 发票号码 */
        CONSTRAINST Ordermasterfk1 FOREIGN KEY(customerNo)
            REFERENCES Customer(customerNo)
    )
```

[例 5.24] 重新创建订单明细表,给该表再增加外键约束。

```
CREATE TABLE OrderDetail (
    orderNo         char(12),                   /* 订单编号 */
    productNo       char(9),                    /* 产品编号 */
    quantity        int,                        /* 销售数量 */
    price           numeric(7,2),               /* 订货单价 */
        CONSTRAINST OrderDetailPK PRIMARY KEY clustered(orderNo, productNo),
        CONSTRAINST orderdetailfk1 FOREIGN KEY(orderNo)
            REFERENCES OrderMaster(orderNo)
)
```

3. 用户自定义完整性约束

在建表时,用户可以根据应用的要求,定义属性上的约束条件,即属性限制,包括:列值非空(NOT NULL)、列值唯一(UNIQUE)、检查是否满足一个布尔表达式(CHECK 短语)、默认值设置(DEFAULT)等。

[例 5.25] 创建一个客户表(客户号,姓名,电话,地址,邮编),为该表建立列值非空和客户编号的约束共 9 位,第 1 位为 C。

```
CREATE TABLE  Customer (
    customerNo      char(9)        NOT NULL  PRIMARY KEY,   /* 客户号 */
```

```
                CHECK(customerNo LIKE '[C][0-9][0-9][0-9][0-9][0-9][0-9][0-9][0-9]'),
    customerName    varchar(40)    NOT NULL,                    /*客户名称*/
    telephone       varchar(20)    NOT NULL,                    /*客户电话*/
    address         char(40)       NOT NULL,                    /*客户住址*/
    zip             char(6)        NULL                         /*邮政编码*/
)
```

[例 5.26] 建立一张员工表(员工编号，姓名，性别，员工生日，员工住址，电话，雇佣日期，所属部门，职称，薪水)，要求给该表建立各项约束，包括：主键约束；性别是'm'或'f'；薪水在 6000～8000。

```
CREATE TABLE Employee (
    employeeNo      char(8)        NOT NULL                     /*员工编号*/
                CHECK(EmployeeNo LIKE '[E][0-9][0-9][0-9][0-9][0-9][0-9][0-9]'),
    employeeName    varchar(10)    NOT NULL,                    /*员工姓名*/
    sex             char(1)        NOT NULL,                    /*员工性别*/
        CONSTRAINST emp_sexchk CHECK ( sex IN ('m', 'f') ),
    birthday        datetime       NULL,                        /*员工生日*/
    address         varchar(50)    NULL,                        /*员工住址*/
    telephone       varchar(20)    NULL,                        /*员工电话*/
    hireDate        datetime       NOT NULL,                    /*雇佣日期*/
    department      varchar(30)    NOT NULL,                    /*所属部门*/
    title           varchar(6)     NOT NULL,                    /*职称*/
    salary          numeric(8,2)   NOT NULL,                    /*薪水*/
        CONSTRAINST employeepk PRIMARY KEY (employeeNo),
        CONSTRAINST emp_salarychk CHECK (salary BETWEEN 6000 AND 8000)
)
```

[例 5.27] 建立一张订单主表(订单编号，客户编号，员工编号，订单金额，订货日期，发票号码)，要求发票号码唯一。

```
CREATE TABLE OrderMaster (
    orderNo         char(12)       NOT NULL PRIMARY KEY,        /*订单编号*/
    customerNo      char(9)        NOT NULL,                    /*客户号*/
    salerNo         char(8)        NOT NULL,                    /*业务员编号*/
    orderDate       datetime       NOT NULL,                    /*订货日期*/
    orderSum        numeric(9,2),                               /*订单金额*/
    invoiceNo       char(10)       NOT NULL   UNIQUE,           /*发票号码*/
    CONSTRAINST Ordermasterfk1 FOREIGN KEY(customerNo)
        REFERENCES Customer(customerNo),
    CONSTRAINST Ordermasterfk2 FOREIGN KEY(salerNo)
        REFERENCES Employee(employeeNo)
)
```

4. 修改约束

使用 ALTER TABLE 语句修改表中的完整性约束。要修改约束，首先必须删除约束,然后将新的约束加入。

删除约束:

```
ALTER TABLE table_name
DROP CONSTRAINST constraint_name
```

添加约束:

```
ALTER TABLE table_name
```

5.3.3　实验内容

重新创建 orderdb 数据库中 5 张基本表,要求完成以下完整性约束。

(1) 分别为每张表合理建立主、外键约束。

(2) 员工表:员工姓名、电话属性为 NOT NULL;员工编号构成:年流水号,共 8 位,第 1 位为 E,如 E2008001,年份取雇佣日期的年份;性别:f 表示女,m 表示男。

(3) 商品表:商品编号、商品名称、商品类别、建立日期设为 NOT NULL;商品编号构成:年流水号,共 9 位,第 1 位为 P,如 P20080001,年份取建立日期的年份。

(4) 客户表:员工编号、姓名、性别、所属部门、职称、薪水设为 NOT NULL;客户号构成:年流水号,共 9 位,第 1 位为 C,如 C20080001,年份取建立日期的年份。

(5) 订单主表:订单编号的构成:年月日流水号,共 12 位,如 200708090001;订单编号、客户编号、员工编号、发票号码设为 NOT NULL;业务员必须是员工;订货日期和出货日期的默认值为系统当前日期;订单金额默认值为 0;发票号码建立 UNIQUE 约束。

(6) 订单明细表:订单编号、商品编号、数量、单价设为 NOT NULL。

第 6 章

chapter 6

数据库编程技术

SQL Server 的编程技术中,主要介绍游标概念以及游标的使用方法,运用触发器完成复杂的完整性约束和审计功能,通过存储过程完成复杂的业务处理和查询统计工作。

6.1 相 关 知 识

本章要求学习使用多种工具,提高解决实际问题的能力。进一步理解并掌握游标和触发器、游标和存储过程的灵活运用。

6.1.1 游标

游标是一种允许用户访问单独的数据行的数据访问机制。游标主要用在存储过程、触发器和 T-SQL 脚本中。使用游标,可以对由 SELECT 语句返回的结果集记录进行逐行处理。使用游标必须经历五个步骤:

① 定义游标:DECLARE。
② 打开游标:OPEN。
③ 逐行提取游标集中的行:FETCH。
④ 关闭游标:CLOSE。
⑤ 释放游标:DEALLOCATE。

1. 定义游标

语法:

```
DECLARE SCROLL cursor_name CURSOR FOR sql_staments
[FOR [READ ONLY|UPDATE {OF column_name_list [, …n]]]
```

其中,

- *cursor_name*:用户定义的游标名。
- *sql_staments*:定义游标结果集的标准 SELECT 语句。
- FOR:后面的短语定义游标属性只读或更新,默认为 UPDATE。
- UPDATE {OF *column_name_list*}:定义游标内可更新的列。如果指定 OF

column_name_list [，…*n*] 参数，则只允许修改所列出的列。如果在 UPDATE
中未指定列的列表，则可以更新所有列。

- READ ONLY：在 UPDATE 或 DELETE 语句的 WHERE CURRENT OF 子句
  中不能引用游标。该选项替代要更新的游标的默认功能。
- SCROLL：指定所有的提取选项（FIRST，LAST，PRIOR，NEXT，RELATIVE，
  ABSOLUTE）均可用。如果在 DECLARE CURSOR 中未指定 SCROLL，则
  NEXT 是唯一支持的提取选项。

注意：

① 当游标移至尾部，不可以再读取游标，必须关闭游标然后重新打开游标。

② 可以通过检查全局变量@@*fetch_status* 来判断是否已读完游标集中所有行。

2. 打开游标

使用 OPEN 语句执行 SELECT 语句并生成游标。语法为：

```
OPEN curser_name
```

3. 提取游标

① 逐行提取游标集中的行。

```
FETCH curser_name [INTO @variable_name [, …n]]
```

②

```
FETCH [[[NEXT|PRIOR|FIRST|LAST
  | ABSOLUTE { n|@nvar }|Relative { n|@nvar }]
[FROM { cursor_name|@cursor_variable_name }
  [INTO @variable_name [, …n]]
```

其中，

- NEXT：返回紧跟当前行之后的结果行，并且当前行递增为结果行。如果
  FETCH NEXT 为对游标的第一次提取操作，则返回结果集中的第一行。NEXT
  为默认的游标提取选项。
- PRIOR：返回紧临当前行前面的结果行，并且当前行递减为结果行。如果
  FETCH PRIOR 为对游标的第一次提取操作，则没有行返回并且游标置于第一
  行之前。
- FIRST：返回游标中的第一行并将其作为当前行。
- LAST：返回游标中的最后一行并将其作为当前行。
- ABSOLUTE {*n*|@*nvar*}：如果 *n* 或@*nvar* 为正数，返回从游标头开始的第 *n* 行
  并将返回的行变成新的当前行。如果 *n* 或@*nvar* 为负数，返回游标尾之前的第 *n*
  行并将返回的行变成新的当前行。如果 *n* 或@*nvar* 为 0，则没有行返回。*n* 必须
  为整型常量且@*nvar* 必须为 smallint，tinyint 或 int。
- RELATIVE {*n*|@*nvar*}：如果 *n* 或@*nvar* 为正数，返回当前行之后的第 *n* 行并

将返回的行变成新的当前行。如果 n 或 @$nvar$ 为负数,返回当前行之前的第 n 行并将返回的行变成新的当前行。如果 n 或 @$nvar$ 为 0,返回当前行。如果对游标的第一次提取操作时将 FETCH RELATIVE 的 n 或 @$nvar$ 指定为负数或 0,则没有行返回。n 必须为整型常量且 @$nvar$ 必须为 smallint,tinyint 或 int。

- INTO @$variable\_name$ [, …n]:把每列中的数据转移到指定的变量中。

4. 关闭游标

关闭游标可以释放某些资源,如游标结果集和对当前行的锁定,如果重新发出一个 OPEN 语句,则该游标结构仍可用于处理。语法为:

```
CLOSE curser_name
```

5. 释放游标

DEALLOCATE 语句则完全释放分配给游标的资源,包括游标名称。在游标被释放后,必须使用 DECLARE 语句重新生成游标。语法为:

```
DEALLOCATE curser_name
```

6. 删除游标集中当前行

语法:

```
DELETE FROM table_name WHERE CURRENT OF curser_name
```

注意:从游标中删除一行后,游标定位于被删除的游标之后的一行,必须再用 FETCH 得到该行。

7. 更新游标集中当前行

语法:

```
UPDATE table_name SET column_name= expression [, column_name= expression]
WHERE CURRENT OF curser_name
```

6.1.2　存储过程

SQL Server 提供了一种方法,它可以将一些固定的操作集中起来由 SQL Server 数据库服务器来完成,以实现某个任务,这种方法就是存储过程。存储过程是经过编译和优化后存储在数据库服务器中 SQL 语句写的过程,使用时只要调用即可。存储过程的优点如下。

(1) 提供了在服务器端快速执行 SQL 语句的有效途径。

(2) 降低了客户机和服务器之间的通信量。

(3) 方便实施企业规则。

（4）业务封装后，对数据库系统提供了一定的安全保证。

使用 CREATE PROCEDURE 命令创建存储过程前，应考虑下列几个事项：

① 不能将 CREATE PROCEDURE 语句与其他 SQL 语句组合到单个批处理中。

② 创建存储过程的权限默认属于数据库所有者，该所有者可将此权限授予其他用户。

③ 存储过程是数据库对象，其名称必须遵守标识符规则。

④ 只能在当前数据库中创建存储过程。

⑤ 一个存储过程的最大尺寸为 128MB。

创建存储过程时，需要确定存储过程的 3 个组成部分。

① 所有的输入参数以及传给调用者的输出参数。

② 被执行的针对数据库的操作语句，包括调用其他存储过程的语句。

③ 返回给调用者的状态值，以指明调用是成功还是失败。

1. 创建存储过程

语法：

```
CREATE PROCEDURE procedure_name [; number] [{@parameter datatype}
    [OUTPUT]] [,…n]
AS
    sql_statement [,…n]
```

其中，

- *procedure_name*：存储过程的名称。创建临时过程，在 *procedure_name* 前面加一个编号符，即 #*procedure_name*；创建全局临时过程，在 *procedure_name* 前面加两个编号符，即 ##*procedure_name*。完整的名称（包括 # 或 ##）不能超过 128 个字符。过程所有者的名称是可选的。

- *number*：是可选的整数，用来对同名的过程分组，以便用一条 DROP PROCEDURE 语句即可将同组的过程一起除去。

例如，名为 orders 的应用程序使用的过程可以命名为 orderproc；1，orderproc；2 等。DROP PROCEDURE orderproc 语句将除去整个组。

- @*parameter*：过程中的参数，最多可以有 2100 个参数。

- *datatype*：参数的数据类型。所有数据类型（包括 text，ntext 和 image）均可以用作存储过程的参数。

- OUTPUT：表明参数是输出参数，text，ntext 和 image 参数可用作 OUTPUT 参数。使用 OUTPUT 关键字的输出参数可以是游标占位符。

- *n*：表示最多可以指定 2100 个参数的占位符。

- AS：指定过程要执行的操作。

- *sql_statement*：过程中的 Transact-SQL 语句。

2. 执行存储过程

语法：

```
EXECUTE {procedure_name [; number]|@procedure_name_var} [OUTPUT][,…n]
```

其中，

- *procedure_name*：拟调用的存储过程名。
- @*procedure_name_var*：局部定义的变量名。
- @*parameter*：过程参数，在 CREATE PROCEDURE 语句中定义。参数名称前必须加上符号@。在以@*parameter_name*＝*value* 格式使用时，参数名称和常量不一定按照 CREATE PROCEDURE 语句中定义的顺序出现。但是，如果有一个参数使用@*parameter_name*＝*value* 格式，则其他所有参数都必须使用这种格式。
- OUTPUT：指定存储过程必须返回一个参数。使用 OUTPUT 参数，目的是在调用批处理或过程的其他语句中使用其返回值，参数值必须作为变量传递。在执行过程之前，必须声明变量的数据类型并赋值。返回参数可以是 text 或 image 数据类型以外的任意数据类型。

3. 重命名存储过程

语法：

```
ALTER PROCEDURE procedure_name1 RENAME TO procedure_name2
```

4. 删除存储过程

语法：

```
DROP PROCEDURE procedure_name
```

6.1.3　触发器

触发器是一种特殊的存储过程，当 INSERT，DELETE 或 UPDATE 语句修改指定表的一行或多行时，自动执行触发器。

在触发器的使用中，系统会自动产生两张临时表 Deleted 和 Inserted。用户不能直接修改这两个表的内容。

① Deleted 表：存储在 DELETE 和 UPDATE 语句执行时所影响的行的复制，在 DELETE 和 UPDATE 语句执行前被作用的行转移到 Deleted 表中。

② Inserted 表：存储在 INSTERT 和 UPDATE 语句执行时所影响的行的复制，在 Insert 和 UPDATE 语句执行期间，新行被同时加到 Inserted 和触发器表中。

实际上 UPDATE 命令是删除后紧跟着插入，旧行首先复制到 Deleted 表中，新行同时复制到 Inserted 和触发器表中。

触发器仅在当前 DB 中生成,触发器有 3 种类型,即插入、删除和更新。

（1）INSERT 类型的触发器：当对指定表 TableName 执行了插入操作时系统自动执行触发器代码。

（2）UPDATE 类型的触发器：当对指定表 TableName 执行了更新操作时系统自动执行触发器代码。

（3）DELETE 类型的触发器：当对指定表 TableName 执行了删除操作时系统自动执行触发器代码。

在触发器内不能使用如下的 SQL 命令。

① 所有数据库对象的生成命令,如 CREATE TABLE,CREATE INDEX 等。

② 所有数据库对象的结构修改命令,如 ALTER TABLE,ALTER DATABASE 等。

③ 创建临时保存表。

④ 所有 DROP 命令。

⑤ GRANT 和 REVOKE 命令。

⑥ TRUNCATE TABLE 命令。

⑦ LOAD DATABASE 和 LOAD TRANSACTION 命令。

⑧ RECONFIGURE 命令。

1. 创建触发器

语法：

```
CREATE TRIGGER trigger_name
ON table_name
FOR < INSERT|UPDATE|DELETE>
AS
    sql_statement
```

2. 删除触发器

语法：

```
DROP TRIGGER trigger_name
```

3. 修改触发器

语法：

```
ALTER TRIGGER triggername
ON table_name
FOR < INSERT|UPDATE|DELETE>
AS
    sql_statement
```

6.2 实验八: 游标与存储过程

6.2.1 实验目的与要求

(1) 掌握游标的定义和使用方法。
(2) 掌握存储过程的定义、执行和调用方法。
(3) 掌握游标和存储过程的综合应用方法。

6.2.2 实验案例

下面以简单实例介绍游标的具体用法。

[例 6.1] 利用游标选取业务科员工的编号、姓名、性别、部门和薪水字段,并逐行显示游标中的信息。

```
DECLARE SCROLL cur_emp CURSOR FOR
SELECT employeeno, employeename, sex, department, salary
FROM employee
WHERE department='业务科'
ORDER BY employeeno                        /*定义游标*/
OPEN cur_emp                               /*打开游标*/
SELECT 'CURSOR内数据条数'=@@cursor_rows     /*显示游标内记录的个数*/
FETCH NEXT FROM cur_emp                    /*逐行提取游标中的记录*/
WHILE (@@FETCH_status<>-1)                 /*判断FETCH语句是否执行成功*/
  BEGIN
    SELECT 'cursor读取状态'=@@FETCH_status  /*显示游标的读取状态*/
    FETCH NEXT FROM cur_emp                /*提取游标下一行信息*/
  END
  CLOSE cur_emp                            /*关闭游标*/
  DEALLOCATE cur_emp                       /*释放游标*/
```

本例中,@@$cursor\_rows$ 是返回连接上最后打开的游标中当前存在的合格行的数量。具体参数信息见表 6-1 所示。

表 6-1 @@$cursor\_rows$ 参数返回值的描述表

返回值	描　　述
$-m$	游标被异步填充。返回值 $(-m)$ 是键集中当前的行数
-1	游标为动态。因为动态游标可反映所有更改,所以符合游标的行数不断变化。因而永远不能确定地说所有符合条件的行均已检索到
0	没有被打开的游标,没有符合最后打开的游标的行,或最后打开的游标已被关闭或被释放
n	游标已完全填充。返回值 (n) 是在游标中的总行数

@@FETCH_status 是返回被 FETCH 语句执行的最后，而不是任何当前被连接打开的游标的状态。具体参数见表 6-2 所示。

表 6-2　@@FETCH_status 参数返回值的描述表

返回值	描　　述
0	FETCH 语句成功
−1	FETCH 语句失败或此行不在结果集中
−2	被提取的行不存在

[例 6.2]　利用游标选取业务科员工的编号、姓名、性别、部门和薪水字段，并以格式化的方式输出游标中的信息。

```
DECLARE @emp_no char(8), @emp_name char(10), @sex char(1), @dept char(4)
DECLARE @salary numeric(8,2),@text char(100)      /*用户自定义的几个变量*/
DECLARE SCROLL emp_cur CURSOR FOR
SELECT employeeNo, employeeName, sex, department, salary
FROM Employee
WHERE department='业务科'
ORDER BY employeeNo                    /*定义游标*/
SELECT @text='========业务科员工情况列表==========='
PRINT @text
SELECT @text=' 编号      姓名      性别  部门  薪水'
PRINT @text
SELECT @text='--------------------------------'
PRINT @text                           /*按照用户要求格式化输出相关信息*/
OPEN emp_cur                          /*打开游标*/
FETCH emp_cur INTO @emp_no, @emp_name, @sex, @dept, @salary
/*提取游标中的信息传递并分别给内存变量*/
WHILE (@@FETCH_status=0)               /*判断是否提取成功*/
BEGIN
    SELECT @text=@emp_no+' '+@emp_name+ ' '+ @sex+'    '+
        @dept+' '+convert(char(10), @salary)      /*给@text赋字符串值*/
    PRINT @text                       /*打印字符串值*/
    /*提取游标中的信息传递并分别给内存变量*/
    FETCH emp_cur into @emp_no, @emp_name, @sex, @dept, @salary
END
CLOSE emp_cur                         /*关闭游标*/
DEALLOCATE emp_cur                    /*释放游标*/
```

本例中，主要结合 SELECT 和 PRINT 命令将创建游标后逐行提取游标的信息以格式化的方式输出，这就提高了脚本的可读性。

[例 6.3]　不带参数的存储过程：利用存储过程计算出"E0014"业务员的销售总金额。

① 创建存储过程。

```
CREATE PROCEDURE sales_tot1
AS
    SELECT sum(orderSum)
    FROM OrderMaster
    WHERE salerNo='E2005002'
```

② 执行存储过程。

```
EXEC sales_tot1
```

上述操作能够统计业务员"E2005002"的销售业绩,但执行此存储过程不能统计任一业务员的销售业绩。

[例 6.4] 带输入参数的存储过程:统计某业务员的销售总金额。

① 创建存储过程。

```
CREATE PROCEDURE sales_tot2 @e_no char(8)
AS
    SELECT sum(orderSum)
    FROM OrderMaster
    WHERE salerNo=@e_no
```

② 执行存储过程。

```
EXEC sales_tot2 'E2005003'
```

注:程序中使用@符号表示一个变量来指定参数名称,且每个过程的参数仅用于该过程本身。

上述操作只要在执行存储过程时添加输入参数(即被统计的业务员的编号)就能统计任一业务员的销售业绩。但是,任一业务员的销售总金额如何被其他用户/程序方便调用呢?

[例 6.5] 带输入输出参数的存储过程:统计某业务员的销售总金额并返回其结果。

① 创建存储过程。

```
CREATE PROCEDURE sales_tot3 @E_no char(8), @p_tot int OUTPUT
AS
    SELECT @p_tot=sum(orderSum)
    FROM OrderMaster
    WHERE salerNo=@E_no
```

② 执行存储过程。

```
DECLARE @tot_amt int
EXEC sales_tot3 'E2008003', @tot_amt OUTPUT
SELECT 销售总额=@tot_amt
```

上述操作可以统计任一员工的销售业绩并能实现其结果的调用。

［**例 6.6**］　带通配符参数的存储过程（模糊查找）：统计所有姓陈的员工的销售业绩并输出他们姓名和所在部门。

① 创建存储过程。

```
Create Procedure emp_name @E_name varchar(10)
AS
    SELECT a.EmployeeName, a.department, ssum
    FROM Employee a, ( SELECT SalerNo, ssum=sum(OrderSum)
                    FROM OrderMaster
                    GROUP BY SalerNo) b
    WHERE a.EmployeeNo=b.SalerNo AND a.EmployeeName LIKE @E_name
```

② 执行存储过程。

```
EXEC emp_name @E_name='陈%'
```

［**例 6.7**］　重命名存储过程：将存储过程销售总额改名为 sale_tot。

```
ALTER PROCEDURE 销售总额 RENAME TO sale_tot
```

［**例 6.8**］　删除存储过程：将存储过程 *sale_tot* 删除。

```
DROP PROCEDURE sale_tot
```

［**例 6.9**］　游标和存储过程的综合应用：请使用游标和循环语句编写一个存储过程 emp_tot，根据业务员姓名，查询该业务员在销售工作中的客户信息及每一客户的销售记录，并输出该业务员的销售总金额。

① 创建存储过程。

```
CREATE PROCEDURE emp_tot @v_emp_name char(10)
AS
BEGIN
    DECLARE @sv_emp_name varchar(10), @v_custname varchar(10), @p_tot int
    DECLARE @sum int, @count int, @order_no varchar(10)
    ELECT @sum=0, @count=0
    DECLARE get_tot CURSOR FOR
        SELECT EmployeeName, CustomerNo, b.OrderNo, OrderSum
        FROM Employee a, OrderMaster b
        WHERE a.EmployeeName=@v_emp_name AND a.EmployeeNo=b.SalerNo
    OPEN get_tot
    FETCH get_tot INTO @sv_emp_name, @v_custname, @order_no, @p_tot
    WHILE (@@FETCH_status=0)
    BEGIN
        SELECT 业务员=@sv_emp_name,客户=@v_custname,
                订单编号=@order_no,订单金额=@p_tot
        SELECT @sum=@sum+@p_tot
```

```
    SELECT @count=@count+1
    FETCH get_tot INTO @sv_emp_name, @v_custname, @order_no, @p_tot
  END
  CLOSE get_tot
  DEALLOCATE get_tot
  IF @count=0
    SELECT 0
  ELSE
    SELECT 业务员销售总金额=@sum
END
GO
```

② 执行存储过程。

EXEC emp_tot   '张小娟'

本例中，先建立一个游标用于临时储存业务员的基本销售信息，包括：业务员姓名、客户编号、订单编号、订单销售金额；再利用游标能逐行提取的功能，提取游标中每一记录，同时输出这些信息；最后统计其相应订单金额的总额，并输出订单总额。

6.2.3 实验内容

请完成以下实验内容。

（1）利用游标查找所有女业务员的基本情况。

（2）创建一游标，逐行显示表 Customer 的记录，要求按

'客户编号'+'------'+'客户名称'+'------'+'客户地址'+'------------------------------'+'客户电话'+'------'+'客户邮编'+'------'格式输出，并且用 WHILE 结构来测试游标的函数@@Fetch_Status 的返回值。

（3）利用游标修改 OrderMaster 表中 Ordersum 的值。

（4）利用游标显示出 OrderMaster 表中每一个订单所对应的明细数据信息。

（5）利用存储过程，给 Employee 表添加一条业务部门员工的信息。

（6）利用存储过程输出所有客户姓名、客户订购金额及其相应业务员的姓名。

（7）利用存储过程查找某员工的员工编号、订单编号、销售金额。

（8）利用存储过程查找姓"李"并且职称为"职员"的员工的员工编号、订单编号、销售金额。

（9）请使用游标和循环语句编写一个存储过程 proSearchCustomer，根据客户编号，查询该客户的名称、地址以及所有与该客户有关的销售记录，销售记录按商品分组输出。

6.3   实验九：触发器

6.3.1   实验目的与要求

（1）掌握触发器的创建和使用方法。

（2）掌握游标和触发器的综合应用方法。

6.3.2　实验案例

下面讲述触发器的各种常用方法。

［例 6.10］　删除触发器：编写一个允许用户一次只删除一条记录的触发器。

```
CREATE TRIGGER Tr_Emp ON Employee FOR DELETE AS
    /* 对表 Employee 定义一个删除触发器 */
    DECLARE @row_cnt int    /* 定义变量@row_cnt,用于跟踪 Deleted 表中记录的个数 */
    SELECT @Row_Cnt=Count(*) FROM Deleted
    If @row_cnt> 1          /* 判断 Deleted 表中记录的个数是否大于 1 */
    BEGIN
        PRINT '此删除操作可能会删除多条人事表数据!!!'
        ROLLBACK TRANSACTION    /* 如果 Deleted 表中记录的个数大于 1,事务回滚 */
    END
```

分析：本例中，触发器约束了用户只能对 Employee 这张表删除一次删除一条记录。可以在查询分析器中验证触发器的作用效果。

验证过程如下。

（1）DELETE FROM Employee WHERE sex＝'女'

在（1）执行后，结果可能出现两种情况。

① 系统提示："外键约束冲突"错误。

② 系统提示："此删除操作可能会删除多条人事表数据!!!"。

第①种情况，是由于 Employee 表与其他表建立了外键约束关系，在删除表中元组时必须满足参照完整性约束的要求。只有删除外键约束，在执行删除操作时才能激活触发器。

第②中情况，是由于解除了外键约束后，删除操作激活触发器，但由于删除的元组多于一个，所以出现正确系统提示信息。

为了与（1）进行比较，请仔细做下面的验证。

（2）DELETE FROM Employee WHERE emp_no＝'E20050001'

在（1）执行后，结果可能出现两种情况。

① 系统提示："外键约束冲突"错误。

② 能删除一个员工'E20050001'的信息。

［例 6.11］　更新触发器：请使用游标和循环语句为 OrderDetail 表建立一个更新触发器 updateorderdetail，要求当用户修改订单明细表中某个商品的数量或单价时自动修改订单主表中的订单金额。

```
CREATE TRIGGER updatesaleitem ON OrderDetail FOR UPDATE AS
    /* 对表 Employee 定义一个更新触发器 */
    If UPDATE(quantity) OR UPDATE(price)    /* 判断对指定列 quantity 或 price 的更新 */
```

```
BEGIN
    /* 定义两个内存变量用于跟踪游标中订单编号和商品编号的值 */
    DECLARE @orderno int, @productno char(5)
    /* Deleted 表中数据信息存入到一个游标结果集中 */
    DECLARE cur_orderdetail CURSOR FOR
        SELECT orderno, productno FROM Deleted
    OPEN cur_orderdetail                           /* 打开游标 */
    BEGIN TRANSACTION                              /* 事务开始 */
        /* 提取游标中信息并传递给变量@orderno, @productno */
        FETCH cur_orderdetail INTO @orderno, @productno
        WHILE(@@fetch_status=0)                    /* 判断如果提取成功 */
        BEGIN
            /* 修改 ordermaster 中订单金额的值 */
            UPDATE ordermaster
            SET ordersum=ordersum- D.quantity * D.price+ I.quantity * I.price
            FROM Inserted I, Deleted D
            WHERE OrderMaster.orderNo= I.orderNo AND I.orderNo= D.orderNo
                AND OrderMaster.orderNo= @orderno AND I.productNo= D.productNo
                AND I.productNo= @productno
            /* 提取游标中信息并传递给变量@orderno, @productno */
            FETCH cur_orderdetail INTO @orderno,@productno
        END
    COMMIT TRAN                                    /* 事务提交 */
    CLOSE cur_orderdetail                          /* 关闭游标 */
    DEALLOCATE cur_orderdetail                     /* 释放游标 */
END
```

本例中，Deleted 和 Inserted 表结构与 OrderDetail 表结构相同。如果用户修改了销售明细表中某个货品的数量或单价时，Deleted 表记载了更新前信息，Inserted 表记载了更新后信息，本例正式利用这两张表结合游标将正确的订单金额修改到订单主表中。用户同样可以用 UPDATE 命令修改 OrderDetail 从而验证触发器的作用。

[例 6.12] 插入触发器：当用户向 Employee 表插入数据时，触发器自动将该操作者的名称和操作时间记录在一张表内，以便追踪。

分析：解决这个问题可以分三步走。

① 建立跟踪表。

```
CREATE TABLE TraceEmployee (
    userid char(10) NOT NULL,                      --用户标识
    OperateDate datetime NOT NULL,                 --操作日期
    OperateType char(10) NOT NULL,                 --操作类型
    CONSTRAINT traceemployeepk PRIMARY KEY(user, OperateDate)    --定义主键
)
/* user 常量是 SQL-Server 中当前登录的用户标识 */
```

② 建立触发器。

```
/* 对表 Employee 定义一个更新触发器 */
CREATE TRIGGER emploteeinsert
ON Employee
FOR INSERT

AS

    If EXIST ( SELECT * FROM Inserted )

        INSERT INTO traceemployee VALUES ( user, getdate(), 'INSERT' )
```

③ 验证。

用户执行 INSERT Employee VALUES('E20050030','喻人杰','M','会计','科长','19970415','19610206',8000,'南京市青海路','13879106120')之后,查看跟踪表就能找到操作者的相关信息。

还可以创建删除、更新触发器以便跟踪其他用户对表 Employee 的各种操作。

由此可见,触发器常用于保证完整性,并在一定程度上实现安全性。但是如果触发器设计太多,必然加大系统管理上的开销,凡是可以用一般的约束限制的,就不要使用触发器。

6.3.3 实验内容

请完成下面的实验内容。

(1) 设置一个触发器,该触发器仅允许 dbo 用户可以删除 Employee 表内数据,否则出错。

(2) 在 OrderMaster 表中创建触发器,插入数据时要先检查 Employee 表中是否存在和 Employee 表同样值的业务员编号,如果不存在则不允许插入。

(3) 级联更新:当更新 Customer 表中 customerNo 列的值时,同时更新 OrderMaster 表中的 customerNo 列的值,并且一次只能更新一行。

(4) 对 Product 表写一个 UPDATE 触发器。

第7章

chapter 7

数据库事务处理

7.1 相关知识介绍

事务是具有完整逻辑意义的数据库操作序列的集合。在 SQL Server 中,事务是由一系列 SQL 语句组成。事务必须具备原子性(atomicity)、一致性(consistency)、隔离性(isolation)和永久性(durability),合称为 ACID 特性。这些特性保证了一个事务的所有操作要么全部完成(执行成功),要么全部撤销(执行失败)。

例如,一业务员完成一笔订单后需要:

① 向订单主表 OrderMaster 插入一条订单记录。

② 向订单明细表 OrderDetail 插入订单明细信息。

上述两个步骤共同完成将订单信息录入到订单主表和订单明细表中。而在实际操作中,步骤①完成后可能发生故障使得步骤②无法完成,此时数据库出现了不一致性。因此,应将上述两个步骤定义在一个事务内,由 DBMS 自动保证这两个操作要么全部完成,要么都不执行。

1. SQL Server 事务模式

SQL Server 提供三种事务模式:显式事务、隐式事务及自动定义事务。

(1) 显式事务

显式事务是指由用户定义事务开始与结束的事务。它是以 BEGIN TRANSACTION 开始,以 COMMIT TRANSACTION 或 ROLLBACK TRANSACTION 语句结束。

(2) 隐式事务

隐式事务是指当前事务提交或回滚后自动启动新的事务,即不需使用 BEGIN TRANSACTION 启动事务,而只需提交和回滚每个事务。

(3) 自动定义事务

自动定义事务是指当一个 SQL 语句成功执行后,它被自动提交,而当执行出错时,则被自动回滚。

2. 事务定义语句

SQL Server 提供了以下事务定义语句。

（1）开始事务

格式：

BEGIN TRANSACTION [transaction_name]

功能：定义一个显式事务的开始。执行事务时，SQL Server 会根据系统设置的隔离级别，锁定其访问的资源直到事务结束。

（2）提交事务

格式：

COMMIT TRANSACTION [transaction_name]

或

COMMIT WORK

功能：使事务自开始以来对数据库的所有修改永久化，标记一个事务结束。

（3）回滚事务

格式：

ROLLBACK TRANSACTION [transaction_name|checkpoint_name]

或

ROLLBACK WORK

功能：使事务回滚到起点或指定的保存点处，也标记一个事务结束。不带事务名称（*transaction_name*）和保存点名称（*checkpoint_name*，也称为检测点名称）的 ROLLBACK 操作是将数据库回滚到最远的 BEGIN TRANSACTION 处。

由于 ROLLBACK 是撤销事务对数据库的所有影响。这样，一旦发生故障，事务重启后会花费大量时间重做已经完成的任务。为此，可在事务内部设置保存点，将数据库回滚到指定的某一保存点。

（4）设置保存点

格式：

SAVE TRANSACTION [checkpoint_name]

功能：在事务内部设置保存点，以定义事务可以返回的位置。

7.2　实验十：事务处理

7.2.1　实验目的与要求

（1）加深对事务概念的理解，尤其对事务提交和回滚概念的认识。

（2）掌握 SQL Server 事务定义方法。

（3）学会使用保存点机制设置回滚点。

7.2.2 实验案例

假设某客户要求在一订单上追加购买一种商品,这时需分别在订单主表和订单明细表上更新相关信息,故可定义为一个事务来完成。

[例7.1] 假设某客户要求在订单 200802190002 上追加购买商品 P20050001 两件,请定义一个事务 insertorder1 完成数据库更新。

定义如下:

```
BEGIN TRANSACTION insertorder1   /*事务开始*/
INSERT OrderDetail VALUES (200802190002, 'P20050001', 2, 500.00)
/* 向 OrderDetail 表插入一条新记录 */
IF @@error!=0
/* @@error 是全局变量,用于测试 SQL 命令执行的情况,若不为 0 则表示执行失败 */
BEGIN
    PRINT '插入操作错误!'
    RETURN
END
UPDATE OrderMaster
SET orderSum=orderSum+quantity*price
FROM OrderMaster a, (SELECT orderNo, quantity, price
                    FROM orderDetail
                    WHERE orderNo='200802190002' AND productNo='P20050001') b
WHERE a.orderNo='200802190002' AND b.orderNo=a.orderNo
/*更新 OrderMaster 表中 orderSum 的值 */
IF @@error!=0
BEGIN
    ROLLBACK TRANSACTION insertorder1 /*事务回滚*/
    PRINT '更新操作错误!'
    RETURN
END
COMMIT TRANSACTION insertorder1        /*事务提交*/
```

本例要求客户购买的商品信息既要在订单明细表中添加记录,也要修改该订单在订单主表上的订单总金额,这两件事要么都做,要么都不做。

[例7.2] 假设某客户要求在订单 200802190002 上追加购买 P20060001 商品 1 件,请定义一个事务 insertorder2 完成数据库更新。要求订单明细表更新成功后设置一保存点 before_insert_chk。

```
BEGIN TRANSACTION insertorder2
INSERT orderDetail VALUES(200802190002, 'P20060001', 1, 900.00)
IF @@error!=0
BEGIN
    PRINT '插入操作错误!'
```

```
    RETURN
END
SAVE TRANSACTION before_insert_chk
/*设置一个检查点,检查点命名为 before_insert_chk */
UPDATE OrderMaster
SET orderSum=orderSum+quantity*price
FROM OrderMaster a, (SELECT orderNo, quantity, price
                     FROM orderDetail
                     WHERE orderNo='200802190002' AND productNo='P20060001') b
WHERE a.orderNo='200802190002' AND b.orderNo=a.orderNo
/*更新 OrderMaster 表中 orderSum 的值 */
IF @@error!=0
BEGIN
    ROLLBACK TRANSACTION before_insert_chk
    /*事务回滚到保存点 before_insert_chk */
    COMMIT TRANSACTION insertorder2 /*事务提交*/
    PRINT '更新操作错误!'
    RETURN
END
COMMIT TRANSACTION insertorder2 /*事务提交*/
```

本例中,由于在订单明细表操作后设置了一个检查点 before_insert_chk,这样即使是操作订单主表时发生了错误,事务对订单明细表的操作还是有效的。

7.2.3　实验内容

请完成下面实验内容。

① 一新客户订购了 P20060003 商品一件,请定义一事务完成数据库更新任务。

② 业务员 E2005003 因故离职,要求删除该业务员在数据库中的全部信息。请定义一事务完成数据库更新任务。

第 8 章

数据库设计

8.1 相关知识介绍

数据库设计是根据各种应用处理的要求、硬件环境及操作系统的特性,将现实世界中的数据进行合理组织,并利用已有的数据库管理系统(DBMS)来建立数据库系统的过程。数据库设计过程通常可分为 6 个步骤。

(1) 需求分析:分析要处理的数据及数据处理原则和约束,形成需求分析说明书。

(2) 概念设计:根据需求分析得到结果,建立反映现实的概念数据模型。对于 E-R 模型,就是设计出各种实体以及它们之间的联系,形成完整的 E-R 图。

(3) 逻辑设计:将概念模型转化为数据库管理系统(如 SQL Server 2000)能处理的数据模型。

(4) 模式求精:运用关系数据理论,对得到的关系模式进行分析,找出潜在的问题并加以改进和优化。

(5) 物理设计:对给定的数据模型选择一个最合适应用环境的物理结构,包括确定数据的存放位置、存储参数的配置、索引建立等。

(6) 应用与安全设计:定义数据库角色和用户,并授予不同权限以保证数据库的安全性。

得到上述设计结果后,就可进入数据库实施阶段。在 SQL Server 2000 中,此阶段的任务是对得到的设计结果写成数据库脚本,并利用 SQL 查询分析器将数据录入到数据库中去。脚本主要有以下部分。

(1) 创建数据库。

(2) 创建表。

(3) 创建索引。

(4) 创建视图。

(5) 创建角色及用户。

(6) 数据库授权。

(7) 创建存储过程及游标。

(8) 创建触发器。

上述各步骤所使用的 SQL 语句已在前面各章介绍,本章不再赘述。

8.2　实验十一：数据库模式脚本设计

8.2.1　实验目的与要求

（1）掌握将数据库设计结果转化为数据库脚本的方法。

（2）熟练使用 DDL 语句建立数据库、表以及定义完整性约束。

（3）熟练使用 DML 语句进行数据库查询、插入、删除和更新。

（4）熟练使用 DCL 语句创建角色、用户及数据库授权。

（5）熟练利用存储过程和游标进行数据库存取。

（6）熟练利用触发器实现数据库自动操作。

8.2.2　实验案例

以教材第 6 章"关系数据库数据实例——网上书店"的 6.5 节得到的关系表为例，设计数据库脚本。具体要求如下。

（1）在 d:\数据库实验\网上书店\路径后下创建 bookstore 数据库。

（2）创建登录用户 u1。

（3）创建 6.5 节中的全部关系表及向每个表中插入少量数据。

（4）将全部表的所有权限授予 u1。

（5）创建存储过程。

① 查找订书金额前 20 名的会员编号、姓名及总金额；

② 查询每类图书当月热销图书排行前 10 名；

③ 录入出版社信息；

④ 查询 2007 年出版的计算机方面的书籍。

（6）创建触发器。

① 实现会员自动升级；

② 只允许注册会员在网上提交订单；

③ 当对图书表进行操作时，触发器将自动记录该操作者的名称和操作时间。

利用 SQL Server 2000，满足上述要求的数据库脚本设计如下。

1. 创建数据库 BookStoreDB

```
SET nocount ON
SET dateformat ymd
USE master
GO
```

2. 创建登录用户和数据库

```
IF NOT EXISTS (SELECT * FROM syslogins WHERE name='u1')
    EXEC sp_addlogin u1,u1
GO


IF EXISTS(SELECT * FROM sysdatabases WHERE name='BookStoreDB')
    DROP DATABASE BookStoreDB
GO
CREATE DATABASE BookStoreDB
ON PRIMARY
 (name='bookstore',
 filename='d:\数据库实验\网上书店\bookstore.mdf',
 size=1,
 maxsize=5,
 filegrowth=1)
LOG ON
 (name='bookstorelog',
  filename='d:\数据库实验\网上书店\bookstore_log',
  size=1,
  maxsize=5,
  filegrowth=1)
GO
```

3. 增加数据库用户 u1

```
USE BookStoreDB
GO
EXEC sp_adduser u1, u1
GO
```

4. 创建表及插入数据

```
-- 创建表及插入数据
/ * 创建职员表 * /
CREATE TABLE Employee (
    employeeNo    char(8)    PRIMARY KEY,            / * 员工编号 * /
         check (employeeNo like '[E-F][0-9][0-9][0-9][0-9][0-9][0-9]'),
    empPassword  varchar(10)  NOT NULL,             / * 登录密码 * /
    empName      varchar(12)  NOT NULL,             / * 员工姓名 * /
    sex          char(1),                            / * 员工性别, 'M' — 男, 'F'— 女 * /
    birthday     datetime,                           / * 出生日期 * /
    department   varchar(30),                        / * 所属部门 * /
    title        varchar(10),                        / * 职务 * /
```

```
    salary          numeric,                    /* 薪水 */
    address         varchar(40),                /* 员工住址 */
    telephone       varchar(15),                /* 员工电话 */
    email           varchar(20),                /* 员工邮箱 */
)
GO


GRANT ALL ON dbo.Employee TO u1
GO


/* Employee 表插入数据 */
INSERT Employee VALUES('E0000001','45871256', '张强', 'M','19760415','采购','职员',
4800, '南昌市八一大道', '15948715269','zq@126.com')
INSERT Employee VALUES('E0000002','dfg15412','李林', 'M','19781204','技术','部长',
10000,'南昌市孺子路', '15848655239','lilin@163.com')
INSERT Employee VALUES('E0000003','4564gh16', '陈嘉燕', 'F','19850625','会计','职员',
4400, '南昌市八一大道', '13848715369','cjy@126.com')
INSERT Employee VALUES('E0000004','15sdw256', '杨阳', 'M','19810216','技术','职员',
5000, '南昌市阳明路','13458487152','yang@126.com')
INSERT Employee VALUES('E0000005','s712dfgh56', '郑倩', 'F','19790415','会计','部长',
9900, '南昌市青海路', '13045415258','zqian@163.com')
INSERT Employee VALUES('E0000006','1241256', '姜涵', 'F','19740106','业务','职员',
3900, '南昌市中山路', '13365215269','han@126.com')
GO


/* 创建会员等级表 */
CREATE TABLE MemberLevel(
    memLevel    char(1)    PRIMARY KEY,   /* VIP 等级 */
    discount    float         NOT NULL,  /* 享受折扣, 普通会员—10 折, 三级会员—9.5 折,
                                             二级会员—9 折, 一级会员—8.5 折 */
)
GO


GRANT ALL ON dbo.MemberLevel TO u1
GO


/* MemberLevel 表插入数据 */
INSERT   MemberLevel VALUES('0', 10)
INSERT   MemberLevel VALUES('3', 9.5)
INSERT   MemberLevel VALUES('2', 9)
INSERT   MemberLevel VALUES('1', 8.5)
GO


/* 创建会员表 */
```

```
CREATE TABLE NewMember(
   memberNo        char(9)    PRIMARY KEY,          /*会员编号*/
                   check(memberNo like '[M-Z][0-9][0-9][0-9][0-9][0-9][0-9][0-9][0-9]'),
   memPassword     varchar(10)   NOT NULL,          /*登录密码*/
   memName         varchar(12)   NOT NULL,          /*会员姓名*/
   sex             char(1),                         /*会员性别*/
   birthday        datetime,                        /*出生日期*/
   telephone       varchar(15)   NOT NULL,          /*会员电话*/
   email           varchar(20),                     /*会员邮箱*/
   address         varchar(40)   NOT NULL,          /*会员住址*/
   zipCode         char(6)       NOT NULL,          /*邮政编码*/
   totalAmount     numeric,                         /*购书总额*/
   memLevel        char(1)       NOT NULL,          /*VIP等级,'0'一普通,'3'一三级,
                                                       '2'一二级,'1'一一级*/
FOREIGNKEY(memLevel)REFERENCES MemberLevel(memLevel)
)
GO

GRANT ALL ON dbo.NewMember TO u1
GO

/*NewMember表插入数据*/
INSERT  NewMember VALUES('M00000001', '8574125', '刘枫', 'M', '19880714',
'13145287895', 'liufeng@126.com', '南昌市财大枫林园', '330013', 900, '0')
INSERT  NewMember VALUES('M00000002','dfg2343', '陈辉', 'M','19870213',
'15984752654', 'chui@163.com', '南昌市青山湖中大道', '330029', 10000, '3')
INSERT  NewMember VALUES('M00000003','54hjhjfgh', '陈杰', 'F', '19901201',
'13112547852', 'jie@126.com', '上海市华灵西路', '200442', 12000, '3')
INSERT  NewMember VALUES('M00000004','54sfdse', '张小东', 'M', '19800115',
'15854698520', 'dong123@126.com',  '重庆市万州区', '404100',500,  '0')
INSERT  NewMember VALUES('M00000005','sdwe787',  '毛小鹏', 'M', '19741012',
'13120504182', 'mxp568@163.com', '上海市浦东路', '201411', 21000, '2')
INSERT  NewMember VALUES('M00000006','sr587555', '周军',  'M', '19810514',
'15954852100', 'junzhou@163.com', '丽江市', '674100',410,  '0')
INSERT  NewMember VALUES('M00000007',' w558412', '赵丹',  'F', '19690510',
'13021582325', 'dan@163.com', '重庆市北碚区', '400700',22000,'2')
INSERT  NewMember VALUES('M00000008','3352658', '胡倩', 'F', '19910316',
'13021996588', 'huqian@126.com', '怀化市', '418000', 33000, '1')
GO

/*创建出版社表*/
CREATE TABLE Press(
   pressNo         char(12)   PRIMARY KEY,          /*出版社编号*/
   pressName       varchar(20) NOT NULL,           /*出版社名称*/
   address         varchar(40) NOT NULL,           /*出版社地址*/
```

```
    zipCode        char(6),                      /* 邮政编码 */
    contactPerson  varchar(12),                  /* 联系人 */
    telephone      varchar(15),                  /* 联系电话 */
    fax            varchar(20),                  /* 传真 */
    email          varchar(30) ,                 /* 电子邮箱 */
)
GO


GRANT ALL ON dbo.Press TO u1
GO


/* Press 表插入数据:*/
INSERT   Press VALUES('7-111', '机械工业出版社', '北京百万庄大街 22 号', '100037', '代
小姐', '010-88379639', '010-68990188', 'service@golden-book.com')
INSERT   Press VALUES('7-107', '人民教育出版社', '北京市沙滩后街 55 号', '100009', '魏
国栋',  '010-64035745', null, 'pep@pep.com.cn')
INSERT   Press VALUES('7-5327', '上海译文出版社', '上海市福建中路 193 号世纪出版大
厦', '200001', '市场部', '021-63914556', null, 'market@yiwen.com.cn')
INSERT   Press VALUES('7-1210', '电子工业出版社', '北京市万寿路南口金家村 288 号华信
大厦', '100000', '宋飚', '010-88258888', '010-8825411', 'duca@phei.com.cn')
INSERT   Press VALUES ('7-102', '人民文学出版社', '北京市东城区朝内大街 166 号',
'100705', '李凯', '010-65221920', '010-65596873', 'faxing@rw-cn.com')
GO


/* 创建图书表 */
CREATE TABLE Book (
    ISBN           char(17)      PRIMARY KEY,     /* 书号 */
    bookTitle      varchar(30)   NOT NULL,        /* 书名 */
    author         varchar(40)   NOT NULL,        /* 作者 */
    publishDate    datetime,                      /* 出版年份 */
    version        int,                           /* 版次 */
    stockNumber    int,                           /* 库存数量 */
    price          numeric       NOT NULL,        /* 单价 */
    salePrice      numeric       NOT NULL,        /* 售价 */
    category       varchar(20)   NOT NULL,        /* 类别 */
    introduction   varchar(500),                  /* 内容简介 */
    catalog        varchar(500) ,                 /* 目录 */
    pressNo        char(12) ,                     /* 出版社编号 */
    FOREIGN KEY(pressNo) REFERENCES Press(pressNo)
)
GO


GRANT ALL ON dbo.Book TO u1
GO
```

/* Book 表插入数据 */

INSERT Book VALUES('97871112l6063', 'Linux 网络技术', '王波', '20070701', '1', '20', '28', '21', '计算机/网络', '从 Linux 操作系统基础入手,以丰富的示例为依托,循序渐进地讲述了 Linux 系统中典型的网络技术与应用。', '第 1 章 概述与安装,第 2 章 命令与示例,第 3 章 shell 编程基础,第 4 章 DNS 服务,第 5 章 DHCP 服务,第 6 章 Apache 服务,第 7 章 VSFTPD 服务,第 8 章 Samba 服务,第 9 章 iptables,第 10 章 squid,第 11 章 sendmail JZ,第 12 章 SSH', '7-111')

INSERT Book VALUES('9787111075660', 'TCP/IP 详解 (卷 1:协议)', '史蒂文斯著,范建华等译', '20060501', '1', '10', '45', '33', '计算机/网络', '本书不仅仅讲述了 RFCS 的标准协议,而且结合大量实例讲述了 TCP/IP 协议包的定义原因及在各种不同的操作系统中的应用与工作方式', '第 1 章 概述,第 2 章 链路层,第 3 章 IP: 网际协议,第 4 章 ARP: 地址解析协议,第 5 章 RARP: 逆地址解析协议,第 6 章 ICMP: Internet 控制报文协议,第 7 章 Ping 程序,第 8 章 Traceroute 程序等 30 章', '7-111')

INSERT Book VALUES('9787532746071', '辩证法的历险 (法国思想家译丛)', '梅洛—庞蒂著,杨大春,张尧均译', '20090101', '1', '9', '28', '24', '哲学/宗教', '梅洛—庞蒂不仅首次采用了"西方的马克 思主义"这一提法,并且以韦伯式的自由主义立场来理解马克思主义与辩证法的意义。', '第一章 知性的危机,第二章"西方的"马克思主义,第三章《真理报》,第四章 行动中的辩证法,第五章 萨特与极端布尔什维克主义', '7-5327')

INSERT Book VALUES('9787121066443', '加密与解密 (第三版)', '段钢', '20080701', '1', '51', '59', '45', '计算机/网络', '以加密与解密为切入点,讲述了软件安全领域许多基础知识和技能,如调试技能、逆向分析、加密保护、外壳开发、虚拟机设计等。', '第 1 章 基础知识,第 2 章 动态分析技术,第 3 章 静态分析技术、第 4 章 逆向分析技术,第 5 章 常见的演示版保护技术等 19 章', '7-1210')

INSERT Book VALUES ('9787532746934', '时间现象学的基本概念', '黑尔德著,靳希平等', '20081201', '1', '18', '15', '12', '自然科学/天文学', '此书由克劳斯·黑尔德教授在北大的 6 个讲座组成。这些讲座主要梳理了从毕达哥拉斯学派至胡塞尔及海德格尔的现象学对时间问题的探讨。', '第一讲 作为数字的时间——毕达哥拉斯学派的时间观念,第二讲 时间和永恒的古代形而上学,第三讲 胡塞尔和海德格尔的本已时间,第四讲 判断力的长处与弱点,第五讲 希望现象学,第六讲 世代生成的时间经验', '7-5327')

INSERT Book VALUES ('9787115175625', '深入浅出 MySQL 数据库开发', '唐汉明等编著', '20080401', '1', '60', '59', '45', '计算机/网络/数据库', '从数据库的基础、开发、优化、管理维护 4 个方面对 MySQL 进行了详细的介绍', '第 1 章 MySQL 的安装与配置,第 2 章 SQL 基础,第 3 章 MySQL 支持的数据类型,第 4 章 MySQL 中的运算符,第 5 章 常用函数,第 6 章 图形化工具的使用等 31 章', '7-102')

INSERT Book VALUES ('9787121040344', '思科实验室路由、交换实验指南', '梁广民,王隆杰编著', '20070401', '1', '36', '55', '42', '计算机/网络', '本书以 Cisco2821 路由器、Catalyst3560 和 Catalyst2950 交换机为平台,以 Cisco IOS(12.4 版本)为软件平台,以实验为依托,从实际应用的角度介绍了网络工程中使用的技术。', '第 1 章 实验拓扑、终端服务器配置,第 2 章 路由器基本配置,第 3 章 静态路由,第 4 章 RIP,第 5 章 EIGR 等 25 章', '7-1210')

INSERT Book VALUES ('9787200063332', '魔法诱惑', '刘谦', '20060101', '1', '55', '18', '13', '家居/休闲游戏', '数十种神奇魔术全程大揭秘!让你成为高手中的高手.', '脉搏测谎术,敏锐的手指,超级空手道,数学读心术,杯子上的硬币,魔术师自语之一,魔术的魅力,如何可观赏及表演魔术等', '7-107')

```
GO

/*创建留言表*/
GO
CREATE TABLE Message(
    messageNo        char(10)      PRIMARY KEY,          /*留言编号*/
    employeeNo       char(8)       NOT NULL,             /*回复职员编号*/
    memberNo         char(9)       NOT NULL,             /*发布人编号*/
    releaseDate      datetime      NOT NULL,             /*发布时间*/
    messageContent   varchar(100)  NOT NULL,             /*留言内容*/
    replyContent     varchar(30),                        /*回复内容*/
    replyDate        datetime,                           /*回复时间*/
    FOREIGN KEY (employeeNo) REFERENCES Employee(employeeNo),
    FOREIGN KEY (memberNo) REFERENCES NewMember(memberNo)
)
GO


GRANT ALL ON dbo.Message TO u1
GO


/*Message 表插入数据*/
INSERT Message VALUES('LY00000001','E0000001','M00000003','20060612','<<TCP/IP>>
详解对初学者来说是很有用的一本书,满意','感谢读者对本书给予的肯定','20060615')
INSERT Message VALUES('LY00000002','E0000006','M00000005','20061224','书的种类较
少,能否对书的种类进行扩充？','我们将努力丰富书的种类','20061230')
INSERT Message VALUES('LY00000003','E0000002','M00000007','20070112','书的质量不是
很好,希望能够采购质量较好的书籍','我们将对书的质量加以改进','20070113')
INSERT Message VALUES('LY00000004','E0000005','M00000001','20070916','这是一本很不
错的网络工程师教材,内容丰富,详细而不乏内容的互动！', null, null)
INSERT Message VALUES('LY00000005','E0000003','M00000008','20071124','发书速度较
慢,希望能够改进','我们将努力改进','20071128')
INSERT Message VALUES('LY00000006','E0000006','M00000001','20080122','找到了想要的
书,感谢该网站', null, null)
GO


/*创建订单表*/
CREATE TABLE OrderSheet(
    orderNo       char(15)     PRIMARY KEY,   /*订单编号*/
    memberNo      char(9)      NOT NULL,      /*会员编号*/
    employeeNo    char(8)      NOT NULL,      /*员工编号*/
    orderDate     datetime     NOT NULL,      /*订货日期*/
    orderMoney    numeric      NOT NULL,      /*订单金额*/
    payWay        char(1)      NOT NULL,      /*付款方式,'1'—在线支付,'2'—上门付款*/
    payFlag       char(1)      NOT NULL,      /*是否付款,'Y'—已付款,'N'—未付款*/
```

```
orderState      char(1)      NOT NULL,
                /*订单状态,'1'—未审核,'2'—退回,'3'—已审核,'4'—已处理结束*/
invoiceUnit   varchar(40) NOT NULL,     /*发票单位*/
receiver      varchar(8) ,              /*收货人*/
zipCode       char(6),                  /*邮政编码*/
shipAddress   varchar(30) ,             /*送货地址*/
shipTel       varchar(15),              /*联系电话*/
FOREIGN KEY (memberNo) REFERENCES NewMember(memberNo),
FOREIGN KEY (employeeNo) REFERENCES Employee(employeeNo)
)
GO

GRANT ALL ON dbo.OrderSheet TO u1
GO

/* OrderSheet 表插入数据 */
INSERT OrderSheet VALUES ('200801010000001','M00000003','E0000001','20060607','66',
'1', 'Y','4',  上海理工大学','陈杰','200442','上海市华灵西路 23 号','13112547852')
INSERT OrderSheet VALUES ('200801010000002','M00000007','E0000003','20061101','13',
'1', 'Y','4','重庆工商银行','赵丹','400700','重庆市北碚区','13021582325')
INSERT OrderSheet VALUES ('200801010000003','M00000002','E0000006','20070711',
'100','2','Y','3','江西省江铃集团','陈辉','330029','南昌市青山湖中大道 120 号',
'15984752654')
INSERT OrderSheet VALUES ('200801010000004','M00000002','E0000002','20070803','75',
'2','Y','4','北京交通大学','王兵','100000','北京市海淀区','15963221052')
INSERT OrderSheet VALUES ('200801010000005','M00000005','E0000004','20071219',
'113','1','Y','3','西安民航','王振','710000','西安市西大道 19 号','13023235968')
INSERT OrderSheet VALUES ('200801010000006','M00000008','E0000005','20080524','81',
'2','N','1','上海市交通局','王刚','200530','上海市南京路 93 号','13025336698')
INSERT OrderSheet VALUES ('200801010000007','M00000001','E0000004','20080806',
'345','1','Y','4','昆明机械加工厂','赵坤','650000','昆明市溪凤街 27 号',
'13452886520')
INSERT OrderSheet VALUES ('200801010000008','M00000005','E0000001','20081009','45',
'1','Y','3','杭州信佳食品有限公司','杨丽','330046','杭州市西湖区 19 号',
'13352696655')
INSERT OrderSheet VALUES ('200801010000009','M00000006','E0000006','20090211','81',
'2','N','2','厦门大学','廖晓','361000','福建省厦门市','15963210400')
INSERT OrderSheet VALUES ('200801010000010','M00000004','E0000002','20090301','37',
'1','Y','4','重庆晴雨服装有限公司','张小东','404100','重庆市万州区','15854698520')
GO

/*创建 Sale 表*/
CREATE TABLE Sale(
    orderNo    char(15)    NOT NULL,     /*订单编号*/
    ISBN       char(17)    NOT NULL,     /*图书编号*/
```

```
    quantity    int          NOT NULL,        /*订购数量*/
    bookState   char(1)      NOT NULL,    /*状态,'1'—未送货,'2'—已送货,'3'—已送到*/
    CONSTRAINT pk_Sale PRIMARY KEY clustered (orderNo, ISBN)
)
GO


GRANT ALL ON dbo.Sale TO u1
GO

/*Sale表数据:*/
INSERT Sale VALUES('200801010000001','9787111075660','2','3')
INSERT Sale VALUES('200801010000002','9787200063332','1','3')
INSERT Sale VALUES('200801010000003','9787040212181','10','2')
INSERT Sale VALUES('200801010000004','9787111075660','1','3')
INSERT Sale VALUES('200801010000004','9787121040344','1','3')
INSERT Sale VALUES('200801010000005','9787111216063','2','2')
INSERT Sale VALUES('200801010000005','9787040212181','5','2')
INSERT Sale VALUES('200801010000005','9787040229837','1','2')
INSERT Sale VALUES('200801010000006','9787107129575','3','1')
INSERT Sale VALUES('200801010000007','9787121066443','3','3')
INSERT Sale VALUES('200801010000007','9787121040344','5','3')
INSERT Sale VALUES('200801010000008','9787121066443','1','2')
INSERT Sale VALUES('200801010000009','9787532746934','3','1')
INSERT Sale VALUES('200801010000009','9787115175625','1','1')
INSERT Sale VALUES('200801010000010','9787020069118','1','2')
INSERT Sale VALUES('200801010000010','9787040229837','1','2')
GO


/*配送公司表*/
CREATE TABLE Company(
    companyNo      char(6)     PRIMARY KEY,    /*公司编号*/
    companyName    varchar(20) NOT NULL,       /*公司名称*/
    address        varchar(20) NOT NULL,       /*公司地址*/
    zipCode        int,                        /*邮政编码*/
    contactPerson  varchar(12),                /*联系人*/
    telephone      varchar(15),                /*联系电话*/
    fax            varchar(20),                /*传真*/
    email          varchar(20),                /*电子邮箱*/
)
GO
GRANT ALL ON dbo.Company TO u1
GO


/*Company表插入数据*/
```

```
INSERT Company VALUES ('CM0001','上海中驿快递','上海市浦东路 16 号','201411','李海平',
'15954782541','021-63654556','shzhongyi@126.com')
INSERT Company VALUES ('CM0002','南昌万家物流有限公司','南昌市站前西路 121',
'330003','张齐','0791-2151386','0791-8321603','wanjialiu@126.com')
INSERT Company VALUES ('CM0003','重庆中环快递有限公司','重庆渝北区龙山路 3 号',
'401147','赵彦','15854782500',null,'cqzhonghuan@163.com')
INSERT Company VALUES ('CM0004','福州圆通快递','福建省厦门市北路23号','361000','陈
阳',' 0591-87325660','0591-87653656','fuyuantong@163.com')
INSERT Company VALUES ('CM0005','杭州八方物流有限公司','浙江省杭州市','330046','李
霞',' 0571-86714051','0571-86714046','master@hz8856.com')
INSERT Company VALUES ('CM0006','陕西运逸物流有限公司','西安经济开发区凤城路',
'710016','李琪','029-81973555','0291-86513141','sxyunyi@126.com')
GO


/*发票表*/
CREATE TABLE Invoice (
    invoiceNo       char(10)      PRIMARY KEY,      /*发票编号*/
    invoiceUnit     varchar(40)  NOT NULL,          /*发票单位*/
    invoiceSum      numeric       NOT NULL,          /*发票金额*/
)
GO


GRANT ALL ON dbo.Invoice TO u1
GO


/* Invoice 表插入数据 */
INSERT Invoice VALUES ('IV00000001', '上海理工大学', '66')
INSERT Invoice VALUES ('IV00000002', '重庆工商银行', '13')
INSERT Invoice VALUES ('IV00000003', '江西省江铃集团', '100')
INSERT Invoice VALUES ('IV00000004', '北京交通大学', '75')
INSERT Invoice VALUES ('IV00000005', '西安民航', '113')
INSERT Invoice VALUES ('IV00000006', '上海市交通局', '81')
INSERT Invoice VALUES ('IV00000007', '昆明机械加工厂', '345')
INSERT Invoice VALUES ('IV00000008', '杭州信佳食品有限公司', '45')
INSERT Invoice VALUES ('IV00000009', '厦门大学','81')
INSERT Invoice VALUES ('IV00000010', '重庆晴雨服装有限公司', '37')
GO


/*配送单表*/
CREATE TABLE ShipSheet (
    shipNo         char(3)       NOT NULL,      /*配送单号*/
    orderNo        char(15)      NOT NULL,      /*订单编号*/
    shipDate       datetime      NOT NULL,      /*配送日期*/
    companyNo      char(6)       NOT NULL,      /*配送公司编号*/
```

```
    invoiceNo        char(10)      NOT NULL,        /* 发票编号 */
    PRIMARY KEY (shipNo, orderNo),
    FOREIGN KEY (orderNo) REFERENCES OrderSheet(orderNo),
    FOREIGN KEY (companyNo) REFERENCES Company(companyNo),
    FOREIGN KEY (invoiceNo) REFERENCES Invoice(invoiceNo)
)
GO


GRANT ALL ON dbo.ShipSheet TO u1
GO

/* 配送单表(ShipSheet)数据: */
INSERT ShipSheet VALUES ('001', '200801010000001', '20080108', 'CM0001', 'IV00000001')
INSERT ShipSheet VALUES ('002', '200801010000001', '20080204', 'CM0002', 'IV00000002')
INSERT ShipSheet VALUES ('003', '200801010000001', '20080215', 'CM0003', 'IV00000003')
INSERT ShipSheet VALUES ('001', '200801010000002', '20080105', 'CM0006', 'IV00000004')
INSERT ShipSheet VALUES ('001', '200801010000003', '20080103', 'CM0001', 'IV00000005')
INSERT ShipSheet VALUES ('002', '200801010000003', '20080118', 'CM0002', 'IV00000006')
GO

/* Ship 表 */
CREATE TABLE Ship(
    shipNo          char(12)      NOT NULL,        /* 配送单号 */
    orderNo         char(15)      NOT NULL,        /* 订单编号 */
    ISBN            char(17)      NOT NULL,        /* 图书编号 */
    PRIMARY KEY (shipNo, orderNo, ISBN),
    FOREIGN KEY (orderNo) REFERENCES OrderSheet(orderNo),
    FOREIGN KEY (ISBN) REFERENCES Book(ISBN),
    FOREIGN KEY(shipNo) REFERENCES shipSheet(shipNo)
)
GO


GRANT ALL ON dbo.Ship TO u1
GO

/* Ship 表插入数据 */
INSERT Ship VALUES ('001', '200801010000001','9787111075660')
INSERT Ship VALUES ('002', '200801010000001','9787200063332')
INSERT Ship VALUES ('003', '200801010000001','9787111216063')
INSERT Ship VALUES ('001', '200801010000002','9787111075660')
INSERT Ship VALUES ('001', '200801010000003','9787121040344')
INSERT Ship VALUES ('001', '200801010000003','9787121066443')
GO
```

5. 创建存储过程

```
/* 1. 利用存储过程查找订书金额前 20 名的会员编号、姓名及总金额 */
```

```
CREATE PROCEDURE query_member
AS
    SELECT top 20 memberNo,memName,totalAmount
    FROM NewMember
    ORDER BY totalAmount desc
```

/* 2.利用存储过程查询每类图书当月热销图书排行前 10 名 */
```
CREATE PROCEDURE book_rank
    @category varchar(20),
    @saleDate char(6)
AS
    SELECT TOP 10 Book.ISBN,bookTitle,sum(quantity)AS totQuantity
    FROM Book,OrderSheet,Sale
    WHERE category=@category
        AND  (datepart(year,orderDate) * 100+ datepart(month,orderDate))=@saleDate
        AND OrderSheet.orderNo=Sale.orderNo AND Book.ISBN=Sale.ISBN
    GROUPBY Book.ISBN,bookTitle
    ORDER BY totQuantity desc
```

/* 3.利用存储过程录入出版社信息 */
```
CREATE PROCEDURE insert_press
    @pressNo char(12),@pressName varchar(20),@address varchar(40),
    @ZipCode int,@contactPerson varchar(12),@telephone varchar(15),
    @fax varchar(20),@email varchar(30)
AS
    INSERT into Press
    VALUES (@pressNo,@pressName,@address,@ZipCode,@contactPerson,@telephone,@fax,
@email)
```

/* 4.利用存储过程查询 2007 年出版的计算机方面的书籍 */
```
CREATE PROCEDURE book_info
    @category varchar(20),@publishDate char(4)
AS
    SELECT *
    FROM Book
    WHERE category=@category AND year(publishDate)=@publishDate
```

6. 创建触发器

/* 1.创建触发器 T1,实现会员自动升级 */
```
CREATE TRIGGER T1 ON NewMember
FOR UPDATE
AS
    IF UPDATE(totalAmount)
```

```
BEGIN
    declare @price AS numeric
    SELECT @price=totalAmount FROM inserted
    IF @price>=30000
        UPDATE NewMember SET memLevel='1'
    ELSE
        IF @price>=20000
            UPDATE NewMember SET memLevel='2'
        ELSE
            IF @price>=10000
                UPDATE NewMember SET memLevel='3'
    END
```

```
/* 检验触发器 T1 */
SELECT * FROM NewMember
UPDATE NewMember SET totalAmount=25000 WHERE memberNo='M00000009'
SELECT * FROM NewMember
```

```
/* 2. 创建一个触发器 T2,只允许注册会员在网上提交订单 */
CREATE TRIGGER T2 ON OrderSheet
FOR INSERT
AS
    IF NOT EXISTS
        (SELECT * FROM inserted
        WHERE memberNo in (SELECT NewMember.memberNo FROM NewMember))
    BEGIN
        RAISERROR('提交订单前请先注册!',16,1)
        ROLLBACK TRANSACTION
    END
```

```
/* 3. 创建触发器 T3,当对图书表进行操作时,触发器将自动将该操作者的名称和操作时间记录
在一张表内,以便追踪 */
CREATE TABLE OperateTrace
( operateUser char(10) NOT NULL,
  operateDate datetime NOT NULL,
  operateType char(10) NOT NULL,
  CONSTRAINT operateTracePK PRIMARY KEY (operateUser,operateDate))
```

```
CREATE TRIGGER T3 ON Book
FOR INSERT, DELETE, UPDATE
AS
    IF EXISTS(SELECT * FROM inserted)
        INSERT INTO OperateTrace VALUES(user, getdate(),'INSERT')
    ELSE
```

```
IF EXISTS(SELECT * FROM deleted)
    INSERT INTO OperateTrace VALUES(user, getdate(),'DELETE')
ELSE
    IF EXISTS(SELECT * FROM updated)
        INSERT INTO OperateTrace VALUES(user, getdate(),'UPDATE')
```

8.2.3　实验内容

根据配套教材习题 6.1 得到的图书管理系统设计结果,建立数据库脚本。要求如下:

(1) 在"d:\数据库实验\图书管理系统\"路径下创建 LibraryDB 数据库。

(2) 创建全部关系表及向每个表中插入少量数据。

(3) 创建"图书管理员"和"读者"两类角色,并授予不同的表权限。

(4) 创建用户 u1 和 u2,分别加入到"图书管理员"和"读者"角色中去。

(5) 创建不少于 5 个触发器。

(6) 创建不少于 5 个存储过程。

(7) 视情况创建视图及索引。

第 9 章

数据库应用开发

本章介绍基于 SQL Server 的数据库应用开发。数据库应用是开发软件开发的一个重要领域,也是最常见的一种软件开发形式,掌握数据库的应用开发是非常有必要的。数据库的应用开发分为 C/S 模式下的开发和 B/S 模式下的开发,两种模式下的开发技术是不同的,本章分别从这两个方面介绍。

9.1 相 关 知 识

9.1.1 C/S 模式下的数据库应用开发

C/S 模式的数据库应用开发分为两层结构和三层结构开发。两层结构是指一端为客户端,另一端为服务器端。数据存放在服务器上,客户端界面作为程序的另一部分(完成商业逻辑和显示逻辑)存在于客户端桌面计算机上。从软件系统来讲,把整个系统分成三层:表示层(用户界面)、商业逻辑层(数据处理层)和数据层(数据表示与存储)。

客户端的主要任务是向服务器发送请求,并接受结果;而服务器的主要任务是接受请求,完成计算,并把结果反馈给客户端。客户/服务器系统的这两个部件通过网络连接相互通信,并且可扩展到任意规模。

三层结构包括如下内容。

(1) 客户层(表示层),即客户机上的 GUI 应用,一般不在客户层存放业务逻辑或存放很少。

(2) 中间层(业务逻辑层),通常由应用服务器或 Web 服务器实现,中间层提供业务逻辑、事务调度以及与数据库有连接的机器,它充当客户与数据库之间的桥梁。

(3) 数据库层,通常存放像 SQL Server、Oracle 等关系数据库系统。在二层结构中,中间层和数据源层合并到一起。虽然上面定义的三个独立层次常常位于不同的机器,但在小一点的系统中,中间层和数据层可处在同一机器上(这样就成为二层结构)。

目前,三层结构的中间层实现方法包括如下内容。

(1) 用存储过程构建中间层业务逻辑

存储过程是由 SQL 语句和流程控制语句书写的过程程序。这个程序经数据库编译和优化后存储在数据库服务器中,它可被其他应用程序执行。客户端应用程序调用一个存储过程,只需通过网络发送该过程名和少量入口参数,数据库服务器就可执行该程序,执行完成后,只返回结果状态或最终结果集数据给客户端应用程序,而无需在网络上大量传送 SQL 操作命令和中间结果数据,这样大大降低了网络通信负担。

存储过程可利用流程控制语句完成复杂的判断和运算,大大增强了 SQL 语言的功能和灵活性。在运行存储过程前,数据库服务器已经对其进行了语法和句法分析编译,并给出了优越的执行方法。重新编译成新的执行方案时,不影响客户端应用程序的改变,系统可维护性强并且简单。

但用存储过程构建中间层业务逻辑的应用也存在明显的局限性:

① 存储过程通常定义在数据库服务器上,客户与服务器的连接本质上仍然是二层 C/S 结构。当客户连接增多,系统资源将被占用,系统性能下降明显;

② 系统仍然存在死锁和崩溃的可能;

③ 软件的重用仍然是基于源代码级的重用,而不是基于二进制基础上的重用。

(2) 用 COM 组件构建中间层业务逻辑

组件对象模型(Component Object Model,COM)是 Microsoft 提出的一种基于二进制标准与编程语言无关的软件构架,它使各软件组件可以用一种统一的方式进行交互。COM 定义了组件程序之间进行交互的标准,也提供了组件程序所需的环境。在 COM 标准中,组件程序分为两种:一种称为进程内组件(in-process component),它一般是一个动态连接库 DLL;另一种称为进程外组件(out-of-process component),它一般是一个可执行程序。组件程序设计就是将复杂的应用程序设计成一些小的、功能单一的组件模块,这些组件模块可以运行在同一台机器或不同的机器上,甚至不同的操作系统上。每个组件程序可以使用不同的编程语言环境单独开发、编译、调试和测试,最后把它们组合在一起就得到完整应用程序。当应用系统的需求发生变化时,只对受影响的组件模块进行修改,然后重新整合得到新的升级软件,而无需对整个系统进行编译修改。组件程序大大增强了软件的复用性、稳定性和安全性,使软件以即插即用的方式进行升级和维护,降低了成本,提高了软件生产的效率。基于 COM 的程序设计使开发人员更关注业务逻辑的设计,而不是底层通信细节的实现。语言无关性,进程透明性,位置透明性,安全性和可重用特性是 COM 的基本特征。

与 COM 类似的技术还有 CORBA、DCOM 和 COM+等。

两层结构的最大优点是开发速度快。多数情况下,利用两层结构可以在相当短的时间内开发出一个适用方便,但不是十分灵活的应用系统。一个独立开发者,只要从数量可观的单机开发工具中任意挑选一种,就可以进行格式化数据并移植到一个远程数据库上设计一个用户界面,按照应用逻辑产生一个客户机应用,并包括常规性数据存取等工作。大多数两层结构的工具功能十分强大,可以支持多种数据结构,一般还包括许多过程和函数,并且使开发者从大量繁杂的编程劳动中解脱出来,例如内存管理。最后,这些工具本身具有与原型法以及快速开发技术相互交融的特性,以便确保能准确、完满地满足用户的要求。

而三层结构目前的开发工具相对而言还不够成熟,需要更复杂的第三代语言用于产生中间层代码。许多工具拥有对服务器不够完善的开发能力,这对信息系统组织进行简化维护工作和促进代码重用的努力来说,是一个潜在的障碍。

C/S 结构下的开发工具非常丰富。在客户端,开发工具分为两类:数据库厂商提供的客户端开发工具,如 Sybase 的 PowerBuilder,Oracle 的 Oracle Developer,以及第三方的开发商提供的开发工具,如 Delphi、Visual Basic 和 Visual C++等。在服务器端,现有的大部分关系数据库产品,如大型数据库管理系统 Oracle、SQL Server、Sybase 和 Informix,中小型数据库管理系统 Access 等都支持服务器端的开发。

9.1.2 B/S 模式下的数据库应用开发

B/S 模式的数据库应用开发基于 Web 数据库技术。由于 Web 数据库开发技术众多,不可能逐一介绍,因此,本书选取其中一种比较简单易学的开发技术——ASP 技术,通过 ASP 技术来学习 Web 数据库开发的全过程。

在本章,假设读者对 HTML 语言和相关的 Web 页面制作基础已经熟悉,不熟悉的读者可以参考其他读物。

1. ASP 的运行环境

ASP 的运行需要一定的软硬件环境,在硬件方面,至少要符合操作系统的需求。在软件方面,需要安装 Web 服务器并正确配置网络协议。

ASP 是微软开发的服务器端脚本环境,内含于 IIS(Internet Information Server)或 PWS(Personal Web Server)中,开发 ASP 应用程序系统必须符合以下三个要求之一。

(1) 如果使用的是 Windows NT Server、Windows 2000 Server、Windows 2003 Server 或者以 NT 为内核的 Windows 操作系统(如 Windows XP),那么需要安装版本为 3.0 以上的 Internet Information Server(IIS),目前最新的版本是 IIS 7.0,它内含于 Windows Server 2008 和 Windows Vista 操作系统。

(2) 如果使用的是 Windows 95/98 系统,那么需要安装 Personal Web Server (PWS)。但是在 Windows 2000(Windows NT 5.0)普及后,PWS 被 IIS 取代。

(3) 如果拥有自己租用的虚拟空间,并且有 CGI 和 ASP 的权限,则可直接把文件复制到管理员给的路径上。

建议用户在服务器操作系统上安装 IIS 作为 ASP 的运行环境。

2. 开发工具

实际上 ASP 程序就是以.asp 为扩展名的纯文本文件,可以用任何文本编辑器打开并编辑它(如记事本)。ASP 程序中可以包含注释、HTML 标记以及脚本命令。只需将.asp 程序放在 Web 服务器的虚拟目录下(该目录必须要有可执行权限),就可以通过 HTTP 的方式访问 ASP 程序了。

使用那些带有 ASP 增强支持的编辑器将更能提高效率,如 Adobe Dreamweaver 等工具。Dreamweaver 是一款专业的网页编辑器,用于对 Web 站点、Web 页和 Web 应用程序进行设计、编码和开发。Dreamweaver 可以使用服务器技术(例如 ASP. NET、ASP、JSP 和 PHP)生成由动态数据库支持的 Web 应用程序。

对于初学者来说，可以考虑使用 Microsoft FrontPage。使用 FrontPage 创建文档和格式化文本就像使用文字处理工具一样简单，还可以使用 Insert Script 命令在 FrontPage 创建的 HTML 页中插入简单的 ASP 命令。

3. 脚本

无论是使用 VBScript 还是 JavaScript 脚本语言，既可以编写服务器端脚本，也可以编写客户端脚本。

在进行服务器端编程时，可以使用＜％和％＞把 VBScript 脚本语言嵌入到 HTML 语言中，也可以使用＜Script＞和＜/Script＞把 VBScript 脚本编写成可以完成某种特殊功能的过程或函数，在程序需要的位置进行调用，使得程序的结构更加清晰。

（1）使用分隔符＜％和％＞将脚本括起来，如下所示。

```
<%@language="VBScript" %>
<html>
<body>
<font size=7>
<%Response.Write "Hello World!" %>
</font>
</body>
</html>
```

其中，在程序的第一行通过 language 来指明本程序使用的脚本语言是 VBScript，通过 Response. Write 在客户端的浏览器上显示输出的信息，运行结果是在网页上显示 Hello World!(显示运行结果的方法是：在记事本中输入以上代码，保存为\Inetpub\wwwroot\test. asp，打开浏览器，在地址输入框内输入 http://localhost/test. asp)。

（2）使用＜Script＞和＜/Script＞标记，并在其中用 RUNAT＝Server 表示脚本在服务器端执行。

```
<html>
<head>
<Script language=VBScript RUNAT=Server>
sub welcome
for i=1 to 2
Response.Write "<font size=7>Hello World! </font><BR>
next
end sub
</head>
<body>
<%Call Welcome %>
</body>
<html>
```

该例运行结果是在浏览器显示两次 Hello World!。

客户端脚本的代码要写在＜SCRIPT＞和＜/SCRIPT＞标记之间，并将其嵌入到 HTML 页面之中。

一般来说，脚本代码可以放在 HTML 文档的任何地方，常见的位置是放在＜HEAD＞ ＜/HEAD＞标记中。脚本代码一般形式如下。

```
< SCRIPT LANGUAGE="language" [EVENT]="event" [FOR="object"]>
<!--
脚本代码
-->
</SCRIPT>
```

下面是一个例子，它是一个测试发货日期的过程：

```
< SCRIPT LANGUAGE="VBScript">
<!--
    Function CanDeliver(Dt)
        CanDeliver=(CDate(Dt)-Now())>2
    End Function
-->
</SCRIPT>
```

4. 程序编写

在 ASP 中，所有脚本命令都由定界符＜％和％＞包含，任何在这个符号中包含的内容都被认为是一个脚本，可以在其中插入任何命令，只要这个命令对正在使用的脚本语言有效即可。

下面是个例子。

```
<html>
<head><title>ASP Script　示例</title></head>
<body>
这是个
<% FOR I=1 to 10 %>
非常,
<% NEXT %>
非常长的句子。
</body>
</html>
```

该段代码执行后在浏览器上显示为：

这是个非常,非常,非常,非常,非常,非常,非常,非常,非常,非常,非常长的句子。

这段脚本利用 VBScript 的 For…Next 循环生成了 10 个"非常"的复制。

ASP 提供了除使用的脚本语言以外的指令，主要是一些输出指令和处理指令。

ASP 的输出指令＜％＝expression ％＞显示表达式的值，expression 为任何有效的表达式。以下是个例子。

```
<html>
<head><title>ASP 示例</title></head>
<body>
现在的时间:<%=time%>
</body>
</html>
```

在上面的例子中,VBScript 的时间函数值会输出到显示器上。可以用下面的方法完成同样的任务。

```
<html>
<head><title>ASP 示例</title></head>
<body>
现在的时间:<%Response.Write(TIME)%>
</body>
</html>
```

在这个例子中,VBScript 的 Time 函数值将被 ASP 的 Response 对象输出来,Response 对象的 Write()方法是将表达式中的值显示出来。

ASP 处理指令<% @keyword %>为 ASP 提供处理.asp 文件所需的信息。处理指令必须出现在.asp 文件的第一行。必须在@标记和关键字之间加入一个空格。处理指令有下列关键字。

① LANGUAGE 关键字设置页面的脚本语言:<% @LANGUAGE=VBScript%>将本页的主脚本语言设置为 VBScript。ASP 的默认主脚本语言为 VBScript,也可以将任何一种具有脚本引擎的脚本语言设置为本页的主脚本语言。主脚本语言是用来处理在分界符<%和%>之间的命令的语言。

② CODEPAGE 关键字设置页面的代码页(字符编码):指明 ASP 处理某一特定页时所用的字符集,如<%@CODEPAGE=950 %>将本页代码页设置为中文繁体字符集。

③ LCID 关键字设置页面的区域标识符:区域决定日期和时间、项目的格式,如<% @LCID=1041 %>把区域设置为日文区。

④ TRANSACTION 关键字指定将在事务处理环境下运行的页面。

⑤ ENABLESESSIONSTATE 关键字指定 ASP 页是否使用会话状态。

可以在单个指令中包含多个关键字;关键字/值对之间必须由空格分开。不要在等号(=)左右加入空格。下面的例子中设置了脚本语言和代码页。

```
<% @ LANGUAGE=VBScript   CODEPAGE= 950 %>
```

5. Global. asa 文件

为了使 ASP 更好地工作,ASP 设置了一个专用的 Global. asa 文件,Global. asa 文件是一个可选文件,用户可以在该文件中指定事件脚本,并声明具有会话和应用程序作用域的对象。该文件的内容不是给用户显示的,而是用来存储事件信息和由应用程序全局使用的对象。该文件的名称必须是 Global. asa 且必须存放在应用程序的根目录中。每个应用程序只能有一个 Global. asa 文件。

Global. asa 文件只能包含如下内容。

- 应用程序事件。
- 会话事件。
- <OBJECT>声明。
- TypeLibrary 声明。

其中,应用程序有两个事件,即 Application_OnStart 事件和 Application_OnEnd 事件。会话有两个事件,即 Session_OnStart 事件和 Session_OnEnd 事件。

可以用任何支持脚本的语言编写 Global. asa 文件中包含的脚本。如果多个事件使用同一种脚本语言,就可以将它们组织在一组<SCRIPT> 标记中。

当用户保存对 Global. asa 文件所做的更改时,在重新编译 Global. asa 文件之前,服务器会结束处理当前应用程序的所有请求。在此期间,服务器拒绝其他请求并返回一个错误消息,说明正在重启动应用程序,不能处理请求。

当用户当前的所有请求处理完之后,服务器对每个会话调用 Session_OnEnd 事件,删除所有活动会话,并调用 Application_OnEnd 事件关闭应用程序,然后编译 Global. asa 文件。接下来,用户的请求将启动应用程序并创建新的会话,触发 Application_OnStart 和 Session_OnStart 事件。

但是,对 Global. asa 文件中所包含的文件的更改与保存并不能使服务器重新编译 Global. asa。为了让服务器识别包含文件的改动,必须再重新保存一下 Global. asa 文件,如在 Global. asa 文件中加一个空格,然后保存它。

6. ASP 中的内置对象

在 ASP 中提供了 Request 等 6 个内置对象,这些对象是在服务器端和客户端之间进行交互的关键。这些对象如表 9-1 所示。

表 9-1　ASP 中的内置对象

对 象 名 称	对 象 功 能
Request 对象	负责从用户端接受信息
Response 对象	负责传送信息给用户
Server 对象	负责控制 ASP 的运行环境
Session 对象	负责存储个别用户的信息,以便重复使用
Application 对象	负责存储数据以供多个用户使用
ObjectContext 对象	可供 ASP 程序直接配合 Microsoft Transaction Server(MTS)进行分布式的事务处理

这些对象之间的关系如图 9-1 所示。

7. Response 和 Request 对象

在浏览器(或其他用户代理)和 Web 服务器之间,请求与响应中发生的信息交流可

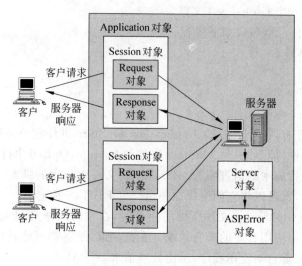

图 9-1　ASP 内置对象交互图

以通过 ASP 中的两个内置对象来进行访问和管理,这两个对象称为 Request 和 Response 对象。这两个对象是在使用 ASP 时最常用的。Request 对象对应于 HTTP 请求,Response 对象对应于 HTTP 响应。

和绝大部分 ASP 对象一样,Request 和 Response 对象也包括集合、属性以及方法,利用 Request 对象的集合、属性和方法,可以接受任何浏览器到网站的请求,利用 Response 对象的集合、属性以及方法,可以控制几乎所有的网站响应。

1) Request 对象成员说明

下面将给出 Request 对象的所有成员的主要说明。

(1) Request 对象的集合

Request 对象提供了 5 个集合,可以用来访问客户端对 Web 服务器请求的各类信息,这些集合如表 9-2 所示。

表 9-2　**Request 对象的集合及说明**

集　合	说　明
ClientCertificate	当客户端访问一个页面或其他资源时,用来向服务器表明身份的客户证书的所有字段或条目的数值集合,每个成员均是只读
Cookies	根据用户的请求,用户系统发出的所有 cookie 的值的集合,这些 cookie 仅对相应的域有效,每个成员均为只读
Form	METHOD 的属性值为 POST 时,所有作为请求提交的<FORM>段中的 HTML 控件单元的值的集合,每个成员均为只读
QueryString	依附于用户请求的 URL 后面的名称/数值对或者作为请求提交的且 METHOD 属性值为 GET(或者省略其属性)的,或<FORM>中所有 HTML 控件单元的值,每个成员均为只读
ServerVariable	随同客户端请求发出的 HTTP 报头值,以及 Web 服务器的几种环境变量的值的集合,每个成员均为只读

下面详细介绍 Form 和 QueryString 集合的使用。

当用户填写页面<FORM>内容时所提供的全部值,或在浏览器地址栏输入在 URL 后的值,通过 Form 和 QueryString 集合为 ASP 脚本所用。这是在 ASP 代码中访问值的一种简单方法。

Form 数据集合是 Request 对象中最常使用的数据集合。当使用 POST 方法将 HTML 表单提交给服务器时,表单中的各个元素被存储在 Form 中。利用 Form 数据集合可以取得客户端表单上的各项对象内容值,包括单行文本(Text)、文本块(TextArea)、复选框(CheckBox)、单选按钮(Radio)、下拉式选择框(Select)或按钮(Button)等,其语法如下。

```
表单对象内容=Request.Form("表单对象名称")
```

或者

```
表单对象内容=Request.Form("索引值")
```

其中,表单对象名称是指定集合要检索的表单元素的名称,索引值是访问某参数中多个值中的一个,它可以是 1 到 Request.Form($parameter$).Count 之间的任意整数。

例:假如客户端 Web 页面包含的<FORM>如下。

```
<FORM action="show_request.asp" method="POST">
  FirstName: <INPUT type="text" name="FirstName">
  LastName: <INPUT type="text" name="LastName">
  <INPUT type="submit" value="send">
</FORM>
```

可通过访问 ASP 的 Form 集合来访问其控件内的值:

```
strFirstName=Request.Form("FirstName")
strLastName=Request.Form("LastName")
```

也可使用窗体中控件的整型索引,索引的范围从在 HTML 中第一个定义的控件开始,然后根据定义的顺序排序。

```
strFirstName=Request.Form(1)
strLastName=Request.Form(2)
```

然而,后面的这种以整数为索引的技术不推荐使用,因为一旦 HTML 中的控件发生了变化,或者插入一个新的控件,则 ASP 代码将得到错误的值。进一步而言,对于阅读代码的人来讲,极容易混淆。

前面介绍的方法都只能取得具有某一名称的表单对象的值,如果多个对象具有相同的名称(例如 CheckBox),取得该对象的值可以采用如下方法。

① 首先取得具有相同名称对象的总数,这可以利用 Count 属性获得,其使用语法如下。

```
名称相同的对象总数=Request.Form("表单对象名称").Count
```

或

名称相同的对象总数=Request.Form(索引值).Count

② 只要在取得表单对象内容的语法后再加上一个索引值就可以取得相同名称的对象内容值。其语法如下。

名称相同的对象总数=Request.Form("表单对象名称")(索引值)

或

名称相同的对象总数=Request.Form(索引值)(索引值)

QueryString 数据集合与 Form 数据集合相似，它们之间的区别在于 Form 数据集合用于读取表单中通过 POST 方式提交的数据，而 QueryString 数据集合是通过取得 HTTP 的附加参数来传递的，附加参数通常是使用"？"来连接，其格式为：

URL 地址？Query 字段

在传递多个 Query 字段时，用"&"符号作为参数间的分隔符。

有两种方式需要在服务器端指定利用 QueryString 数据集合取得客户端传送的数据：在表单中通过 GET 方式提交的数据和利用超级链接标记传递的参数。

例如，假设超级链接标记传递的参数为：

http://mysite.com/process_page.asp?FirstName=Peter&LastName=Chen

可以采用如下方式访问在 QueryString 集合中提供的值。

```
strFirstName=Request.QueryString("FirstName")   '返回 Peter
strLastName=Request.QueryString("LastName")    '返回 Chen
strRaw=Request.QueryString  '返回 FirstName=Peter&LastName=Chen
```

在一个页面内使用<FORM>段时，可以设置打开的 FORM 标记的 METHOD 属性值为 GET 或 POST，默认值为 GET。假如使用 GET 或省略其属性，浏览器将该值绑定在页面所有控件上，成为一个查询字符串，且附在被请求页面的 URL 上。当这个请求到达 Web 服务器时，其值由 ASP 的 Request.QueryString 集合提供。然而，假如设置 METHOD 属性为 POST，浏览器将值包装进发送到服务器的 HTTP 报头中，通过 Request.Form 集合提供给 ASP。

例如，假如客户端 Web 页面包含的<FORM>如下。

```
<FORM action="show_request.asp" method="GET">
  FirstName: <INPUT type="text" name="FirstName">
  LastName: <INPUT type="text" name="LastName">
  <INPUT type="submit" value="send">
</FORM>
```

可通过 QueryString 数据集合来访问其控件内的值。

```
strFirstName=Request.QueryString ("FirstName")
```

```
strLastName=Request. QueryString ("LastName")
```

使用 GET 方式在 Web 页面间传递参数是非常有用的,然而,浏览器或服务器的 URL 字符串长度存在一定的限制。因此,附有长的字符串可能会引起溢出和某些字符串的字符被截掉。此外,查询字符串出现在浏览器的地址栏和所有的保存的链接和收藏夹中,保密性不够好,因此不能用 GET 方式传递涉及网站安全的信息。

（2）Request 对象的属性

Request 对象唯一的属性是 TotalBytes,它提供关于用户请求的字节数量的信息,它很少用于 ASP 页,我们通常关注指定值而不是整个请求字符串。

（3）Request 对象的方法

Request 对象唯一的方法是 BinaryRead(*count*),它允许访问从一个<FORM>段中传递给服务器的用户请求部分的完整内容。

2）Response 对象成员概述

（1）Response 对象的集合

Response 对象只有一个集合,即 Cookies 集合。该集合设置希望放置在客户系统上的 cookie 的值,它直接等同于 Request. Cookies 集合。

Cookies 集合是 Response 对象和 Request 对象的一个经常用到的集合,什么是 cookie 呢? 实际上,在 HTTP 协议下,cookie 仅仅是一个文本文件,cookie 是服务器或脚本可以维护用户信息的一种方式,它包含用户的有关信息(如身份识别号码、密码、用户在 Web 站点上购物的方式或用户访问该站点的次数)。无论何时用户连接到服务器, Web 站点都可以访问 cookie 信息。

Response 对象的 Cookies 集合用于创建与修改 cookie 的值,如果指定的 cookie 不存在,则创建它;如果存在,则修改它。

下面的例子说明如何设置与读取 cookie。

```
<%@LANGUAGE=VBScript %>
<%
Username=Request.Cookies("UserInfo")
'用 Request 对象读取 cookie 的值,如果存在,赋给变量 Username
IF Username=" " THEN
'如果这个 Cookie 不存在,则创建它
Username=Request.Form("Username")
Response.Cookies("UserInfo")=Username
Response.Cookies("UserInfo").Expires= "Dec1,2000"
Response.Cookies("UserInfo").Path="/"
IF Username <>" " THEN
Response.Write "欢迎你初次光临 "
END IF
ELSE
Response.Write   "欢迎你再次光临"
END IF
```

```
%>
```

（2）Response 对象的属性

Response 对象也提供一系列的属性，可以读取（多数情况下）和修改，使响应能够适应请求。这些属性由服务器设置，我们不需要设置它们。需要注意的是，当设置某些属性时，使用的语法可能与通常所使用的有一定的差异。这些属性如表 9-3 所示。

表 9-3　Response 对象的属性及说明

属　　性	说　　明
Buffer＝True|False	读/写，布尔型，表明由一个 ASP 页所创建的输出是否一直存放在 IIS 缓冲区，直到当前页面的所有服务器脚本处理完毕或 Flush，End 方法被调用。在任何输出（包括 HTTP 报头信息）送往 IIS 之前这个属性必须设置。因此在.asp 文件中，这个设置应该在＜% @LANGUAGE＝…%＞语句后面的第一行。ASP3.0 默认设置缓冲为开（True），而在早期版本中默认为关（False）
CacheControl＝"*setting*"	读/写，字符型，设置这个属性为 Public 允许代理服务器缓存页面，如为 Private 则禁止代理服务器缓存的发生
Charset＝"*value*"	读/写，字符型，在由服务器为每个响应创建的 HTTP Content-Type 报头中附上所用的字符集名称（例如：ISO-LATIN-7）
ContentType＝"*MIME-type*"	读/写，字符型，指明响应的 HTTP 内容类型，标准的 MIME 类型（例如 text/xml 或者 Image/gif）。假如省略，表示使用 MIME 类型 text/html，内容类型告诉浏览器所期望内容的类型
Expires＝*minutes*	读/写，数值型，指明页面有效的以分钟计算的时间长度，假如用户请求其有效期满之前的相同页面，将直接读取显示缓冲中的内容，这个有效期间过后，页面将不再保留在私有（用户）或公用（代理服务器）缓冲中
ExpiresAbsolute＝#*date*[*time*]#	读/写，日期/时间型，指明当一个页面过期和不再有效时的绝对日期和时间
IsClientConnected	只读，布尔型，返回客户是否仍然连接和下载页面的状态标志。在当前的页面已执行完毕之前，假如一个客户转移到另一个页面，这个标志可用来中止处理（使用 Response.End 方法）
Status＝"*Codemessage*"	读/写，字符型，指明发回客户的响应的 HTTP 报头中表明错误或页面处理是否成功的状态值和信息。例如 200 OK 和 404 Not Found

Buffer 属性用于指定是否使用缓冲区向客户端浏览器输出。如果使用缓冲区，直到整个 ASP 执行结束才会将结果输出到浏览器上。如果不使用缓冲区，则服务器在处理脚本的同时就将输出发送给客户端。一般情况下，并不需要缓存输出一个 ASP，在大的 HTML 主页或者运行较长的脚本中利用缓存时，用户的浏览器可能长时间没有反应，这通常会使得用户感到迷惑。

（3）Response 对象的方法

最后，Response 对象提供一系列的方法，如表 9-4 所示，允许直接处理为返给客户端而创建的页面内容。

表 9-4 **Response 对象的方法及说明**

方 法	说 明
AddHeader("*name*","*content*")	通过使用 name 和 Content 值,创建一个定制的 HTTP 报头,并增加到响应之中。不能替换现有的相同名称的报头。一旦已经增加了一个报头就不能被删除。这个方法必须在任何页面内容(即 text 和 HTML)被发往客户端前使用
AppendToLog("*string*")	当使用 W3C Extended Log File Format 文件格式时,对于用户请求的 Web 服务器的日志文件增加一个条目。至少要求在包含页面的站点的 Extended Properties 页中选择 URIStem
BinaryWrite(*SafeArray*)	在当前的 HTTP 输出流中写入 Variant 类型的 SafeArray,而不经过任何字符转换。对于写入非字符串的信息,例如定制的应用程序请求的二进制数据或组成图像文件的二进制字节,是非常有用的
Clear()	当 Response.Buffer 为 True 时,从 IIS 响应缓冲中删除现存的缓冲页面内容,但不删除 HTTP 响应的报头。可用来放弃部分完成的页面
End()	让 ASP 结束处理页面的脚本,并返回当前已创建的内容,然后放弃页面的任何进一步处理
Flush()	发送 IIS 缓冲中所有当前缓冲页给客户端。当 Response.buffer 为 True 时,可以用来发送较大页面的部分内容给个别的用户
Redirect("*url*")	通过在响应中发送一个 302 Object Moved HTTP 报头,指示浏览器根据字符串 url 下载相应地址的页面
Write("*string*")	在当前的 HTTP 响应信息流和 IIS 缓冲区写入指定的字符,使之成为返回页面的一部分

8. Application 和 Session 对象

在前面介绍了 ASP 提供的访问一个客户请求和产生响应的方法,本节将讨论 ASP 的另两个对象,就是 Application 和 Session 对象。这两个对象不是直接地与请求和响应的管理有关,而是更多地与 ASP 网页运行环境的管理相关。

1) ASP 的 Session 对象概述

Session 的发明是填补 HTTP 协议的局限,HTTP 协议工作过程是,用户发出请求,服务器端作出响应,这种用户端和服务器端之间的联系都是离散的,非连续的。在 HTTP 协议中没有什么能够允许服务器端来跟踪用户请求。在服务器端完成响应用户请求后,服务器端不能持续与该浏览器保持连接。从网站的观点上看,每一个新的请求都是单独存在的,因此,当用户在多个主页间转换时,就无法知道他的身份。

可以使用 Session 对象存储特定用户会话所需的信息。这样,当用户在应用程序的 Web 页之间跳转时,存储在 Session 对象中的变量将不会丢失,而是在整个用户会话中一直存在下去。

当用户请求来自应用程序的 Web 页时,如果该用户还没有会话,则 Web 服务器将自动创建一个 Session 对象。当会话过期或被放弃后,服务器将终止该会话。

当用户第一次请求给定的应用程序中的 .asp 文件时，ASP 将生成一个 SessionID。SessionID 是由一个复杂算法生成的号码，它唯一标识每个用户会话。在新会话开始时，服务器将 SessionID 作为一个 cookie 存储在用户的 Web 浏览器中。

在将 SessionID cookie 存储于用户的浏览器之后，即使用户请求了另一个 .asp 文件，或请求了运行在另一个应用程序中的 .asp 文件，ASP 仍会重用该 cookie 跟踪会话。与此相似，如果用户故意放弃会话或让会话超时，然后再请求另一个 .asp 文件，那么 ASP 将以同一个 cookie 开始新的会话。只有当服务器管理员重新启动服务器或用户重新启动 Web 浏览器时，此时存储在内存中的 SessionID 设置将被清除，用户将会获得新的 SessionID cookie。

通过重用 SessionID cookie，ASP 将发送给用户浏览器的 cookie 数量降为最低。另外，如果 ASP 应用程序不需要会话管理，就可以不让 ASP 跟踪会话和向用户发送 SessionID。

Session 对象最常见的一个用法就是存储用户的特定信息。例如，用户在访问电子商务网站时的购物篮信息。另外它还经常被用在鉴别客户身份的程序中。要注意的是，会话状态仅在支持 cookie 的浏览器中保留，如果客户关闭了 Cookies 选项，Session 也就不能发挥作用了。

ASP 的 Session 非常好用，能够利用 Session 对象来对 Session 全面控制，如果需要在一个用户 Session 中存储信息，只需要简单地直接调用 Session 对象就可以了，下面是个例子。

```
<%
Session("Myname")=Response.form("Username")
Session("Mycompany")=Response.form("Usercompany")
%>
```

当 ASP 执行时，浏览器上什么都不会显示，但脚本第一行是给 Myname 赋值为表单 Username 的值，第二行给 Mycompany 赋值为表单 Usercompany 的值。

当一个同样的用户进入另一个主页，例如，下面这个 ASP 页。

```
<HTML>
<HEAD><TITLE>另一页</TITLE></HEAD>
<%=Session("Myname")%>
<%=Session("Mycompany")%>
< /Body>
</html>
```

当该用户进入这页，他在表单 Username 和表单 Usercompany 中的赋值就显示出来了，注意这一页没有赋值操作，Myname 和 Mycompany 变量的值是前面那页赋值的。

你无法用普通的脚本变量来进行这种处理，因为一般的变量只在一个单独主页内有效，而 Session 变量在用户离开网站前一直存在生效。

下面概述 Session 对象的所有成员。

（1）Session 对象的集合

Session 对象提供了两个集合，可以用来访问存储于用户的局部会话空间中的变量和对象。这些集合及说明如表 9-5 所示。

表 9-5　Session 对象的集合及说明

集　　合	说　　明
Contents	存储于这个特定 Session 对象中的所有变量和其值的一个集合，并且这些变量和值没有使用＜OBJECT＞元素进行定义。包括 Variant 数组和 Variant 类型对象实例的引用
StaticObjects	通过使用＜OBJECT＞元素定义的、存储于这个 Session 对象中的所有变量的一个集合

（2）Session 对象的属性

Session 对象提供了四个属性。这些属性及说明如表 9-6 所示。

表 9-6　Session 对象的属性及说明

属　　性	说　　明
CodePage	读/写。整型。定义用于在浏览器中显示页内容的代码页（CodePage）。代码页是字符集的数字值，不同的语言和区域可能使用不同的代码页。例如，ANSI 代码页 1252 用于美国英语和大多数欧洲语言，代码页 932 用于日文字符集
LCID	读/写。整型。定义发送给浏览器的页面区域标识（LCID）。LCID 是唯一地标识区域的一个国际标准缩写，例如，2057 定义当前区域的货币符号为 '£'。LCID 也可用于 FormatCurrency 等语句中，只要其中有一个可选的 LCID 参数。LCID 也可在 ASP 处理指令＜%…%＞中设置，并优先于会话的 LCID 属性中的设置
SessionID	只读。长整型。返回这个会话的会话标识符，创建会话时，该标识符由服务器产生。只在父 Application 对象的生存期内是唯一的，因此当一个新的应用程序启动时可重新使用
Timeout	读/写。整型。为这个会话定义以分钟为单位的超时周期。如果用户在超时周期内没有进行刷新或请求一个网页，该会话结束。在各网页中根据需要可以修改。默认值是 10min，在使用率高的站点上该时间应更短

（3）Session 对象的方法

Session 对象允许从用户级的会话空间删除指定值，并根据需要终止会话。Session 对象的方法及说明如表 9-7 所示。

表 9-7　Session 对象的方法及说明

方　　法	说　　明
Contents. Remove ("*variable_name*")	从 Session. Content 集合中删除一个名为 *variable_name* 的变量
Contents. RemoveAll()	从 Session. Content 集合中删除所有变量
Abandon()	当网页的执行完成时，结束当前用户会话并撤销当前 Session 对象。但即使在调用该方法以后，仍可访问该页中的当前会话的变量。当用户请求下一个页面时将启动一个新的会话，并建立一个新的 Session 对象（如果存在的话）

（4）Session 对象的事件

Session 对象提供了在启动和结束时触发的两个事件，如表 9-8 所示。

表 9-8　Session 对象的事件及说明

事　件	说　明
OnStart	在用户请求的网页执行之前，当 ASP 用户会话启动时触发。用于初始化变量、创建对象或运行其他代码
OnEnd	当 ASP 用户会话结束时触发。从用户对应用程序的最后一个页面请求开始，如果已经超出预定的会话超时周期则触发该事件。当会话结束时，取消该会话中的所有变量。在代码中使用 Abandon 方法结束 ASP 用户会话时，也触发该事件

这两个事件的代码都必须放在 global.asa 文件中，其语法如下。

```
<SCRIPT LANGUAGE=VBScript RUNAT=Server>
Sub Session_OnStart
'事件的处理程序代码
END Sub

Sub Session_OnEnd
'事件的处理程序代码
END Sub
</SCRIPT>
```

2）Application 对象概述

Application 对象是一个应用程序级的对象，Application 包含的数据可以在整个 Web 站点中被所有用户所使用，并且可以在网站运行期间持久保持数据。

ASP 类似于常规的编程语言。当创建了一个 ASP 页的时候，就创建了一个类似子程序这样的东西。当创建了一组 ASP 页，那么就是创建了一个 Application 对象。

下面是 ASP 的 Application 对象的一些特性。

- 数据可以在 Application 对象内部共享，因此一个 Application 对象可以覆盖多个用户。
- 一个 Application 对象包含事件可以触发某些 Application 对象脚本。
- 一个对象的例子可以被整个 Application 对象共享。
- 个别的 Application 对象可以用 Internet Service Manager 来设置而获得不同属性。
- 单独的 Application 对象可以隔离出来在它们自己的内存中运行，这就是说，如果一个人的 Application 遭到破坏，不会影响其他人。
- 可以停止一个 Application 对象（将其所有组件从内存中驱除）而不会影响到其他应用程序。

ASP 提供的 Application 对象基本上与前面讨论的 Session 对象相当。但是，这是在应用程序层而不是在用户层。换句话说，该对象是全局的，不是对单独用户的，而是对应用程序的所有用户，其作用域不限制为单独用户的访问。这与在一个正常的可执行应用程序中的全局(或 Public)变量相同。Application 对象可用于在全局环境中存储变量和信息(即状态),该应用程序内的任何 ASP 网页中运行的脚本都可访问这些值,而不管是哪个访问者发出的请求。

什么是一个 ASP 应用程序? 为此,需要研究 ASP 内部的一些情况。

当用户请求一个 ASP 网页时,IIS 通过实例化 asp. dll(用来实现 ASP)创建一个环境。然后将该页面解释为服务器端脚本,相应的脚本引擎的实例用来执行该脚本。

实例化的 asp. dll 初始事件启动一个 ASP 应用程序,创建一个 Application 对象。然后,为这个用户启动一个会话,并创建单独的 Session 对象。当更多的会话启动时,这个 Application 对象保留在作用域中(即已经实例化和可用)。一旦最后保持活动的会话结束,该应用程序就结束,并取消相应的 Application 对象。因此,当站点上还有活动会话时,将会有一个单独的 Application 对象提供给所有用户使用。

Application 对象是网站建设中经常使用的一项技术,利用 Application 对象可以完成统计网站的在线人数、创建多用户游戏以及多用户聊天室等功能。

下面说明 Application 对象的集合、方法和事件(Application 对象没有属性)。

(1) Application 对象的集合

Application 对象提供了两个集合,可以用来访问存储于全局应用程序空间中的变量和对象。集合及说明如表 9-9 所示。

表 9-9　Application 对象的集合及说明

集　　合	说　　明
Contents	没有使用<OBJECT>元素定义的存储于 Application 对象中的所有变量(及它们的值)的一个集合。包括 Variant 数组和 Variant 类型对象实例的引用
StaticObjects	使用<OBJECT>元素定义的存储于 Application 对象中的所有变量(及它们的值)的一个集合

(2) Application 对象的方法

Application 对象的方法允许删除全局应用程序空间中的值,控制在该空间内对变量的并发访问。方法及说明如表 9-10 所示。

表 9-10　Application 对象的方法及说明

方　　法	说　　明
Contents. Remove("*variable_name*")	从 Application. Content 集合中删除一个名为 *variable_name* 的变量
Contents. RemoveAll()	从 Application. Content 集合中删除所有变量
Lock()	锁定 Application 对象,使得只有当前的 ASP 页面对内容能够进行访问。用于确保通过允许两个用户同时地读取和修改该值的方法而进行的并发操作不会破坏内容
Unlock()	解除对在 Application 对象上的 ASP 网页的锁定

注意,在运行期间不能从 Application. StaticObjects 集合中删除变量。

（3）Application 对象的事件

Application 对象提供了在它启动和结束时触发的两个事件，如表 9-11 所示。

表 9-11 **Application 对象的事件及说明**

事　件	说　　明
OnStart	当 ASP 启动时触发，在用户请求的网页执行之前和任何用户创建 Session 对象之前。用于初始化变量、创建对象或运行其他代码
OnEnd	当 ASP 应用程序结束时触发。在最后一个用户会话已经结束并且该会话的 OnEnd 事件中的所有代码已经执行之后发生。其结束时，应用程序中存在的所有变量被取消

一个 Application 对象的 OnStart 事件肯定发生在 Session_Start 事件之前。不过，Application 对象不会像 Session 对象那样在一个新用户请求后就触发，Application 对象只触发一次，即第一个用户的第一次请求。

Application_OnEnd 事件只有在服务终止或者该 Application 对象卸载时才会触发，例如，在 Internet Service Manager 中关闭了网络服务，那么 Application_OnEnd 事件就会触发，如果针对单独目的使用 Application，这个事件可以通过 Application 在利用 Unload 按钮卸载时进行触发。一个 Application_OnEnd 事件肯定发生在 Session_OnEnd 事件之后。

Application_OnStart 和 Application_OnEnd 事件都是触发唯一一个脚本程序。而且这些事件都在一个文件中，即 Global.asa 文件。

应该注意的是，由于 Application 对象是多用户共享的，因此它与 Session 对象有着本质的区别。同时 Application 对象不会因为某一个甚至全部用户离开就消失，一旦建立了 Application 对象，那么它就会一直存在到网站关闭或者这个 Application 对象被卸载。这经常可能是几周或者几个月的时间。

由于 Application 对象创建后不会自己消亡，因此，就要特别小心地使用，它会占用内存，要斟酌使用以免降低服务器对其他工作的响应速度。Application 对象终止的方法有三种：服务被终止、Global.asa 被改变或者该 Application 对象被卸载。

9. Server 和 ObjectContext 对象

Server 对象是专为处理服务器上的特定任务而设计的，特别是与服务器的环境和处理活动有关的任务。因此提供信息的属性只有一个，却有七种方法用来以服务器特定的方法格式化数据、管理其他网页的执行、管理外部对象和组件的执行以及处理错误。

1）Server 对象的属性

Server 对象的唯一一个属性 ScriptTimeout，用于访问一个正在执行的 ASP 网页的脚本超时值。其默认值为 90。达到该值后将自动停止页面的执行，并从内存中删除包含可能进入死循环的错误的页面或者是那些长时间等待其他资源的网页。这会防止服务器因存在错误的页面而过载。对于运行时间较长的页面需要增大这个值。

2）Server 对象的方法

Server 对象的方法用于格式化数据、管理网页执行和创建其他对象实例，如表 9-12

所示。

表 9-12　Server 对象的方法

方　　法	说　　明
CreateObject("*identifier*")	创建由 *identifier* 标识的对象(一个组件、应用程序或脚本对象)的一个实例,返回可以在代码中使用的一个引用。可以用于一个虚拟应用程序(global. asa 页)创建会话层或应用程序层范围内的对象。该对象可以用其 ClassID 来标识,如{clsid:BD96C556-65A3…37A9}或一个 ProgID 串来标识,如 ADODB. Connection
Execute("*url*")	停止当前页面的执行,把控制转到在 *url* 中指定的网页。用户的当前环境(即会话状态和当前事务状态)也传递到新的网页。在该页面执行完成后,控制传递回原先的页面,并继续执行 Execute 方法后面的语句
GetLastError()	返回 ASP Error 对象的一个引用,这个对象包含该页面在 ASP 处理过程中发生的最近一次错误的详细数据。这些由 ASP Error 对象给出的信息包含文件名、行号、错误代码等
HTMLEncode("*string*")	返回一个字符串,该串是输入值 string 的副本,但去掉了所有非法的 HTML 字符,如<、>、& 和双引号,并转换为等价的 HTML 条目,即 '<'、'>'、'&'、'"'等
MapPath("*url*")	返回在 *url* 中指定的文件或资源的完整物理路径和文件名
Transfer("*url*")	停止当前页面的执行,把控制转到 *url* 中指定的页面。用户的当前环境(即会话状态和当前事务状态)也传递到新的页面。与 Execute 方法不同,当新页面执行完成时,不回到原来的页面,而是结束执行过程
URLEncode("*string*")	返回一个字符串,该串是输入值 string 的副本,但是在 URL 中无效的所有字符,如?、& 和空格,都转换为等价的 URL 条目,即%3F,%26 和＋

ObjectContext 对象是一个以组件为主的事务处理系统,可以保证事务的成功完成。使用 ObjectContext 对象,允许程序在网页中直接配合 Microsoft Transaction Server (MTS)使用,从而可以管理或开发高效率的 Web 服务器应用程序。

ASP 中的事务处理是以 MTS 为基础的,MTS 是一个事务处理系统,用于开发、配置和管理 Internet 和 Intranet 服务器应用程序。创建事务性脚本内置在 IIS 和 PWS 中。

在 ASP 中使用@TRANSACTION 关键字来标识正在运行的页面要以 MTS 事务服务器来处理,语法如下。

```
<%@TRANSACTION=value%>
```

其中@TRANSACTION 的取值有 4 个,分别如下。

- Required：开始一个新的事务或加入一个已经存在的事务处理中。
- Requires_New：每次都开始一个新的事务。
- Supported：加入到一个现有的事务处理中,但不开始一个新的事务。
- Not_Supported：既不加入也不开始一个新的事务。

在 ASP 中使用@TRANSACTION 指令时需要注意。

- @TRANSACTION 指令必须位于.asp 文件中的第一行,否则会产生错误。

- 事务不能跨越多个 ASP 页面，如果有多个页面使用事务，必须将该指令加到每个页面中。当脚本处理完成后，当前事务也就结束了。

ObjectContext 提供了 SetAbort 和 SetComplete 两种方法：SetAbort 方法将终止目前这个网页所启动的事务处理，而且将此事务先前所作的处理都撤销到处理前状态，即事务回滚；而 SetComplete 方法将终止目前这个网页所启动的事务处理，而且将成功地完成事务的提交。

同时，ObjectContext 对象提供了 OnTransactionCommit 和 OnTransactionAbort 两个事件处理程序，前者是在事务完成时被激活，后者是在事务失败时被激活。

10. ASP 与数据库连接

在 Web 服务器上运行的应用程序需要进行大量的服务器端数据库操作，而 ASP 通过内嵌数据库访问组件实现对任何支持 ADO 的数据源进行操作，包括 MS SQL Server，Access，Oracle 等。

要使用 ADO，必须用服务器端的包含语句在 .asp 文件中包含进 ADO 常量的包含文件。在服务器端配置好 ASP 后，ADO 的常量被放置在 \PROGRAM FILES\COMMON FILES\SYSTEM\ADO 下。

如果用 VBScript 作为主脚本语言的，则包含文件为 ADOVBS. INC。如果用 JavaScript，则包含文件为 ADOJAVS. INC。

可采用下列语句将包含文件包含进 .asp 文件中：

```
<!--#include virtual="/PROGRAM FILES/COMMON FILES/SYSTEM/ADO/ADOVBS.INC"-->
```

或

```
<!--#include virtual="/PROGRAM FILES/COMMON FILES/SYSTEM/ADO/ADOJAVAS.INC"-->
```

ASP 支持多种数据库连接方式，下面分别做一介绍。

（1）使用 ODBC 与数据库连接。这种方法通过设置数据源（ODBC）中的系统 DSN 来连接数据库。关于 DSN 的设置请读者参看相关帮助。在 ASP 中利用 DSN 来连接数据库的代码如下。

```
Set conn=Server.CreateObject("ADODB.Connection")
Conn.Open "DSN=mydb;UID=sa;pwd=;Database=mydb"
```

（2）如果不采用 DSN 连接数据源，在设置 ConnectionString 参数时，可以采用直接指定 ODBC 驱动程序连接数据库，代码如下。

```
Set conn=Server.CreateObject("ADODB.Connection")
strProvider="Driver={SQL Server}; Server=dbserver; Database=mydb; UID=sa; PWD=;"
conn.Open strProvider
```

（3）通过 OLE DB 连接，代码如下。

```
Set conn=Server.CreateObject("ADODB.Connection")
```

```
strProvider="Provider=sqloledb; Data Source=dbserver; Initial Catalog=mydb; User
ID=sa; Password=;"
conn.Open strProvider
```

(4) 在其他对象中,也可以通过设置 ActiveConnection 参数,完成对数据源连接的设置。以常用的 Recordset 对象为例,可以使用该对象的 Open 方法,利用设置好的 ActiveConnection 参数完成对数据源的连接,如:

```
Set rs=Server.CreateObject("ADODB.Recordset")
rs.Open "student", " Provider=sqloledb; Data Source=dbserver; Initial Catalog=
mydb; User ID=sa; Password=;", adOpenStatic, adLockReadOnly, adCmdTable
```

9.2 实验十二: C/S 模式的数据库应用开发

9.2.1 实验目的与要求

(1) 掌握 C/S 模式应用的基本原理和特点。
(2) 掌握 C/S 模式数据库应用开发的一般过程。
(3) 熟悉一种 C/S 数据库应用开发工具。
(4) 掌握某种开发工具下数据库的定义(创建、删除)、查询和操纵(插入、删除)。

9.2.2 实验案例

在本案例中,基于 Visual C++ 6.0 实现了一个小型的数据库应用程序。该程序的实现步骤如下:

(1) 新建一个 Visual C++工程。

使用 MFC APP Wizard(exe)新建一个基于对话框(Dialog based)的应用程序,命名为 StuInfo。

(2) 设计对话框主界面,如图 9-2 所示。

(3) 设定各控件的属性,并利用"类向导"给各控件添加关联的值变量或者控制变量,如表 9-13 所示。

图 9-2 对话框界面图

表 9-13 主对话框中控件的属性

ID	标 题	关联变量	变量类型
IDC_STATIC	学号		
IDC_STATIC	姓名		
IDC_STATIC	年龄		
IDC_STATIC	籍贯		

续表

ID	标　题	关联变量	变量类型
IDC_STATIC	班级		
IDC_STATIC	性别		
IDC_STATIC	民族		
IDC_STATIC	学院		
IDC_EDIT_NO		m_strNo	CString
IDC_EDIT_NO		m_editNo	CEdit
IDC_EDIT_NAME		m_strName	CString
IDC_EDIT_NAME		m_editName	CEdit
IDC_DATETIMEPICKER_BIRTHDAY		m_ctrlBirth	CDateTimeCtrl
IDC_DATETIMEPICKER_BIRTHDAY		m_timeBirth	COleDateTime
IDC_EDIT_NATIVE		m_strNative	CString
IDC_EDIT_NATIVE		m_editNative	CEdit
IDC_EDIT_NATION		m_strNation	CString
IDC_EDIT_NATION		m_editNation	CEdit
IDC_COMBO_CLASS		m_strClass	CString
IDC_COMBO_CLASS		m_cmbClass	CComboBox
IDC_RADIO_MALE		m_nSex	int
IDC_RADIO_MALE		m_btnSex	CButton
IDC_EDIT_SCHOOL		m_strSchool	CString
IDC_EDIT_SCHOOL		m_editSchool	CEdit
IDC_BUTTON_PREV	前一个	m_btnPrev	
IDC_BUTTON_NEXT	后一个	m_btnNext	
IDC_BUTTON_ADD	添加	m_btnAdd	
IDC_BUTTON_DEL	删除	m_btnDel	
IDC_BUTTON_EDIT	修改	m_btnEdit	
IDC_BUTTON_SAVE	保存	m_btnSave	

（4）在类对话框类 CStuInfoDlg 中定义变量和函数。

```
//定义智能指针
_ConnectionPtr m_pConnection;
_RecordsetPtr m_pRecordset, m_pRSClass;
_CommandPtr m_pCommand;
```

```
BOOL m_bModify;              //是否修改
BOOL m_bNewRecord;           //是否添加新记录

BOOL IsFirstRecord();        //是否为首记录
BOOL IsLastRecord();         //是否为尾记录

void ReadData();             //读取当前记录中的数据
```

（5）在对话框类的初始化函数 OnInitDialog 中初始化，并连接数据库，初始化记录集。

```
BOOL CStuInfoDlg::OnInitDialog()
{
    CDialog::OnInitDialog();

    //IDM_ABOUTBOX must be in the system command range.
    ASSERT((IDM_ABOUTBOX & 0xFFF0)==IDM_ABOUTBOX);
    ASSERT(IDM_ABOUTBOX<0xF000);

    CMenu * pSysMenu=GetSystemMenu(FALSE);
    if (pSysMenu !=NULL)
    {
        CString strAboutMenu;
        strAboutMenu.LoadString(IDS_ABOUTBOX);
        if (!strAboutMenu.IsEmpty())
        {
            pSysMenu->AppendMenu(MF_SEPARATOR);
            pSysMenu->AppendMenu(MF_STRING, IDM_ABOUTBOX, strAboutMenu);
        }
    }

    //Set the icon for this dialog.  The framework does this automatically
    //when the application's main window is not a dialog
    SetIcon(m_hIcon, TRUE);           //Set big icon
    SetIcon(m_hIcon, FALSE);          //Set small icon

    //TODO: Add extra initialization here
    m_bModify=FALSE;
    m_bNewRecord=FALSE;

    AfxOleInit();

    m_pConnection.CreateInstance("ADODB.Connection");
```

```
//数据库连接
try
{
m_pConnection->Open("driver={SQL Server}; Server=127.0.0.1; Database=
                 ScoreDB; UID=sa; PWD=","","",adModeUnknown);
}
catch(_com_error e)
{     AfxMessageBox("数据库连接失败");
      return FALSE;
}

m_pCommand.CreateInstance("ADODB.Command");
m_pCommand->ActiveConnection=m_pConnection;

m_pRecordset.CreateInstance("ADODB.Recordset");
m_pRSClass.CreateInstance("ADODB.Recordset");

const _bstr_t cmdText("select StudentNo,StudentName,Sex,Birthday,Native,
      Nation,ClassName,Institute from Student,Class where Student.ClassNo=
      Class.ClassNo");

//打开记录集
HRESULT hr=m_pRecordset->Open((_variant_t)cmdText,_variant_t((IDispatch *)
      m_pConnection, true), adOpenDynamic, adLockPessimistic,adCmdText);

if(SUCCEEDED(hr))
{
    ReadData();
}

//如果初始查询结果为空
if(m_pRecordset->adoEOF)
{
    m_editNo.EnableWindow(FALSE);
    m_editName.EnableWindow(FALSE);
    m_ctrlBirth.EnableWindow(FALSE);
    m_editNative.EnableWindow(FALSE);
    m_editNation.EnableWindow(FALSE);
    m_btnSex.EnableWindow(FALSE);
    m_cmbClass.EnableWindow(FALSE);
    m_editSchool.EnableWindow(FALSE);
}

//填充对应于班级的组合框的值
```

```
m_pRSClass->Open("select ClassNo,ClassName from Class",_variant_t((IDispatch * )
            m_pConnection, true), adOpenDynamic, adLockPessimistic,adCmdText);
while(!m_pRSClass->adoEOF)
{
    m_cmbClass.AddString((LPCSTR)_bstr_t(m_pRSClass->GetCollect("ClassName")
        .bstrVal));
    m_pRSClass->MoveNext();
}
m_pRSClass->Close();


m_btnPrev.EnableWindow(!IsFirstRecord());
m_btnNext.EnableWindow(!IsLastRecord());


return TRUE;   //return TRUE   unless you set the focus to a control
}
```

（6）在函数 ReadData 中读取当前记录的数据，并填充到各个控件中。

```
void CStuInfoDlg::ReadData()
{
    m_strNo=m_pRecordset->GetCollect("StudentNo").bstrVal;
    m_strName=m_pRecordset->GetCollect("StudentName").bstrVal;

    CString m_strSex;
    m_strSex=m_pRecordset->GetCollect("Sex").bstrVal;

    m_timeBirth=m_pRecordset->GetCollect("Birthday").date;
    m_strNative=m_pRecordset->GetCollect("Native").bstrVal;
    m_strNation=m_pRecordset->GetCollect("Nation").bstrVal;
    m_strClass=m_pRecordset->GetCollect("ClassName").bstrVal;
    m_strSchool=m_pRecordset->GetCollect("Institute").bstrVal;

    if(m_strSex=="男") m_nSex=1;
    else if(m_strSex=="女") m_nSex=0;
    else m_nSex=2;

    //设置编辑控件的有效性
    m_editNo.EnableWindow();
    m_editName.EnableWindow();
    m_ctrlBirth.EnableWindow();
    m_editNative.EnableWindow();
    m_editNation.EnableWindow();
    m_cmbClass.EnableWindow();
    m_editSchool.EnableWindow();
```

```
    //设置按钮的有效性
    m_btnDel.EnableWindow();
    m_btnSave.EnableWindow(FALSE);

    UpdateData(FALSE);
    m_cmbClass.SelectString(0,m_strClass);
}
```

(7) 函数 OnButtonFirst，单击"第一个"按钮时激活该函数。

```
void CStuInfoDlg::OnButtonFirst()
{
    //如果当前记录已经修改,提示用户保存
    if(m_bModify)
    {
        int nRet=MessageBox("当前信息尚未保存,是否保存?","用户信息",MB_
            YESNOCANCEL);
        switch(nRet)
        {
        case IDCANCEL:return;
        case IDYES:
            OnButtonSave();
            break;
        case IDNO:
        default:
            break;
        }
    }

    m_pRecordset->MoveFirst();
    ReadData();

    //Prev 按钮无效
    m_btnPrev.EnableWindow(FALSE);

    //若不是最后记录,则 Next 按钮有效
    m_btnNext.EnableWindow(!IsLastRecord());

    Invalidate();
    m_bModify=FALSE;
}
```

(8) 函数 OnButtonPrev，单击"前一个"按钮时激活该函数。

```
void CStuInfoDlg::OnButtonPrev()
{
```

```
    //如果当前记录已经修改,提示用户保存
    if(m_bModify)
    {
        int nRet=MessageBox("当前信息尚未保存,是否保存?","用户信息",MB_
            YESNOCANCEL);
        switch(nRet)
        {
        case IDCANCEL:return;
        case IDYES:
            OnButtonSave();
            break;
        case IDNO:
        default:
            break;
        }
    }

    m_pRecordset->MovePrevious();
    ReadData();

    m_btnPrev.EnableWindow(!IsFirstRecord());
    m_btnNext.EnableWindow(!IsLastRecord());

    Invalidate();
    m_bModify=FALSE;
}
```

(9) 函数 OnButtonNext,单击"后一个"按钮时激活该函数。

```
void CStuInfoDlg::OnButtonNext()
{
    //如果当前记录已经修改,提示用户保存
    if(m_bModify)
    {
        int nRet=MessageBox("当前信息尚未保存,是否保存?","用户信息",MB_
            YESNOCANCEL);
        switch(nRet)
        {
        case IDCANCEL:return;
        case IDYES:
            OnButtonSave();
            break;
        case IDNO:
        default:
            break;
```

```
        }
    }

    m_pRecordset->MoveNext();
    ReadData();

    m_btnPrev.EnableWindow(!IsFirstRecord());
    m_btnNext.EnableWindow(!IsLastRecord());

    Invalidate();
    m_bModify=FALSE;
}
```

（10）函数 OnButtonLast，单击"最后一个"按钮时激活该事件。

```
void CStuInfoDlg::OnButtonLast()
{
    //如果当前记录已经修改,提示用户保存
    if(m_bModify)
    {
        int nRet=MessageBox("当前信息尚未保存,是否保存?","用户信息",MB_
            YESNOCANCEL);
        switch(nRet)
        {
        case IDCANCEL:return;
        case IDYES:
            OnButtonSave();
            break;
        case IDNO:
        default:
            break;
        }
    }

    m_pRecordset->MoveLast();
    ReadData();

    m_btnPrev.EnableWindow(!IsFirstRecord());
    m_btnNext.EnableWindow(FALSE);

    Invalidate();
    m_bModify=FALSE;

}
```

(11) 函数 OnButtonAdd，单击"增加"按钮时激活该函数。

```cpp
void CStuInfoDlg::OnButtonAdd()
{
    //如果当前记录已经修改,提示用户保存
    if(m_bModify)
    {
        int nRet=MessageBox("当前信息尚未保存,是否保存?","用户信息",MB_
            YESNOCANCEL);
        switch(nRet)
        {
        case IDCANCEL:return;
        case IDYES:
            OnButtonSave();
            break;
        case IDNO:
        default:
            break;
        }
    }

    //设置编辑控件的有效性
    m_editNo.EnableWindow();
    m_editName.EnableWindow();
    m_ctrlBirth.EnableWindow();
    m_editNative.EnableWindow();
    m_editNation.EnableWindow();
    m_cmbClass.EnableWindow();
    m_editSchool.EnableWindow();

    //设置按钮的有效性
    m_btnDel.EnableWindow(FALSE);
    m_btnEdit.EnableWindow(FALSE);
    m_btnSave.EnableWindow(TRUE);

    m_strNo="";
    m_strName="";
    m_nSex=0;
    m_timeBirth=COleDateTime::GetCurrentTime();
    m_strNative="";
    m_strNation="";
    m_strClass="";
    m_strSchool="";
```

```
        m_bNewRecord=TRUE;

        m_bModify=FALSE;

        UpdateData(FALSE);


        Invalidate();

    }
```

（12）函数 OnButtonDel，单击"删除"按钮时激活该函数。

```
void CStuInfoDlg::OnButtonDel()
{
    if(MessageBox("是否要删除当前记录?","删除记录",MB_YESNO)==IDYES)
    {
        m_pRecordset->Delete(adAffectCurrent);


        if(m_pRecordset->adoEOF)
            m_pRecordset->MoveLast();


        m_btnDel.EnableWindow(FALSE);


        m_btnPrev.EnableWindow(!IsFirstRecord());

        m_btnNext.EnableWindow(!IsLastRecord());


        ReadData();


        Invalidate();

    }

}
```

（13）函数 OnButtonEdit，单击"修改"按钮时激活该函数。

```
void CStuInfoDlg::OnButtonEdit()
{
    m_editNo.EnableWindow();

    m_editName.EnableWindow();

    m_ctrlBirth.EnableWindow();

    m_editNative.EnableWindow();

    m_editNation.EnableWindow();

    m_cmbClass.EnableWindow();

    m_editSchool.EnableWindow();


    //设置按钮的有效性
    m_btnDel.EnableWindow(FALSE);

    m_btnEdit.EnableWindow(FALSE);

    m_btnSave.EnableWindow();

    m_btnAdd.EnableWindow(FALSE);
```

```
        m_bModify=TRUE;
        UpdateData(FALSE);
        Invalidate();
}
```

（14）函数 OnButtonSave，单击"保存"按钮时激活该函数。

```
void CStuInfoDlg::OnButtonSave()
{
        //若未修改,且不是新记录,则返回
        if(!m_bModify&&!m_bNewRecord) return;

        UpdateData();

        //检查是否提供了学号和姓名
        if(m_strNo==""||m_strName=="")
        {
            AfxMessageBox("请输入学号和姓名!");
            return;
        }

        CString strClassNo;
        if(m_strClass!="")
        {
            CString cmdText("select ClassNo from Class where ClassName='");
            cmdText+=m_strClass;
            cmdText+="'";

            HRESULT re=m_pRSClass->Open(_variant_t(cmdText),_variant_t((IDispatch *)m_
                    pConnection, true),adOpenDynamic, adLockPessimistic,adCmdText);

            strClassNo=m_pRSClass->GetCollect("ClassNo").bstrVal;
        }
        else
            strClassNo="";

        m_btnSave.EnableWindow(FALSE);

        //如果添加一条记录
        if(m_bNewRecord)
        {
            CString strDate;
            strDate=m_timeBirth.Format("%y-%m-%d%");
            CString strSql="insert into Student(StudentNo,StudentName,Sex,Birthday,
```

```
                    Native,Nation,ClassNo) values('";
    strSql+=m_strNo+"','"+m_strName+"','"+ (m_nSex==1?"男":"女")+"','"+
            strDate+"','"+m_strNative+"','"+m_strNation;
    strSql+="','"+strClassNo+"')";

    try
    {
    m_pConnection->Execute(_bstr_t(strSql),NULL,adCmdText);
    }
    catch(_com_error e)
    {
        AfxMessageBox("数据添加失败!");
    }
}

//如果修改一条记录
if(m_bModify)
{
    CString strSql="update Student set ";
    if(m_pRecordset->GetCollect("StudentName").bstrVal!=m_strName)
    {
        strSql+="StudentName='"+m_strName+"',";
    }
    if(m_pRecordset->GetCollect("Native").bstrVal!=m_strNative)
    {
        strSql+="Native='"+m_strNative+"',";
    }
    if(m_pRecordset->GetCollect("Nation").bstrVal!=m_strNation)
    {
        strSql+="Nation='"+m_strNation+"',";
    }
    if(m_pRecordset->GetCollect("ClassName").bstrVal!=m_strClass)
    {
        strSql+ ="ClassNo='"+strClassNo+"',";
    }

    CString strSex=m_nSex==1?("男"):("女");
    if(m_pRecordset->GetCollect("Sex").bstrVal!=strSex)
    {
        strSql+="Sex='"+strSex+"',";
    }

    CString strDate;
    strDate=m_timeBirth.Format("%y-%m-%d");
```

```
        strSql+="Birthday='"+strDate+"' ";
        strSql+="where StudentNo='"+ m_strNo+"'";

        m_pCommand->CommandText=(_bstr_t)strSql;

        try
        {
            m_pCommand->Execute(NULL,NULL,adCmdText);
        }
        catch(_com_error e)
        {
            AfxMessageBox("数据修改失败!");
        }

    }

    m_pRecordset->Requery(adCmdUnknown);

    m_btnDel.EnableWindow();
    m_btnEdit.EnableWindow();
    m_btnAdd.EnableWindow();

    m_btnPrev.EnableWindow(!IsFirstRecord());
    m_btnNext.EnableWindow(!IsLastRecord());

    m_bModify=FALSE;
}
```

(15) 函数 IsFirstRecord，判断当前记录是否为首记录。

```
BOOL CStuInfoDlg::IsFirstRecord()
{
    m_pRecordset->MovePrevious();
    if(m_pRecordset->BOF)
    {
        m_pRecordset->MoveFirst();
        return TRUE;
    }
    else
    {
        m_pRecordset->MoveNext();
        return FALSE;
    }
}
```

(16) 函数 IsLastRecord，判断当前记录是否为尾记录。

```
BOOL CStuInfoDlg::IsLastRecord()
{
    m_pRecordset->MoveNext();
    if(m_pRecordset->adoEOF)
    {
        m_pRecordset->MovePrevious();
        return TRUE;
    }
    else
    {
        m_pRecordset->MovePrevious();
        return FALSE;
    }
}
```

(17) 单击"退出"按钮时激活 OnOk 函数。

```
void CStuInfoDlg::OnOK()
{
    //TODO: Add extra validation here
    m_pRecordset->Close();
    m_pConnection->Close();
    CDialog::OnOK();
}
```

运行效果如图 9-3 所示。

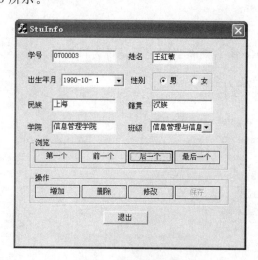

图 9-3　对话框界面图

9.2.3 实验内容

请完成下面的实验内容(可以用 Visual C++以外的其他开发工具完成)。

(1) 建立一个基于对话框的带有菜单的空白应用程序。各菜单及其子菜单可以按照表 9-14 设置(也可以按其他方式设置或者增加其他功能)。

表 9-14 应用程序具有的功能

菜 单	子 菜 单	功 能
系统	登录	以某种身份登录,注意不同的身份对应于不同的权限,如果当前用户不具备某权限,则相应的功能不能操作
	添加用户	增加一个管理员
	修改密码	修改用户密码
	注销	注销后,除系统登录外,所有的功能均不能操作
	退出	退出系统
员工管理	员工信息维护	可以对员工信息进行增加、修改和删除
	员工查询	查询员工信息
客户管理	客户信息维护	可以对员工信息进行增加、修改和删除
	客户查询	查询客户信息
商品库存管理	商品入库	添加商品
	商品查询	查询商品信息
	价格调整	调整商品价格
商品销售	商品销售	添加销售商品的订单
	销售查询	查询历史销售信息

(2) 添加并设计各个窗体(表单),实现各个菜单和子菜单的功能。

(3) 实现各个窗体(表单)的功能,其中需要使用某种数据库访问技术,建议使用 ODBC 或 ADO(若在.NET 平台上开发,则使用 ADO.NET)。

9.3 实验十三: B/S 模式的数据库应用开发

9.3.1 实验目的与要求

(1) 掌握 B/S 模式应用的基本原理和特点。

(2) 掌握 B/S 模式数据库应用开发的一般过程。

(3) 熟悉一种 Web 数据库连接技术。

(4) 基于某种 Web 数据库连接技术,掌握数据库的定义(创建、删除)、查询和操纵

（插入、删除）。

9.3.2 实验案例

本案例使用 ASP 技术，展示了如何在 ASP 中连接 SQL Server 数据库，以及如何在 ASP 中对数据库进行查询和操纵。

1. 数据库查询控制

数据查询主要是用 ADO 对象的 Connection 和 Recordset 对象。在进行数据查询时，当结果记录少时，可以直接将全部查询结果传到客户端浏览器显示。但是当结果记录很多时，就需要分页显示了。有多种方法可以实现分页显示。这里，介绍如何使用 Session 对象和 Recordset 对象的 AbsolutePosition 属性来实现以一页或一条为单位来查询。

第 1 步：建立 ASP 查询，文件名为 select.asp，程序代码如下。

```
<!--# include file=adovbs.inc -->
<HTML>
<BODY bgcolor="# ccffcc">
<% '设置每页所显示的记录数为 10
Session("flag")=10
'利用 Recordset 对象的 Open 方法连接数据库
Set Session("rs")=Sever.CreateObject("Adodb.recordset")
Constr="Provider=sqloledb; Data Source=dbserver; Initial Catalog=StuDB;User
ID=sa; Password=;"
Session("rs").cursorlocation=aduseclient
sql="select * from Student "
'利用 Recordset 对象的 Open 方法创建记录集
Session("rs").Open sql, Constr, adOpenKeySet, adlockreadonly, adcmdtext
%>
<% '输出表头
<TABLE border="1" bordercolor="# 000000" cellspacing="1" cellpadding="0" align=
"center">
<TR align=center valign=middle height=23>
<TD><B>学号</B></TD>
<TD><B>姓名</B></TD>
<TD><B>性别</B></TD>
<TD><B>出生年月</B></TD>
<TD><B>民族</B></TD>
<TD><B>籍贯</B></TD>
<TD><B>班级</B></TD>
</TR>
<% '记录开始时,当前数据指针在 Recordset 对象的位置
Session("start")=Session("rs").AbsolutePosition
```

```
For j=0 To Session("flag")-1
  Response.Write "<TR align=center valign=middle>"
  Session("End")=Session("rs").AbsolutePosition
  For i=0 to Session("rs").fields.count-1
    Response.Write "<TD>"&Session("rs").fields(i).value&"</TD>"
  Next
  Response.Write "</TR>"
  Session("rs").MoveNext
  If Session("rs").Eof Then
    Session("rs").MovePrevious
    Exit For
  End If
Next
Response.Write "</TABLE>"
%>
<%'引入另一个文件,完成翻页功能%>
<!--# include file=link.asp-->
</TABLE>
</BODY>
```

第 2 步：建立具有翻页功能的 ASP 程序,文件名为 link. asp。该文件将显示"上一页"、"下一页"、"开始记录"、"结束记录"和"数据总条数"等信息,并完成一定的链接关系。程序代码如下。

```
<Response.Write "<BR>数据总条数:  "&Session("rs").RecordCount&" "
'判断是否到表尾,如果是,则只给出"上一页"的超链接
If(Session("rs").Eof) or (Session("End")>=Session("rs").RecordCount) Then
  Response.Write "[<A href=""Query.asp?Method=Previous"">上一页</A>|"
  Response.Write "下一页]"
' 否则检查是否为表头,如果是,则只给出"下一页"的超链接
ElseIf((Session("rs").Bof) of (Session("start")=1)) Then
  Response.Write "[上一页|"
  Response.Write "<A href=""Query.asp?Method=Next"">下一页</A>]"
'其他情况
Else
  Response.Write "[<A href=""Query.asp?Method=Previous"">上一页</A>|"
  Response.Write "<A href=""Query.asp?Method=Next"">下一页</A>]"
End If
Response.Write "开始记录:"&Session("start")&",结束记录:"&Session("End")&"."
%>
```

第 3 步：建立显示"上一页"或"下一页"功能的 ASP 程序,文件名为 Query. asp。在该程序中将继续显示表中的数据。程序中使用 MoveNext 方法和 MovePrevious 方法完成数据指针的定位。代码如下。

```
<!--#include file=adovbs.inc -->
<HTML>
<BODY bgcolor="#ccffcc">
<%'显示表头 %>
<TABLE border="1" bordercolor="#000000" cellspacing="1" cellpadding="0" align=
"center">
<TR align=center valign=middle height=23>
<TD><B>学号</B></TD>
<TD><B>姓名</B></TD>
<TD><B>性别</B></TD>
<TD><B>出生年月</B></TD>
<TD><B>民族</B></TD>
<TD><B>籍贯</B></TD>
<TD><B>班级</B></TD>
</TR>
<%
'将数据指针移到要求的位置,先移到头,再使用 MoveNext 往下移
If Request("Method")="Previous" Then
  If Session("end")=Session("rs").AbsolutePosition Then
    count=Session("end")-Session("start")+10
  Else
    count=Session("Flag") * 2
  End If

  For i=1 To count
    Session("rs").MovePrevious
    If Session("rs").Bof Then
      Session("rs").MoveNext
    Exit For
   End If
   Next
   End If
'记录数据的起始位置
Session("start")=Session("rs").AbsolutePosition
'显示表中指定数据
For j=0 To Session("Flag")-1
   Response.Write "<TR align=center valign=middle>"
   Session("End")=Session("rs").AbsolutePosition
   '显示当前数据记录
   For i=0 To Session("rs").Fields.count-1
     Response.Write "<TD>"&Session("rs")(i).Values&"</TD>"
   Next
   Response.Write "</TR>"
   Session("rs").MoveNext
```

```
    If Session("rs").Eof Then
      Session("rs").MovePrevious
      Exit For
    End If
  Next
Response.Write "</TABLE>"
%>
</BODY>
<!--#include file=link.asp -->
```

通过浏览器运行程序 select.asp，显示结果如图 9-4 所示。

图 9-4　显示界面

2. 数据添加

添加数据可以有两种方式，一种是用 SQL 语句中的 Insert 语句，另一种是利用 ADO 对象之一的 Recordset 对象的 AddNew 方法。

第 1 步：首先创建一个添加数据的页面（input. htm），在该页面中详细列出用户需输入的项目。

由于输入的信息较多，采用了 POST 方式传输数据，执行结果如图 9-5 所示。

第 2 步：建立表单处理程序（ins. asp），在该程序中利用 Recordset 对象的 AddNew 方法增加数据记录。程序代码如下。

```
<!--#include file=adovbs.inc -->
<%
'取得用户输入的数据
t_name=request.form("name")
t_no=request.form("stuno")
```

图 9-5　输入界面

```
t_sex=request.form("sex")
t_birthday=request.form("birthday")
t_native=request.form("native")
t_nation=request.form("nation")
'创建到数据库的连接
Set conn=Server.CreateObject("ADODB.Connection")
strProvider="Provider=sqloledb;Data Source=dbserver;Initial Catalog=StuDB;User
ID=sa;Password=;"
conn.Open strProvider
'建立 Recordset 对象
Set rs=Server.CreateObject("ADODB.RecordSet")
'启动指定的数据表,注意要用 AdLockOptimistic 方式打开
rs.Open "Student",strProvider,adOpenKeySet,adLockOptimistic
'添加一条数据记录
rs.AddNew
rs("StuNo").value=t_no
rs("StuName").value=t_name
rs("Sex").value=t_sex
rs("Birthday").value=t_birthday
rs("Native").value=t_native
rs("Nation").value=t_nation
'更新表
rs.Update
Set rs=nothing
Set conn=nothing
%>
```

3. 数据删除

类似于数据插入,数据的删除也有两种方式,一种是运行 SQL 语句中的 Delete 命令,另一种是利用 Recordset 对象中的 Delete 方法。

第 1 步:建立删除页面,在该页面中可以选择删除的记录。

在执行删除或修改操作时,首先应该定位要删除的记录。为此,在向客户端传递记录时,要把能识别各个记录的值一起传递过去。假设利用字段 StuNo 来标识记录,可以在前面介绍的分页显示数据库中记录的例子中将显示每个记录值的代码修改为:

```
...
For i=0 To Session("rs").fields.count-1
  '把当前的数据记录显示出来
  Response.Write"<TD>"&Session("rs").fields(i).value&"</TD>"
Next
%>
<TD><A href="del.asp?7delid=<%Response.Write Session("rs")("StuNo")%>">删除
</A></TD>
```

```
<TD><A href="editshow.asp?editid=<%=Session("rs")("StuNo") %>">修改</A></TD>
<%
   Response.Write "</TR>"
'移动到下一条数据记录,然后判断是否到表尾,若是,则把数据指针移到表头
Session("rs").MoveNext
…
```

这样,当用户单击"编辑"或者"修改"时,可以通过 QueryString 获取要操作的记录标识符。

第 2 步:建立数据删除程序,这里利用 Recordset 对象的 Delete 方法来删除表中的数据记录。程序代码如下。

```
<!--#include file=adovbs.inc -->
<%'取得被删除记录的标识
t_no=Trim(Request("delid"))
'创建数据库的连接
Set conn=Server.CreateObject("ADODB.Connection")
strProvider="Provider=sqloledb;Data Source=dbserver;Initial Catalog=StuDB;User
ID=sa; Password=;"
conn.Open strProvider
'建立 Recordset 对象
Set rs=Server.CreateObject("ADODB.Recordset")
'启动指定的数据表
rs.Open "Student", conn, adOpenKeySet, adLockOptimistic
'循环检查记录,直到找到符合条件的记录,并删除之
while NOT rs.EOF
   If trim(rs("StuNo").value)=t_no Then
   rs.Delete
   End If
   rs.MoveNext
Wend
'更新数据库
rs.UpdateBatch
rs.Close
Set conn=nothing
Set rs=nothing
%>
```

4. 数据修改

对数据库中数据的修改,同样有两种方式,一种是利用 SQL 语句中的 Update 命令,另一种是利用 Recordset 对象的 Update 方法或者 UpdateBatch 方法修改表中的记录。这里介绍第 2 种,程序代码如下。

```
<!--#include file=adovbs.inc -->
```

```
<%'取得被修改记录的标识
editid=Request("edit")
'取得用户输入的数据
t_name=Trim(Request.Form("name"))
t_name=request.form("name")
t_no=request.form("stuno")
t_sex=request.form("sex")
t_birthday=request.form("birthday")
t_native=request.form("native")
t_nation=request.form("nation")
'创建到数据库的连接
Set conn=Server.CreateObject("ADODB.Connection")
strProvider="Provider=sqloledb;Data Source=dbserver;Initial Catalog=StuDB;User
ID=sa;Password=;"
conn.Open strProvider
'建立 Recordset 对象
Set rs=Server.CreateObject("ADODB.RecordSet")
'启动指定的数据表,注意要用 AdLockOptimistic 方式打开
rs.Open "Student",strProvider,adOpenKeySet,adLockOptimistic
while NOT rs.EOF
    If Trim(rs("StuNo").value)=t_no Then
            rs("StuName").value=t_name
            rs("Sex").value=t_sex
            rs("Birthday").value=t_birthday
            rs("Native").value=t_native
            rs("Nation").value=t_nation
    End If
    rs.MoveNext
    Wend
    '更新数据库
    rs.UpdateBatch
    rs.Close
    Set conn=nothing
    Set rs=nothing%>
```

9.3.3　实验内容

基于某种 Web 开发技术和 Web 数据库连接技术,实现 9.2.3 节所要求的功能。

参 考 文 献

[1] 黄维通，刘艳民. SQL Server 数据库应用基础教程. 北京：高等教育出版社，2008.

[2] 李雁翎. 数据库技术及应用——SQL Server. 北京：高等教育出版社，2007.

[3] 吴京慧，刘谦. Visual FoxPro 面向对象程序设计实验指导与习题解答. 北京：科学出版社，2008.

[4] 王珊，萨师煊. 数据库系统概论. 4 版. 北京：高等教育出版社，2006.

[5] 李存斌. 数据库应用技术——SQL Server 2000 数据库简明教程. 北京：中国水利水电出版社，2007.

[6] 闪四清. SQL Server 实用简明教程. 2 版. 北京：清华大学出版社，2005.

[7] 刘勇，周学军. SQL Server 2000 基础教程. 北京：清华大学出版社，2005.

[8] 方盈. SQL Server 2000 彻底研究. 北京：中国铁道出版社，2001.

[9] 孙兆林，齐占杰，等. SQL Server 2000 图解教程. 北京：希望电子出版社，2001.

[10] 耿文兰. SQL Server 2000 数据库管理与开发. 北京：电子工业出版社，2004.

[11] 敬铮. SQL Server 高级开发与专业应用. 北京：国防工业出版社，2002.

[12] 董荣胜，古天龙，黄文明. 两层和三层 Client/Server 结构的分析. 计算机工程，1998，24(6)：26-29.

[13] 黄飞江. 基于 C/S、B/S 混合模式的毕业生就业系统的研究与实现. 广西师范大学，2003.

[14] 贾佳，郝洪明. ASP 与 SQL Server 网站架设. 北京：机械工业出版社，2001.

[15] RICHARD ANDERSON，CHRIS BLEXRUD. ASP3 高级编程. 刘福太，张立民，金慧琴，等译. 北京：机械工业出版社，2000.

[16] 数据库体系结构：存储引擎.
http://www.sudu.cn/info/html/edu/network_technology/20030123/146500.html，2003.

[17] 51CTO 技术论坛：存储引擎.
http://bbs.51cto.com/viewthread.php? tid=447156&page=1&authorid=260251，2007.

[18] SQL Server 随机帮助文档.

读者意见反馈

亲爱的读者：

感谢您一直以来对清华版计算机教材的支持和爱护。为了今后为您提供更优秀的教材，请您抽出宝贵的时间来填写下面的意见反馈表，以便我们更好地对本教材做进一步改进。同时如果您在使用本教材的过程中遇到了什么问题，或者有什么好的建议，也请您来信告诉我们。

地址：北京市海淀区双清路学研大厦 A 座 602 室　计算机与信息分社营销室 收

邮编：100084　　　　　　　　电子邮件：jsjjc@tup.tsinghua.edu.cn

电话：010-62770175-4608/4409　　　　邮购电话：010-62786544

教材名称：数据库系统原理与设计实验教程

ISBN：978-7-302-20801-3

个人资料

姓名：＿＿＿＿＿＿＿＿　年龄：＿＿＿＿＿　所在院校/专业：＿＿＿＿＿＿＿＿＿＿

文化程度：＿＿＿＿＿＿＿　通信地址：＿＿＿＿＿＿＿＿＿＿＿＿＿＿＿＿＿

联系电话：＿＿＿＿＿＿＿　电子信箱：＿＿＿＿＿＿＿＿＿＿＿＿＿＿＿＿＿

您使用本书是作为：□指定教材 □选用教材 □辅导教材 □自学教材

您对本书封面设计的满意度：

□很满意 □满意 □一般 □不满意　改进建议＿＿＿＿＿＿＿＿＿＿＿＿＿＿

您对本书印刷质量的满意度：

□很满意 □满意 □一般 □不满意　改进建议＿＿＿＿＿＿＿＿＿＿＿＿＿＿

您对本书的总体满意度：

从语言质量角度看 □很满意 □满意 □一般 □不满意

从科技含量角度看 □很满意 □满意 □一般 □不满意

本书最令您满意的是：

□指导明确 □内容充实 □讲解详尽 □实例丰富

您认为本书在哪些地方应进行修改？（可附页）

＿＿＿＿＿＿＿＿＿＿＿＿＿＿＿＿＿＿＿＿＿＿＿＿＿＿＿＿＿＿＿＿＿＿＿

＿＿＿＿＿＿＿＿＿＿＿＿＿＿＿＿＿＿＿＿＿＿＿＿＿＿＿＿＿＿＿＿＿＿＿

您希望本书在哪些方面进行改进？（可附页）

＿＿＿＿＿＿＿＿＿＿＿＿＿＿＿＿＿＿＿＿＿＿＿＿＿＿＿＿＿＿＿＿＿＿＿

＿＿＿＿＿＿＿＿＿＿＿＿＿＿＿＿＿＿＿＿＿＿＿＿＿＿＿＿＿＿＿＿＿＿＿

高等院校信息技术规划教材
系 列 书 目

书 名	书 号	作 者
数字电路逻辑设计	978-7-302-12235-7	朱正伟 等
计算机网络基础	978-7-302-12236-4	符彦惟 等
微机接口与应用	978-7-302-12234-0	王正洪 等
XML 应用教程(第 2 版)	978-7-302-14886-9	吴 洁
算法与数据结构	978-7-302-11865-7	宁正元 等
算法与数据结构习题精解和实验指导	978-7-302-14803-6	宁正元 等
工业组态软件实用技术	978-7-302-11500-7	龚运新 等
MATLAB 语言及其在电子信息工程中的应用	978-7-302-10347-9	王洪元
微型计算机组装与系统维护	978-7-302-09826-3	厉荣卫 等
嵌入式系统设计原理及应用	978-7-302-09638-2	符意德
C++ 语言程序设计	978-7-302-09636-8	袁启昌 等
计算机信息技术教程	978-7-302-09961-1	唐 全 等
计算机信息技术实验教程	978-7-302-12416-0	唐 全 等
Visual Basic 程序设计	978-7-302-13602-6	白康生 等
单片机 C 语言开发技术	978-7-302-13508-1	龚运新
ATMEL 新型 AT89S52 系列单片机及其应用	978-7-302-09460-8	孙育才
计算机信息技术基础	978-7-302-10761-3	沈孟涛
计算机信息技术基础实验	978-7-302-13889-1	沈孟涛 著
C 语言程序设计	978-7-302-11103-0	徐连信
C 语言程序设计习题解答与实验指导	978-7-302-11102-3	徐连信 等
计算机组成原理实用教程	978-7-302-13509-8	王万生
微机原理与汇编语言实用教程	978-7-302-13417-6	方立友
微机组装与维护用教程	978-7-302-13550-0	徐世宏
计算机网络技术及应用	978-7-302-14612-4	沈鑫剡 等
微型计算机原理与接口技术	978-7-302-14195-2	孙力娟 等
基于 MATLAB 的计算机图形与动画技术	978-7-302-14954-5	于万波
基于 MATLAB 的信号与系统实验指导	978-7-302-15251-4	甘俊英 等
信号与系统学习指导和习题解析	978-7-302-15191-3	甘俊英 等
计算机与网络安全实用技术	978-7-302-15174-6	杨云江 等
Visual Basic 程序设计学习和实验指导	978-7-302-15948-3	白康生 等
Photoshop 图像处理实用教程	978-7-302-15762-5	袁启昌 等
数据库与 SQL Server 2005 教程	978-7-302-15841-7	钱雪忠 著